U0886293

岳麓書社

读名著　选岳麓

中国古典小说普及文库

唐宋传奇集

鲁迅 编

岳麓书社 · 长沙

出版说明

粗略说来，中国古代小说可以分为魏晋小说、唐传奇、宋元话本和明清章回小说这四个阶段，其中唐传奇在中国小说发展史上具有特别重要的意义。鲁迅说唐人“始有意为小说”，意思是唐代人才有意识地、自觉地去创作小说，研究者也因此常把唐传奇看做中国古代小说的开端。换句话说，中国文学发展到唐传奇，才算有了真正意义上的小说。

传奇在唐代的兴盛当然离不开唐代诗文的繁荣，但还与唐代的考试制度有关。隋唐是科举制的草创期，制度不是很成熟，当时社会上流行一种所谓的“行卷”之风，即考生将自己得意的诗赋、杂文寄给有名望的人甚至考官去看，以求得到他们的揄扬褒奖来提高自己的名声，为考中进士创造条件。在他们投寄的作品中，有很大一部分是传奇。为什么他们钟意于用传奇来行卷呢？宋代人赵彦卫解释说是因为传奇“文备众体，可以见史才、诗笔、议论”。这是说，因为小说是虚构故事，可以利用其中的人物赋诗作论、随意发挥，所以小说中往往会嵌有各种文体，而作者的才华也就可以得到全面的体现。唐代中后期，伴随着行卷风气的盛行，唐传奇的发展也达到了高潮。毫不夸张地说，今天放在我们案头的传奇作品，很多本是当时的大诗人、大文豪们精心打磨出来猎取功名的“敲门砖”。

唐传奇在艺术上的成就是多方面的。魏晋时期的人多把鬼神志怪视为一种实录，写作目的在于“明鬼神之不诬”，宗教色彩很浓。从这个角度出发，他们的叙事往往不过是粗陈梗概，也就限制了作品的艺术表现。唐传奇则不然，小说作者已经明确意识到了小说创作乃是一种虚构，而创作的目的正在于夸奇斗异，炫示文采。

因此，传奇作品大多委曲动人，引人入胜。

《虬髯客传》写到了著名的红拂夜奔的故事，慧眼独具的张氏女于风尘中识出布衣李靖是个人物，果断从权倾朝野的大臣杨素家中逃出追随李靖而去，过人的眼力与胆识令人惊叹。神出鬼没的虬髯客心怀大志，却对素不相识的李世民一见心死，甘愿放弃在中原的一切谋划而往海外发展，最后在扶余国自立为王。短短一篇小说将一个时代的风云变幻写得曲折跌宕、神秘奇诡，令人向往。《霍小玉传》则是一个凄婉动人的爱情故事，女主人公霍小玉出身微贱，不敢奢求与恋人白头偕老，只希望能与他有八年的恩爱，然后称心如愿，削发为尼。然而，她这番委曲求全的心愿仍然无法实现，指诚日月、引谕山河的誓言换来的竟是负心人李益百计回避、不肯相见的结局。黄衫客强捉李益赴会的豪举虽然令人拍手称快，但痴情佳人最终仍不免香消玉殒。《南柯太守传》与《枕中记》写梦幻人生、虚空世界有异曲同工之妙，南柯一梦与黄粱美梦一同成为了后世文人茶余饭后的谈资。

传奇故事设想精奇幻妙，甚为后人喜欢，成为了后世文学创作题材的渊薮，影响深远，以对戏曲的影响为最。大部分的传奇名篇都被改编成了戏曲，如王实甫的《西厢记》，郑光祖的《倩女离魂》，尚仲贤的《柳毅传书》，汤显祖的《邯郸记》以及“临川四梦”中的《紫钗记》《南柯记》，洪昇的《长生殿》等等。

唐宋传奇最早由鲁迅先生整理，命名为《唐宋传奇集》，此次出版的《唐宋传奇集》以文学古籍刊行社的版本为底本进行校点整理。

序　例

东越胡应麟在明代，博涉四部，尝云："凡变异之谈，盛于六朝，然多是传录舛讹，未必尽幻设语。至唐人，乃作意好奇，假小说以寄笔端。如《毛颖》《南柯》之类尚可，若《东阳夜怪》称成自虚，《玄怪录》元无有，皆但可付之一笑，其文气亦卑下亡足论。宋人所记，乃多有近实者，而文彩无足观。"其言盖几是也。餍于诗赋，旁求新途，藻思横流，小说斯灿。而后贤秉正，视同土沙，仅赖《太平广记》等之所包容，得存什一。顾复缘贾人贸利，撮拾雕镌，如《说海》，如《古今逸史》，如《五朝小说》，如《龙威秘书》，如《唐人说荟》，如《艺苑捃华》，为欲总目烂然，见者眩惑，往往妄制篇目，改题撰人，晋唐稗传，黥劓几尽。夫蚁子惜鼻，固犹香象，嫫母护面，讵逊毛嫱，则彼虽小说，夙称卑卑不足厕九流之列者乎，而换头削足，仍亦骇心之厄也。昔尝病之，发意匡正。先辑自汉至隋小说，为《钩沈》五部讫；渐复录唐宋传奇之作，将欲汇为一编，较之通行本子，稍足凭信，而屡更颠沛，不遑理董，委诸行箧，分饱蟫蠹而已。今夏失业，幽居南中，偶见郑振铎君所编《中国短篇小说集》，埽荡烟埃，斥伪返本，积年堙郁，一旦霍然。惜《夜怪录》尚题王洙，《灵应传》未删于逖，盖于故旧，犹存眷恋。继复读大兴徐松《登科记考》，积微成昭，钩稽渊密，而于李徵及第，乃引李景亮《人虎传》作证。此明人妄署，非景亮文。弥叹虽短书俚说，一遭篡乱，固贻害于谈文，亦飞灾于考史也。顿忆旧稿，发箧谛观，黯澹有加，渝敝则未。乃略依时代次第，循览一周。谅哉，王度《古镜》，犹有六朝志怪余风，而大增华艳。千里《杨倡》，柳珵《上清》，遂极庳弱，与诗运同。宋好劝惩，摭实而泥，飞动之致，眇不可期，传奇命脉，至斯以绝。惟自大历以至大中中，作者云蒸，郁术文苑，沈既济许尧佐擢秀于前，蒋防元稹振采于后，而李公佐白行简陈鸿沈亚之辈，则其卓异也。特《夜怪》一录，显托空无，逮今允成陈言，在唐实犹新意，胡君顾贬之至此，窍未能同耳。自审所录，虽无秘文，而曩曾用心，仍自珍惜。复念近数年中，能悬悬顾及唐宋传奇者，当不多有。持此涓滴，注彼说渊，献我同流，比之芹子，或亦将稍减其考索之劳，而得玩绎之乐耶。于是杜门摊书，重加勘定，匝月始就，凡八卷，可校印。结愿知幸，方欣已欷。顾旧乡而不行，弄飞光于有尽，嗟夫，此亦岂所以善吾生，然而不得已也。犹有杂例，并缀左方：

一、本集所取资者，为明刊本《文苑英华》，清黄晟刊本《太平广记》，校以明许自昌刻本；涵芬楼影印宋本《资治通鉴考异》；董康刻士礼居本《青琐高议》，校以明张梦锡刊本及旧钞本；明翻宋本《百川学海》；明钞本原本《说郛》；明顾元庆刊本《文房小说》；清胡珽排印本《琳琅秘室丛书》等。

一、本集所取，专在单篇。若一书中之一篇，则虽事极煊赫，或本书已亡，亦不收采。如袁郊《甘泽谣》之红线，李复言《续玄怪录》之杜子春，裴铏《传奇》之昆仑奴聂隐娘等是也。皇甫枚《飞烟传》，虽亦是《三水小牍》逸文，然《太平广记》引则不云出于何书，似曾单行，故仍入录。

一、本集所取，唐文从宽，宋制则颇加抉择。凡明清人所辑丛刊，有妄作者，辄加审正，黜其伪欺，非敢刊落，以求信也。日本有《游仙窟》，为唐张文成作，本当置《白猿传》之次，以章矛尘君方图版行，故不编入。

一、本集所取文章，有复见于不同之书，或不同之本，得以互校者，则互校之。字句有异，惟从其是。亦不历举某字某本作某，以省纷烦。倘读者更欲详知，则卷末具记某篇出于何书何卷，自可覆检原书，得其究竟。

一、向来涉猎杂书，遇有关于唐宋传奇，足资参证者，时亦写取，以备遗忘。比因奔驰，颇复散失。客中又不易得书，殊无可作。今但会集丛残，稍益以近来所见，并为一卷，缀之末简，聊存旧闻。

一、唐人传奇，大为金元以来曲家所取资，耳目所及，亦举一二。第于词曲之事，素未用心，转贩故书，谅多讹略，精研博考，以俟专家。

一、本集篇卷无多，而成就颇亦匪易。先经许广平君为之选录，最多者《太平广记》中文。惟所据仅黄晟本，甚虑讹误。去年由魏建功君校以北京大学图书馆所藏明长洲许自昌刊本，乃始释然。逮今缀缉杂札，拟置卷末，而旧稿潦草，复多沮疑，蒋径三君为致书籍十余种，俾得检寻，遂以就绪。至陶元庆君所作书衣，则已贻我于年余之前者矣。广赖众力，才成此编，谨借空言，普铭高谊云尔。

中华民国十有六年九月十日，鲁迅校毕题记。时大夜弥天，璧月澄照，饕蚊遥叹，余在广州。

目 录

卷一

卷二

卷三

卷四

卷五

卷六

卷七

卷八

卷末

卷一

古镜记

王　度

隋汾阴侯生，天下奇士也。王度常以师礼事之。临终，赠度以古镜，曰："持此，则百邪远人。"度受而宝之。镜横径八寸，鼻作麒麟蹲伏之象。绕鼻列四方，龟龙凤虎，依方陈布。四方外又设八卦，卦外置十二辰位，而具畜焉。辰畜之外，又置二十四字，周绕轮廓，文体似隶，点画无缺，而非字书所有也。侯生云："二十四气之象形。"承日照之，则背上文画，墨入影内，纤毫无失。举而扣之，清音徐引，竟日方绝。嗟乎，此则非凡镜之所同也。宜其见赏高贤，自称灵物。侯生常云："昔者吾闻黄帝铸十五镜，其第一，横径一尺五寸，法满月之数也。以其相差各校一寸，此第八镜也。"虽岁祀攸远，图书寂寞，而高人所述，不可诬矣。昔杨氏纳环，累代延庆；张公丧剑，其身亦终。今度遭世扰攘，居常郁怏，王室如毁，生涯何地，宝镜复去，哀哉！今具其异迹，列之于后，数千载之下，倘有得者，知其所由耳。大业七年五月，度自御史罢归河东，适遇侯生卒，而得此镜。至其年六月，度归长安，至长乐坡，宿于主人程雄家。雄新受寄一婢，颇甚端丽，名曰鹦鹉。度既税驾，将整冠履，引镜自照。鹦鹉遥见，即便叩首流血，云："不敢住。"度因召主人问其故。雄云："两月前，有一客携此婢从东来。时婢病甚，客便寄留，云：'还日当取。'比不复来，不知其婢之由也。'度疑精魅，引镜逼之。便云："乞命，即变形。"度即掩镜，曰："汝先自叙，然后变形，当舍汝命。"婢再拜自陈云："某是华山府君庙前长松下千岁老狸，大行变惑，罪合至死。遂为府君捕逐，逃于河渭之间，为下邽陈思恭义女，蒙养甚厚。嫁鹦鹉与同乡人柴华。鹦鹉与华意不相惬，逃而东；出韩城县，为行人李无傲所执。无傲，粗暴丈夫也，遂将鹦鹉游行数岁，昨随至此，忽尔见留。不意遭逢天镜，隐形无路。”度又谓曰：“汝本老狐，变形为人，岂不害人也?”婢曰：“变形事人，非有害也。但逃匿幻惑，神道所恶，自当至死耳。”度又谓曰：“欲舍汝，可乎?”鹦鹉曰：“辱公厚赐，岂敢亡德。然天镜一照，不可逃形。但久为人形，羞复故体。愿缄于匣，许尽醉而终。”度又谓曰：“缄镜于匣，汝不逃乎?”鹦鹉笑曰：“公适有美言，尚许相舍。缄镜而走，岂不终恩？但天镜一临，窜迹无路，惟希数刻之命，以尽一生之欢耳。”度登时为匣镜；又为致酒，悉召雄家邻里，与宴谑。婢顷大醉，奋衣起舞而歌曰：“宝镜宝镜！哀哉予命！自我离形，于今几姓？生虽可乐，死必不伤。何为眷恋，守此一方!”歌讫，再拜，化为老狸而死。一座惊叹。大业八年四月一日，太阳亏。度时在台直，昼卧厅阁，觉日渐昏。诸吏告度以日蚀甚。整衣时，引镜出，自觉镜亦昏昧，无复光色。度以宝镜之作，合于阴阳光景之妙。不然，岂合以太阳失曜而宝镜亦无光乎？叹怪未已，俄而光彩出，日亦渐明。比及日复，镜亦精朗如故。自此之后，每日月薄蚀，镜亦昏昧。其年八月十五日，友人薛侠者，获一铜剑，长四尺。剑连于靶；靶盘龙凤之状，左文如火焰，右文如水波，光彩灼烁，非常物也。侠持过度，曰：“此剑侠常试之，每月十五日，天地清朗，置之暗室，自然有光，傍照数丈。侠持之有日月矣。明公好奇爱古，如饥如渴，愿与君今夕一试。”度喜甚。其夜，果遇天地清霁。密闭一室，无复脱隙，与侠同宿。度亦出宝镜，置于座侧。俄而镜上吐光，明照一室，相视如昼。剑横其侧，无复光彩。侠大惊，曰：“请内镜于匣。”度从其言，然后剑乃吐光，不过一二尺耳。侠抚剑叹曰：“天下神物，亦有相伏之理也。”是后每至月望，则出镜于暗室，光尝照数丈。若月影入室，则无光也。岂太阳太阴之耀，不可敌也乎？其年冬，兼著作郎，奉诏撰国史，欲为苏绰立传。度家有奴曰豹生，年七十矣。本苏氏部曲，颇涉史传，略解属文，见度传草，因悲不自胜。度问其故。谓度曰：“豹生常受苏公厚遇，今见苏公言验，是以悲耳。郎君所有宝镜，是苏公友人河南苗季子所遗苏公者。苏公爱之甚。苏公临亡之岁，戚戚不乐，常召苗生谓曰：'自度死日不久，不知此镜当入谁手？今欲以蓍筮一卦，先生幸观之也。'便顾豹生取蓍，苏公自揲布卦。卦讫，苏公曰：'我死十余年，我家当失此镜，不知所在。然天地神物，动静有征。今河汾之间，往往有宝气，与卦兆相合，镜其往彼乎？'季子曰：'亦为人所得乎？'苏公又详其卦，云：'先入侯家，复归王氏。过此以往，莫知所之也。'"豹生言讫涕泣。度问苏氏，果云旧有此镜，苏公薨后，亦失所在，如豹生之言。故度为苏公传，亦具言其事于末篇，论苏公蓍筮绝伦，默而独用，谓此也。大业九年正月朔旦，有一胡僧，行乞而至度家。弟绩出见之。觉其神采不俗，更邀入室，而为具食，坐语良久。胡僧谓绩曰："檀越家似有绝世宝镜也。可得见耶？"绩曰："法师何以得知之？'僧曰："贫道受明录秘术，颇识宝气。檀越宅上，每日常有碧光连日，绛气属月，此宝镜气也。贫道见之两年矣。今择良日，故欲一观。"绩出之。僧跪捧欣跃，又谓绩曰："此镜有数种灵相，皆当未见。但以金膏涂之，珠粉拭之，举以照日，必影彻墙壁。"僧又叹息曰："更作法试，应照见腑脏。所恨卒无药耳。但以金烟薰之，玉水洗之，复以金膏珠粉如法拭之，藏之泥中，亦不晦矣。"遂留金烟玉水等法，行之无不获验。而胡僧遂不复见。其年秋，度出兼芮城令。令厅前有一枣树，围可数丈，不知几百年矣。前后令至，皆祠谒此树，否则殃祸立及也。度以为妖由人兴，淫祀宜绝。县吏皆叩头请度。度不得已，为之以祀。然阴念此树当有精魅所托，人不能除，养成其势。乃密悬此镜于树之间。其夜二鼓许，闻其厅前磊落有声，若雷霆者。遂起视之，则风雨晦暝，缠绕此树，电光晃耀，忽上忽下。至明，有一大蛇，紫鳞赤尾，绿头白角，额上有王字，身被数创，死于树。度便下收镜。命吏出蛇，焚于县门外。仍掘树，树心有一穴，于地渐大，有巨蛇蟠泊之迹。既而坟之，妖怪遂绝。其年冬，度以御史带芮城令，持节河北道，开仓粮赈给陕东。时天下大饥，百姓疾病，蒲陕之间，疠疫尤甚。有河北人张龙驹，为度下小吏，其家良贱数十口，一时遇疾。度悯之，赍此入其家，使龙驹持镜夜照。诸病者见镜，皆惊起，云："见龙驹持一月来相照。光阴所及，如冰着体，冷彻腑脏。"即时热定，至晚并愈。以为无害于镜，而所济于众，令密持此镜，遍巡百姓。其夜，镜于匣中泠然自鸣，声甚彻远，良久乃止。度心独怪。明早，龙驹来谓度曰："龙驹昨忽梦一人，龙头蛇身，朱冠紫服，谓龙驹：我即镜精也，名曰紫珍。常有德于君家，故来相托。为我谢王公，百姓有罪，天与之疾，奈何使我反天救物！且病至后月，当渐愈，无为我苦。"度感其灵怪，因此志之。至后月，病果渐愈，如其言也。大业十年，度弟绩自六合丞弃官归，又将遍游山水，以为长往之策。度止之曰："今天下向乱，盗贼充斥，欲安之乎？且吾与汝同气，未尝远别。此行也，似将高蹈。昔尚子平游五岳，不知所之。汝若追踵前贤，吾所不堪也。"便涕泣对绩。绩曰："意已决矣，必不可留。兄今之达人，当无所不体。孔子曰：'匹夫不夺其志矣。'人生百年，忽同过隙，得情则乐，失志则悲，安遂其欲，圣人之义也。"度不得已，与之决别。绩曰："此别也，亦有所求。兄所宝镜，非尘俗物也。绩将抗志云路，栖踪烟霞，欲兄以此为赠。"度曰："吾何惜于汝也。"即以与之。绩得镜，遂行，不言所适。至大业十三年夏六月，始归长安，以镜归，谓度曰："此镜真宝物也！辞兄之后，先游嵩山少室，降石梁，坐玉坛。属日暮，遇一嵌岩，有一石堂，可容三五人，绩栖息止焉。月夜二更后，有两人：一貌胡，须眉皓而瘦，称山公；一面阔，白须，眉长，黑而矮，称毛生。谓绩曰：'何人斯居也？'绩曰：'寻幽探穴访奇者。'二人坐与绩谈久，往往有异义出于言外。绩疑其精怪，引手潜后，开匣取镜。镜光出而二人失声俯伏。矮者化为龟，胡者化为猿。悬镜至晓，二身俱殒。龟身带绿毛，猿身带白毛。即入箕山，渡颍水，历太和，视玉井。井傍有池，水湛然绿色。问樵夫。曰：'此灵湫耳。村闾每八节祭之，以祈福祐。若一祭有阙，即池水出黑云，大雹浸堤坏阜。'绩引镜照之，池水沸涌，有雷如震。忽尔池水腾出池中，不遗涓滴。可行二百余步，水落于地。有一鱼，可长丈余，粗细大于臂，首红额白，身作青黄间色，无鳞有涎，龙形蛇角，嘴尖，状如鲟鱼，动而有光，在于泥水，困而不能远去。绩谓鲛也，失水而无能为耳。刃而为炙，甚膏，有味，以充数朝口腹。遂出于宋汴。汴主人张珂家有女子患，入夜，哀痛之声，实不堪忍。绩问其故。病来已经年岁，白日即安，夜常如此。绩停一宿，及闻女子声，遂开镜照之。病者曰：‘戴冠郎被杀！其病者床下，有大雄鸡，死矣，乃是主人七八岁老鸡也。游江南，将渡广陵扬子江，忽暗云覆水，黑风波涌，舟子失容，虑有覆没。绩携镜上舟，照江中数步，明朗彻底，风云四敛，波涛遂息，须臾之间，达济天堑。跻摄山麴芳岭，或攀绝顶，或入深洞，逢其群鸟环人而噪，数熊当路而蹲，以镜挥之，熊鸟奔骇。是时利涉浙江，遇潮出海，涛声振吼，数百里而闻。舟人曰：‘涛既近，未可渡南。若不回舟，吾辈必葬鱼腹。’绩出镜照，江波不进，屹如云立。四面江水豁开五十余步，水渐清浅，鼋鼍散走。举帆翩翩，直入南浦。然后却视，涛波洪涌，高数十丈。而至所渡之所也，遂登天台，周览洞壑。夜行佩之山谷，去身百步，四面光彻，纤微皆见，林间宿鸟，惊而乱飞。还履会稽，逢异人张始鸾，授绩《周髀九章》及明堂六甲之事。与陈永同归。更游豫章，见道士许藏秘，云是旌阳七代孙，有咒登刀履火之术。说妖怪之次，更言丰城县仓督李敬慎家有三女，遭魅病，人莫能识。藏秘疗之无效。绩故人曰赵丹，有才器，任丰城县尉。绩因过之。丹命祇承人指绩停处。绩谓曰：‘欲得仓督李敬慎家居止。’丹遽命敬为主，礼绩。因问其故。敬曰：‘三女同居堂内阁子，每至日晚，即靓妆炫服。黄昏后，即归所居阁子，灭灯烛。听之，窃与人言笑声。及至晓眠，非唤不觉。日日渐瘦，不能下食。制之不令妆梳，即欲自缢投井。无奈之何。’绩谓敬曰：‘引示阁子之处。’其阁东有窗。恐其门闭固而难启，遂昼日先刻断窗棂四条，却以物支柱之，如旧。至日暮，敬报绩曰：‘妆梳入阁矣。’至一更，听之，言笑自然。绩拔窗棂子，持镜入阁，照之。三女叫云：‘杀我胥也！’初不见一物。悬镜至明，有一鼠狼，首尾长一尺三四寸，身无毛齿；有一老鼠，亦无毛齿，其肥大可重五斤；又有守宫，大如人手，身披鳞甲，焕烂五色，头上有两角，长可半寸，尾长五寸已上，尾头一寸色白，并于壁孔前死矣。从此疾愈。其后寻真至庐山，婆娑数月，或栖息长林，或露宿草莽，虎豹接尾，豺狼连迹，举镜视之，莫不窜伏。庐山处士苏宾，奇识之士也，洞明《易》道，藏往知来，谓绩曰：‘天下神物，必不久居人间。今宇宙丧乱，他乡未必可止，吾子此镜尚在，足下卫，幸速归家乡也。’绩然其言，即时北归。便游河北，夜梦镜谓绩曰：‘我蒙卿兄厚礼，今当舍人间远去，欲得一别，卿请早归长安也。’绩梦中许之。及晓，独居思之，恍恍发悸，即时西首秦路。今既见兄，绩不负诺矣。终恐此灵物亦非兄所有。”数月，绩还河东。大业十三年七月十五日，匣中悲鸣，其声纤远，俄而渐大，若龙咆虎吼；良久乃定。开匣视之，即失镜矣。

补江总白猿传

佚 名

梁大同末，遣平南将军蔺钦南征，至桂林，破李师古陈彻。别将欧阳纥略地至长乐，悉平诸洞，罙入深阻。纥妻纤白，甚美。其部人曰："将军何为挈丽人经此？地有神，善窃少女，而美者尤所难免。宜谨护之。"纥甚疑惧，夜勒兵环其庐，匿妇密室中，谨闭甚固，而以女奴十余伺守之。尔夕，阴风晦黑，至五更，寂然无闻。守者怠而假寐，忽若有物惊悟者，即已失妻矣。关扃如故，莫知所出。出门山险，咫尺迷闷，不可寻逐。迫明，终无其迹。纥大愤痛，誓不徒还。因辞疾，驻其军，日往四遐，即深陵险以索之。既逾月，忽于百里之外丛篠上，得其妻绣履一只，虽侵两濡，犹可辨识。纥尤凄悼，求之益坚。选壮士三十人，持兵负粮，岩栖野食。又旬余，远所舍约二百里，南望一山，葱秀迥出。至其下，有深溪环之，乃编木以度。绝岩翠竹之间，时见红彩，闻笑语音。扪萝引绠，而陟其上，则嘉树列植，间以名花，其下绿芜，丰软如毯。清迥岑寂，杳然殊境。东向石门有妇人数十，帔服鲜泽，嬉游歌笑，出入其中。见人皆慢视迟立，至则问曰："何因来此？"纥具以对。相视叹曰："贤妻至此月余矣。今病在床，宜遣视之。"入其门，以木为扉。中宽辟若堂者三。四壁设床，悉施锦荐。其妻卧石榻上，重茵累席，珍食盈前。纥就视之。回眸一睇，即疾挥手令去。诸妇人曰："我等与公之妻，比来久者十年。此神物所居，力能杀人，虽百夫操兵，不能制也。幸其未返，宜速避之。但求美酒两斛，食犬十头，麻数十斤，当相与谋杀之。其来必以正午。后慎勿太早。以十日为期。"因促之去。纥亦遽退。遂求醇醪与麻犬，如期而往。妇人曰："彼好酒，往往致醉。醉必骋力，俾吾等以彩练缚手足于床，一踊皆断。尝纫三幅，则力尽不解。今麻隐帛中束之，度不能矣。遍体皆如铁，唯脐下数寸，常护蔽之，此必不能御兵刃。"指其旁一岩曰："此其食廪。当隐于是，静而伺之。

酒置花下，犬散林中，待吾计成，招之即出。”如其言，屏气以俟。日晡，有物如匹练，自他山下，透至若飞，径入洞中。少选，有美髯丈夫长六尺余，白衣曳杖，拥诸妇人而出。见犬惊视，腾身执之，披裂吮咀，食之致饱。妇人竞以玉杯进酒，谐笑甚欢。既饮数斗，则扶之而去。又闻嬉笑之音。良久，妇人出招之，乃持兵而入。见大白猿，缚四足于床头，顾人蹙缩，求脱不得，目光如电。竞兵之，如中铁石。刺其脐下，即饮刃，血射如注。乃大叹咤曰："此天杀我，岂尔之能。然尔妇已孕，勿杀其子，将逢圣帝，必大其宗。"言绝乃死。搜其藏，宝器丰积，珍羞盈品，罗列几案。凡人世所珍，靡不充备。名香数斛，宝剑一双。妇人三十辈，皆绝其色。久者至十年。云："色衰必被提去，莫知所置。又捕采唯止其身，更无党类。旦盥洗，着帽，加白袷，被素罗衣，不知寒暑。遍身白毛，长数寸。所居常读木简，字若符篆，了不可识；已，则置石磴下。晴昼或舞双剑，环身电飞，光圆若月。其饮食无常，喜啖果栗，尤嗜犬，咀而饮其血。日始逾午，即欻然而逝。半昼往返数千里，及晚必归，此其常也。所须无不立得。夜就诸床嬲戏，一夕皆周，未尝寐。言语淹详，华旨会利。然其状，即猳玃类也。今岁木落之初，忽怆然曰：'吾为山神所诉，将得死罪。亦求护之于众灵，庶几可免。'前月哉生魄，石磴生火，焚其简书。怅然自失曰：'吾已千岁，而无子。今有子，死期至矣。'因顾诸女，汍澜者久，且曰：'此山复绝，未尝有人至。上高而望，绝不见樵者。下多虎狼怪兽。今能至者，非天假之，何耶?'"纥即取宝玉珍丽及诸妇人以归，犹有知其家者。纥妻周岁生一子，厥状肖焉。后纥为陈武帝所诛。素与江总善。爱其子聪悟绝人，常留养之，故免于难。及长，果文学善书，知名于时。

离魂记

陈玄祐

天授三年，清河张镒，因官家于衡州。性简静，寡知友。无子，有女二人。其长早亡，幼女倩娘，端妍绝伦。镒外甥太原王宙，幼聪悟，美容范。镒常器重，每曰："他时当以倩娘妻之。"后各长成，宙与倩娘常私感想于寤寐，家人莫知其状。后有宾寮之选者求之，镒许焉。女闻而郁抑；宙亦深恚恨，托以当调，请赴京，止之不可，遂厚遣之。宙阴恨悲恸，决别上船。日暮，至山郭数里。夜方半，宙不寐，忽闻岸上有一人行声甚速，须臾至船。问之，乃倩娘徒行跣足而至。宙惊喜发狂，执手问其从来。泣曰："君厚意如此，寝梦相感。今将夺我此志，又知君深情不易，思将杀身奉报，是以亡命来奔。"宙非意所望，欣跃特甚。遂匿倩娘于船，连夜遁去。倍道兼行，数月至蜀。凡五年，生两子，与镒绝信。其妻常思父母，涕泣言曰："吾曩日不能相负，弃大义而来奔君。向今五年，恩慈间阻。覆载之下，胡颜独存也?"宙哀之，曰："将归，无苦。"遂俱归衡州。既至，宙独身先至镒家，首谢其事。镒曰："倩娘病在闺中数年，何其诡说也!"宙曰："见在舟中!"镒大惊，促使人验之。果见倩娘在船中，颜色怡畅，讯使者曰："大人安否?"家人异之，疾走报镒。室中女闻喜而起，饰妆更衣，笑而不语，出与相迎，翕然而合为一体，其衣裳皆重。其家以事不正，秘之。惟亲戚间有潜知之者。后四十年间，夫妻皆丧。二男并孝廉擢弟，至丞尉。玄祐少常闻此说，而多异同，或谓其虚。大历末，遇莱芜县令张仲规，因备述其本末。镒则仲规堂叔，而说极备悉，故记之。

枕中记

沈既济

开元七年，道士有吕翁者，得神仙术，行邯郸道中，息邸舍，摄帽弛带，隐囊而坐。俄见旅中少年，乃卢生也。衣短褐，乘青驹，将适于田，亦止于邸中，与翁共席而坐，言笑殊畅。久之，卢生顾其衣装敝亵，乃长叹息曰："大丈夫生世不谐，困如是也！"翁曰："观子形体，无苦无恙，谈谐方适，而叹其困者，何也？"生曰："吾此苟生耳。何适之谓？"翁曰："此不谓适，而何谓适？"答曰："士之生世，当建功树名，出将入相，列鼎而食，选声而听，使族益昌而家益肥，然后可以言适乎。吾尝志于学，富于游艺，自惟当年，青紫可拾。今已适壮，犹勤畎亩，非困而何？"言讫，而目昏思寐。时主人方蒸黍。翁乃探囊中枕以授之，曰："子枕吾枕，当令子荣适如志。"其枕青瓷，而窍其两端。生俯首就之，见其窍渐大，明朗。乃举身而入，遂至其家。数月，娶清河崔氏女。女容甚丽，生资愈厚。生大悦，由是衣装服驭，日益鲜盛。明年，举进士，登第；释褐秘校；应制，转渭南尉；俄迁监察御史；转起居舍人，知制诰。三载，出典同州，迁陕牧。生性好土功，自陕西凿河八十里，以济不通。邦人利之，刻石纪德。移节汴州，领河南道采访使，征为京兆尹。是岁，神武皇帝方事戎狄，恢宏土宇。会吐蕃悉抹逻及烛龙莽布支攻陷瓜沙，而节度使王君㚟新被杀，河湟震动。帝思将帅之才，遂除生御史中丞，河西道节度。大破戎虏，斩首七千级，开地九百里，筑三大城以遮要害。边人立石于居延山以颂之。归朝册勋，恩礼极盛。转吏部侍郎，迁户部尚书兼御史大夫。时望清重，群情翕习。大为时宰所忌，以飞语中之，贬为端州刺史。三年，征为常侍。未几，同中书门下平章事。与萧中令嵩，裴侍中光庭同执大政十余年，嘉谟密命，一日三接，献替启沃，号为贤相。同列害之，复诬与边将交结，所图不轨。下制狱。府吏引从至其门而急收之。生惶骇不测，谓妻子曰："吾家山东，有良田五顷，足以御寒馁，何苦求禄？而今及此，思衣短褐，乘青驹，行邯郸道中，不可得也。”引刃自刎。其妻救之，获免。其罹者皆死，独生为中官保之，减罪死，投驩州。数年，帝知冤，复追为中书令，封燕国公，恩旨殊异。生五子：曰俭，曰传，曰位，曰倜，曰倚，皆有才器。俭进士登第，为考功员外；传为侍御史；位为大常丞；倜为万年尉；倚最贤，年二十八，为左襄。其姻媾皆天下望族。有孙十余人。两窜荒徼，再登台铉，出入中外，徊翔台阁，五十余年，崇盛赫奕。性颇奢荡，甚好佚乐，后庭声色，皆第一绮丽。前后赐良田，甲第，佳人，名马，不可胜数。后年渐衰迈，屡乞骸骨，不许。病，中人候问，相踵于道，名医上药，无不至焉。将殁，上疏曰：“臣本山东诸生，以田圃为娱。偶逢圣运，得列官叙。过蒙殊奖，特秩鸿私，出拥节旌，入升台辅。周旋中外，绵历岁时。有忝天恩，无裨圣化。负乘贻寇，履薄增忧，日惧一日，不知老至。今年逾八十，位极三事，钟漏并歇，筋骸俱耄，弥留沉顿，待时溘尽。顾无成效，上答休明，空负深恩，永辞圣代。无任感恋之至。谨奉表陈谢。”诏曰：“卿以俊德，作朕元辅。出拥藩翰，入赞雍熙，升平二纪，实卿所赖。比婴疾疹，日谓痊平。岂斯沉痼，良用悯恻。今令骠骑大将军高力士就第候省。其勉加针石，为予自爱。犹冀无妄，期于有瘳。”是夕，薨。卢生欠伸而悟，见其身方偃于邸舍，吕翁坐其傍，主人蒸黍未熟，触类如故。生蹶然而兴，曰：“岂其梦寐也？”翁谓生曰：“人生之适，亦如是矣。”生怃然良久，谢曰：“夫宠辱之道，穷达之运，得丧之理，死生之情，尽知之矣。此先生所以窒吾欲也。敢不受教。”稽首再拜而去。

任氏传

沈既济

任氏，女妖也。有韦使君者，名崟，第九，信安王袆之外孙。少落拓，好饮酒。其从父妹胥曰郑六，不记其名。早习武艺，亦好酒色，贫无家，托身于妻族。与崟相得，游处不间。天宝九年夏六月，崟与郑子偕行于长安陌中，将会饮于新昌里。至宣平之南，郑子辞有故，请间去，继至饮所。崟乘白马而东。郑子乘驴而南，入升平之北门。偶值三妇人行于道中，中有白衣者，容色姝丽。郑子见之惊悦，策其驴，忽先之，忽后之，将挑而未敢。白衣时时盼睐，意有所受。郑子戏之曰："美艳若此，而徒行，何也？"白衣笑曰："有乘不解相假，不徒行何为？"郑子曰："劣乘不足以代佳人之步，今辄以相奉。某得步从，足矣。"相视大笑。同行者更相眩诱，稍已狎昵。郑子随之东，至乐游园，已昏黑矣。见一宅，土垣车门，室宇甚严。白衣将入，顾曰："愿少踟蹰。"而入。女奴从者一人，留于门屏间，问其姓第。郑子既告，亦问之。对曰："姓任氏，第二十。"少顷，延入。郑系驴于门，置帽于鞍。始见妇人年三十余，与之承迎，即任氏姊也。列烛置膳，举酒数觞。任氏更妆而出，酣饮极欢。夜久而寝，其妍姿美质，歌笑态度，举措皆艳，殆非人世所有。将晓，任氏曰："可去矣。某兄弟名系教坊，职属南衙，晨兴将出，不可淹留。"乃约后期而去。既行，及里门，门扃未发。门旁有胡人鬻饼之舍，方张灯炽炉。郑子憩其帘下，坐以候鼓，因与主人言。郑子指宿所以问之曰："自此东转，有门者，谁氏之宅？"主人曰："此隤墉弃地，无第宅也。"郑子曰："适过之，曷以云无？"与之固争。主人适悟，乃曰："吁！我知之矣。此中有一狐，多诱男子偶宿，尝三见矣。今子亦遇乎？"郑子赧而隐曰："无。"质明，复视其所，见土垣车门如故。窥其中，皆蓁荒及废圃耳。既归，见崟。崟责以失期。郑子不泄，以他事对。然想其艳冶，愿复一见之，心尝存之不忘。经十许日，郑子游，入西市衣肆，瞥然见之，曩女奴从。郑子遽呼之。任氏侧身周旋于稠人中以避焉。郑子连呼前迫，方背立，以扇障其后，曰："公知之，何相近焉?"郑子曰："虽知之，何患?"对曰："事可愧耻，难施面目。"郑子曰："勤想如是，忍相弃乎?"对曰："安敢弃也，惧公之见恶耳。"郑子发誓，词旨益切。任氏乃回眸去扇，光彩艳丽如初，谓郑子曰："人间如某之比者非一，公自不识耳，无独怪也。"郑子请之与叙欢。对曰："凡某之流，为人恶忌者，非他，为其伤人耳。某则不然。若公未见恶，愿终己以奉巾栉。"郑子许与谋栖止。任氏曰："从此而东，大树出于栋间者，门巷幽静，可税以居。前时自宣平之南，乘白马而东者，非君妻之昆弟乎?其家多什器，可以假用。"是时崟伯叔从役于四方，三院什器，皆贮藏之。郑子如言访其舍，而诣崟假什器。问其所用。郑子曰："新获一丽人，已税得其舍，假其以备用。"崟笑曰："观子之貌，必获诡陋。何丽之绝也。"崟乃悉假帷帐榻席之具，使家僮之惠黠者，随以觇之。俄而奔走返命，气吁汗洽。崟迎问之："有乎?"又问："容若何?"曰："奇怪也!天下未尝见之矣。"崟姻族广茂，且夙从逸游，多识美丽。乃问曰："孰若某美?"僮曰："非其伦也!"崟遍比其佳者四五人，皆曰："非其伦。"是时吴王之女有第六者，则崟之内妹，秾艳如神仙，中表素推第一。崟问曰："孰与吴王家第六女美?"又曰："非其伦也。"崟抚手大骇曰："天下岂有斯人乎?"遽命汲水澡颈，巾首膏唇而往。既至，郑子适出。崟入门，见小僮拥彗方扫，有一女奴在其门，他无所见。征于小僮。小僮笑曰："无之。"崟周视室内，见红裳出于户下。迫而察焉，见任氏戢身匿于扇间。崟引出就明而观之，殆过于所传矣。崟爱之发狂，乃拥而凌之，不服。崟以力制之，方急，则曰："服矣。请少回旋。"既缓，则捍御如初，如是者数四。崟乃悉力急持之。任氏力竭，汗若濡雨。自度不免，乃纵体不复拒抗，而神色惨变。崟问曰："何色之不悦?"任氏长叹息曰："郑六之可哀也!"崟曰："何谓?"对曰："郑生有六尺之躯，而不能庇一妇人，岂丈夫哉!且公少豪侈，多获佳丽，逾某之比者众矣。而郑生，穷贱耳。所称惬者，唯某而已。忍以有余之心，而夺人之不足乎？哀其穷馁，不能自立，衣公之衣，食公之食，故为公所系耳。若糠糗可给，不当至是。”崟豪俊有义烈，闻其言，遽置之。敛衽而谢曰：“不敢。”俄而郑子至，与崟相视咍乐。自是，凡任氏之薪粒牲饩，皆崟给焉。任氏时有经过，出入或车马舆步，不常所止。崟日与之游，甚欢。每相狎昵，无所不至，唯不及乱而已。是以崟爱之重之，无所怪惜；一食一饮，未尝忘焉。任氏知其爱己，因言以谢曰：“愧公之见爱甚矣。顾以陋质，不足以答厚意。且不能负郑生，故不得遂公欢。某，秦人也，生长秦城；家本伶伦，中表姻族，多为人宠媵，以是长安狭斜，悉与之通。或有姝丽，悦而不得者，为公致之可矣。愿持此以报德。”崟曰：“幸甚!”鄽中有鬻衣之妇曰张十五娘者，肌体凝洁，崟常悦之。因问任氏识之乎。对曰：“是某表娣妹，致之易耳。”旬余，果致之。数月厌罢。任氏曰：“市人易致，不足以展效。或有幽绝之难谋者，试言之，愿得尽智力焉。”崟曰：“昨者寒食，与二三子游于千福寺。见刁将军缅张乐于殿堂。有善吹笙者，年二八，双鬟垂耳，娇姿艳绝。当识之乎?”任氏曰：“此宠奴也。其母即妾之内姊也。求之可也。”崟拜于席下。任氏许之。乃出入刁家。月余，崟促问其计。任氏愿得双缣以为赂。崟依给焉。后二日，任氏与崟方食，而缅使苍头控青骊以迓任氏。任氏闻召，笑谓崟曰：“谐矣。”初，任氏加宠奴以病，针饵莫减。其母与缅忧之方甚，将征诸巫。任氏密赂巫者，指其所居，使言从就为吉。及视疾，巫曰：“不利在家，宜出居东南某所，以取生气。”缅与其母详某地，则任氏之第在焉。缅遂请居。任氏谬辞以逼狭，勤请而后许。乃辇服玩，并其母偕送于任氏。至，则疾愈。未数日，任氏密引崟以通之，经月乃孕。其母惧，遽归以就缅，由是遂绝。他日，任氏谓郑子曰：“公能致钱五六千乎？将为谋利。”郑子曰：“可。”遂假求于人，获钱六千。任氏曰：“鬻马于市者，马之股有疵，可买以居之。”郑子如市，果见一人牵马求售者，眚在左股。郑子买以归。其妻昆第皆嗤之，曰：“是弃物也。买将何为?”无何，任氏曰：“马可鬻矣。当获三万。”郑子乃卖之。有酬二万，郑子不与。一市尽曰：“彼何苦而贵买，此何爱而不鬻？”郑子乘之以归；买者随至其门，累增其估，至二万五千也。不与，曰：“非三万不鬻。”其妻昆第聚而诟之。郑子不获已，遂卖，卒不登三万。既而密伺买者，征其由。乃昭应县之御马疵股者，死三岁矣，斯吏不时除籍。官征其估，计钱六万。设其以半买之，所获尚多矣。若有马以备数，则三年刍粟之估，皆吏得之。且所偿盖寡，是以买耳。任氏又以衣服故弊，乞衣于崟。崟将买全采与之。任氏不欲，曰：“愿得成制者。”崟召市人张大为买之，使见任，问所欲。张大见之，惊谓崟曰：“此必天人贵戚，为郎所窃。且非人间所宜有者，愿速归之，无及于祸。”其容色之动人也如此。竟买衣之成者而不自纫缝也，不晓其意。后岁余，郑子武调，授槐里府果毅尉，在金城县。时郑子方有妻室，虽昼游于外，而夜寝于内，多恨不得专其夕。将之官，邀与任氏俱去。任氏不欲往，曰：“旬月同行，不足以为欢。请计给粮饩，端居以迟归。”郑子恳请，任氏愈不可。郑子乃求崟资助。崟与更劝勉，且诘其故。任氏良久，曰：“有巫者言某是岁不利西行，故不欲耳。”郑子甚惑也，不思其他，与崟大笑曰：“明智若此，而为妖惑，何哉！”固请之。任氏曰：“傥巫者言可征，徒为公死，何益？”二子曰：“岂有斯理乎？”恳请如初。任氏不得已，遂行。崟以马借之，出祖于临皋，挥袂别去。信宿，至马嵬。任氏乘马居其前，郑子乘驴居其后，女奴别乘，又在其后。是时西门圉人教猎狗于洛川，已旬日矣。适值于道，苍犬腾出于草间。郑子见任氏欻然坠于地，复本形而南驰。苍犬逐之。郑子随走叫呼，不能止。里余，为犬所获。郑子衔涕出囊中钱，赎以瘗之，削木为记。回睹其马，啮草于路隅，衣服悉委于鞍上，履袜犹悬于镫间，若蝉蜕然。唯首饰坠地，余无所见。女奴亦逝矣。旬余，郑子还城。崟见之喜，迎问曰：“任子无恙乎？”郑子泫然对曰：“殁矣。”崟闻之亦恸，相持于室，尽哀。徐问疾故。答曰：“为犬所害。”崟曰：“犬虽猛，安能害人？”答曰：“非人。”崟骇曰：“非人，何者？”郑子方述本末。崟惊讶叹息不能已。明日，命驾与郑子俱适马嵬，发瘗视之，长恸而归。追思前事，唯衣不自制，与人颇异焉。其后郑子为总监使，家甚富，有枥马十余匹。年六十五，卒。大历中，沈既济居钟陵，尝与崟游，屡言其事，故最详悉。后崟为殿中侍御史，兼陇州刺史，遂殁而不返。嗟乎，异物之情也有人焉！遇暴不失节，徇人以至死，虽今妇人，有不如者矣。惜郑生非精人，徒悦其色而不征其情性。向使渊识之士，必能揉变化之理，察神人之际，著文章之美，传要妙之情，不止于赏玩风态而已。惜哉！建中二年，既济自左拾遗于金吾将军裴冀，京兆少尹孙成，户部郎中崔需，右拾遗陆淳，皆适居东南，自秦徂吴，水陆同道。时前拾遗朱放，因旅游而随焉。浮颍涉淮，方舟沿流，昼宴夜话，各征其异说。众君子闻任氏之事，共深叹骇，因请既济传之，以志异云。沈既济撰。

卷二

编次郑钦悦辨大同古铭论

李吉甫

天宝中，有商洛隐者任升之，尝贻右补阙郑钦悦书，曰：“升之白。顷退居商洛，久阙披陈，山林独往，交亲两绝。意有所问，别日垂访。升之五代祖仕梁为太常。初任南阳王帐下，于钟山悬岸圮圹之中得古铭，不言姓氏。小篆文云，‘龟言土，蓍言水，甸服黄钟启灵址。瘗在三上庚，堕遇七中巳，六千三百浹辰交，二九重三四百圮。’文虽剥落，仍且分明。大雨之后，才堕而获。即梁武大同四年。数日，遇盂兰大会，从驾同泰寺。录示史官姚訾并诸学官，详议数月，无能知者。筐笥之内，遗文尚在。足下学乃天生而知，计舍运筹而会，前贤所不及，近古所未闻。愿采其旨要，会其归趣，著之遗简，以成先祖之志，深所望焉。乐安任升之白。”数日，钦悦即复书曰：“使至，忽辱简翰，用浣襟怀。不遗旧情，俯见推访。又示以大同古铭。前贤未达，仆非远识，安敢轻言，良增怀愧也。属在途路，无所披求，据鞍运思，颇有所得。发圹者未知谁氏之子，卜宅者实为绝代之贤，藏往知来，有若指掌，契终论始，不差锱铢，隗炤之预识龚使，无以过也。不说葬者之岁月，先识圮时之日辰，以圮之日，却求初兆，事可知矣。姚史官亦为当世达识，复与诸儒详之，沉吟月余，竟不知其指趣，岂止于是哉。原卜者之意，隐其事，微其言，当待仆为龚使耳。不然，何忽见顾访也？谨稽诸历术，测以微词，试一探言，庶会微旨。当梁武帝大同四年，岁次戊午。言‘甸服’者，五百也；‘黄钟’者，十一也。五百一十一年而圮。从大同四年，上求五百一十一年，得汉光武帝建武四年戊子岁也。‘三上庚’，三月上旬之庚也。其年三月辛巳朔，十日得庚寅，是三月初葬于钟山也。‘七中巳’，乃七月戊午朔，十二日得己巳，是初圮堕之日，是日己巳可知矣。‘浃辰’，十二也。从建武四年三月至大同四年七月，总六千三百一十二月，每月一交，故云‘六千三百浃辰交’也。‘二九’为十八，‘重三’为六。末言‘四百’，则六为千，十八为万可知。从建武四年三月十日庚寅初葬，至大同四年七月十二日己巳初圮，计一十八万六千四百日，故云‘二九重三四百圮’也。其所言者，但说年月日数耳。据年，则五百一十一，会于甸服黄钟；言月，则六千三百一十二，会于六千三百浃辰交；论日，则一十八万六千四百，会于二九重三四百圮。从三上庚至于七中巳，据历计之，无所差也。所言年则月日，但差一数，则不相照会矣。原卜者之意，当待仆言之。吾子之问，契使然也。从吏已久，艺业荒芜，古人之意，复难远测。足下更询能者，时报焉。使还，不代。郑钦悦白记。”贞元中，李吉甫任尚书屯田员外郎，兼太常博士。时宗人巽为户部郎中，于南宫暇日，语及近代儒术之士，谓吉甫曰：“故右补阙集贤殿直学士郑钦悦，于术数研精，思通玄奥，盖僧一行所不逮。以其夭阏，当世名不甚闻。子知之乎?”吉甫对曰：“兄何以核诸。”巽曰：“天宝中，商洛隐者任升之自言五代祖仕梁为太常。大同四年，于钟山下获古铭。其文隐秘，博求时儒，莫晓其旨。因缄其铭，诫诸子曰：‘我代代子孙，以此铭访于通人。倘有知者，吾无所恨。’至升之，颇耽道博雅。闻钦悦之名，即告以先祖之意。钦悦曰：“子当录以示我。我试思之。’升之书遗其铭。会钦悦适奉朝使，方授驾于长乐驿。得铭而绎之，行及滋水，凡二十里，则释然悟矣。故其书曰：‘据鞍运思，颇有所得。’不亦异乎?”辛未岁，吉甫转驾部员外郎，钦悦子克钧自京兆府司录授司门员外郎，吉甫数以巽之说质焉。虽且符其言，然克钧自云亡其草。每想其微言至赜，而不获见，吉甫甚惜之。壬申岁，吉甫贬明州长史。海岛之中，有隐者姓张氏，名玄阳，以明《易经》为州将所重，召置阁下。因讲《周易》卜筮之事，即以钦悦之书示吉甫。吉甫喜得其书，抃逾获宝，即编次之。仍为著论，曰：夫一邱之土，无情也。遇雨而圮，偶然也。穷象数者，已悬定于十八万六千四百日之前。矧于理乱之运，穷达之命，圣贤不逢，君臣偶合。则姜牙得璜而尚父，仲尼无凤而旅人，傅说梦达于岩野，子房神授于圮上，亦必定之符也。然而孔不暇暖其席，墨不俟黔其突，何经营如彼？孟去齐而接淅，贾造湘而投吊，又眷恋如此。岂大圣大贤，犹惑于性命之理欤？将浼身存教，示人道之不可废欤？余不可得而知也。钦悦寻自右补阙历殿中侍御史，为时宰李林甫所恶，斥摈于外，不显其身。故余叙其所闻，系于二篇之后，以著蓍筮之神明，聪哲之悬解，奇偶之有数，贻诸好事，为后学之奇玩焉，时贞元九年十一月二十八日，赵郡李吉甫记。

柳氏传

许尧佐

天宝中，昌黎韩翊有诗名，性颇落拓，羁滞贫甚。有李生者，与翊友善，家累千金，负气爱才。其幸姬曰柳氏，艳绝一时，喜谈谑，善讴咏。李生居之别第，与翊为宴歌之地。而馆翊于其侧。翊素知名，其所候问，皆当时之彦。柳氏自门窥之，谓其侍者曰："韩夫子岂长贫贱者乎！"遂属意焉。李生素重翊，无所悋惜。后知其意，乃具膳请翊饮，酒酣，李生曰："柳夫人容色非常，韩秀才文章特异。欲以柳荐枕于韩君，可乎？"翊惊栗，避席曰："蒙君之恩，解衣辍食久之。岂宜夺所爱乎？"李坚请之。柳氏知其意诚，乃再拜，引衣接席。李坐翊于客位，引满极欢。李生又以资三十万，佐翊之费。翊仰柳氏之色，柳氏慕翊之才，两情皆获，喜可知也。明年，礼部侍郎杨度擢翊上第，屏居间岁。柳氏谓翊曰："荣名及亲，昔人所尚。岂宜以濯浣之贱，稽采兰之美乎？且用器资物，足以待君之来也。"翊于是省家于清池。岁余，乏食，鬻妆具以自给。天宝末，盗覆二京，士女奔骇。柳氏以艳独异，且惧不免，乃剪发毁形，寄迹法灵寺。是时侯希逸自平卢节度淄青，素藉翊名，请为书记。洎宣皇帝以神武返正，翊乃遣使间行求柳氏，以练囊盛麸金，题之曰："章台柳，章台柳！昔日青青今在否？纵使长条似旧垂，亦应攀折他人手。"柳氏捧金呜咽，左右凄悯，答之曰："杨柳枝，芳菲节，所恨年年赠离别。一叶随风忽报秋，纵使君来岂堪折！"无何，有蕃将沙吒利者，初立功，窃知柳氏之色，劫以归第，宠之专房。及希逸除左仆射，入觐，翊得从行。至京师，已失柳氏所止，叹想不已。偶于龙首冈见苍头以驳牛驾辎軿，从两女奴。翊偶随之。自车中问曰："得非韩员外乎？某乃柳氏也。"使女奴窃言失身沙吒利，阻同车者，请诘旦幸相待于道政里门。及期而往，以轻素结玉合，实以香膏，自车中授之，曰："当遂永诀，愿置诚念。"乃回车，以手挥之，轻袖摇摇，香车辚辚，目断意迷，失于惊尘。翊大不胜情。会淄青诸将合乐酒楼，使人请翊。翊强应之，然意色皆丧，音韵栖咽。有虞候许俊者，以材力自负，抚剑言曰：“必有故。愿一效用。”翊不得已，具以告之。俊曰：“请足下数字，当立致之。”乃衣缦胡，佩双鞬，从一骑，径造沙吒利之第。候其出行里余，乃被衽执辔，犯关排闼，急趋而呼曰：“将军中恶，使召夫人!”仆侍辟易，无敢仰视。遂升堂，出翊札示柳氏，挟之跨鞍马，逸尘断鞅，倏忽乃至。引裾而前曰：“幸不辱命。”四座惊叹。柳氏与翊执手涕泣，相与罢酒。是时沙吒利恩宠殊等，翊俊惧祸，乃诣希逸。希逸大惊曰：“吾平生所为事，俊乃能尔乎?”遂献状曰：“检校尚书金部员外郎兼御史韩翊，久列参佐，累彰勋效，顷从乡赋。有妾柳氏，阻绝凶寇，依止名尼。今文明抚运，遐迩率化。将军沙吒利凶恣挠法，凭恃微功，驱有志之妾，干无为之政。臣部将兼御史中丞许俊，族本幽蓟，雄心勇决，却夺柳氏，归于韩翊。义切中抱，虽昭感激之诚，事不先闻，固乏训齐之令。”寻有诏，柳氏宜还韩翊，沙吒利赐钱二百万。柳氏归翊；翊后累迁至中书舍人。然即柳氏，志防闲而不克者；许俊，慕感激而不达者也。向使柳氏以色选，则当熊辞辇之诚可继，许俊以才举，则曹柯渑池之功可建。夫事由迹彰，功待事立。惜郁堙不偶，义勇徒激，皆不入于正。斯岂变之正乎？盖所遇然也。

柳毅传

李朝威

仪凤中，有儒生柳毅者，应举下第，将还湘滨。念乡人有客于泾阳者，遂往告别。至六七里，鸟起马惊，疾逸道左。又六七里，乃止。见有妇人，牧羊于道畔。毅怪视之，乃殊色也。然而蛾脸不舒，巾袖无光，凝听翔立，若有所伺。毅诘之曰："子何苦而自辱如是？"妇始楚而谢，终泣而对曰："贱妾不幸，今日见辱问于长者。然而恨贯肌骨，亦何能愧避，幸一闻焉。妾，洞庭龙君小女也。父母配嫁泾川次子，而夫胥乐逸，为婢仆所惑，日以厌薄。既而将诉于舅姑，舅姑爱其子，不能御。迨诉频切，又得罪舅姑。舅姑毁黜以至此。"言讫，歔欷流涕，悲不自胜。又曰："洞庭于兹，相远不知其几多也？长天茫茫，信耗莫通。心目断尽，无所知哀。闻君将还吴，密通洞庭。或以尺书，寄托侍者，未卜将以为可乎？"毅曰："吾义夫也。闻子之说，气血俱动，恨无毛羽，不能奋飞。是何可否之谓乎！然而洞庭，深水也。吾行尘间，宁可致意耶？唯恐道途显晦，不相通达，致负诚托，又乖恳愿。子有何术，可导我邪？"女悲泣且谢，曰："负载珍重，不复言矣。脱获回耗，虽死必谢。君不许，何敢言。既许而问，则洞庭之与京邑，不足为异也。"毅请闻之。女曰："洞庭之阴，有大橘树焉，乡人谓之社橘。君当解去兹带，束以他物。然后叩树三发，当有应者。因而随之，无有碍矣。幸君子书叙之外，悉以心诚之话倚托，千万无渝！"毅曰："敬闻命矣。"女遂于襦间解书，再拜以进，东望愁泣，若不自胜。毅深为之戚。乃置书囊中，因复问曰："吾不知子之牧羊，何所用哉？神祇岂宰杀乎？"女曰："非羊也，雨工也。""何为雨工？"曰："雷霆之类也。"毅顾视之，则皆矫顾怒步，饮龁甚异。而大小毛角，则无别羊焉。毅又曰："吾为使者，他日归洞庭，幸勿相避。"女曰："宁止不避，当如亲戚耳。"语竟，引别东去。不数十步，回望女与羊，俱亡所见矣。其夕，至邑而别其友。月余到乡。还家，乃访于洞庭。洞庭之阴，果有社橘。遂易带向树，三击而止。俄有武夫出于波间，再拜请曰："贵客将自何所至也?"毅不告其实，曰："走谒大王耳。"武夫揭水指路，引毅以进。谓毅曰："当闭目，数息可达矣。"毅如其言，遂至其宫。始见台阁相向，门户千万，奇草珍木，无所不有。夫乃止毅，停于大室之隅，曰："客当居此以伺焉。"毅曰："此何所也?"夫曰："此灵虚殿也。"谛视之，则人间珍宝，毕尽于此。柱以白璧，砌以青玉，床以珊瑚，帘以水精，雕琉璃于翠楣，饰琥珀于虹栋。奇秀深杳，不可殚言。然而王久不至。毅谓夫曰："洞庭君安在哉?"曰："吾君方幸玄珠阁，与太阳道士讲《火经》，少选当毕。"毅曰："何谓《火经》?"夫曰："吾君，龙也。龙以水为神，举一滴可包陵谷。道士，乃人也。人以火为神圣，发一灯可燎阿房。然而灵用不同，玄化各异。太阳道士精于人理，吾君邀以听焉。"语毕而宫门辟。景从云合，而见一人，披紫衣，执青玉。夫跃曰："此吾君也!"乃至前以告之。君望毅而问曰："岂非人间之人乎?"毅对曰："然。"毅而设拜，君亦拜，命坐于灵虚之下。谓毅曰："水府幽深，寡人暗昧，夫子不远千里，将有为乎?"毅曰："毅，大王之乡人也。长于楚，游学于秦。昨下第，闲驱泾水之涘，见大王爱女牧羊于野，风环雨鬓，所不忍视。毅因诘之。谓毅曰：'为夫胥所薄，舅姑不念，以至于此。'悲泗淋漓，诚怛人心。遂托书于毅。毅许之，今以至此。"因取书进之。洞庭君览毕，以袖掩面而泣曰："老父之罪，不谂坚听，坐贻聋瞽，使闺窗孺弱，远罹构害。公，乃陌上人也，而能急之。幸被齿发，何敢负德!"词毕，又哀咤良久。左右皆流涕。时有宦人密视君者，君以书授之，令达宫中。须臾，宫中皆恸哭。君惊谓左右曰："疾告宫中，无使有声。恐钱塘所知。"毅曰："钱塘，何人也?"曰："寡人之爱弟。昔为钱塘长，今则致政矣。"毅曰："何故不使知?"曰："以其勇过人耳。昔尧遭洪水九年者，乃此子一怒也。近与天将失意，塞其五山。上帝以寡人有薄德于古今，遂宽其同气之罪。然犹縻系于此，故钱塘之人，日日候焉。"语未毕，而大声忽发，天拆地裂，宫殿摆簸，云烟沸涌。俄有赤龙长千余尺，电目血舌，朱鳞火鬣，项掣金锁，锁牵玉柱，千雷万霆，激绕其身，霰雪雨雹，一时皆下。乃擘青天而飞去。毅恐蹶仆地。君亲起持之曰："无惧。固无害。"毅良久稍安，乃获自定。因告辞曰："愿得生归，以避复来。"君曰："必不如此。其去则然，其来则不然。幸为少尽缱绻。"因命酌互举，以款人事。俄而祥风庆云，融融怡怡，幢节玲珑，箫韶以随。红妆千万，笑语熙熙，后有一人，自然蛾眉，明珰满身，绡縠参差。迫而视之，乃前寄辞者。然若喜若悲，零泪如丝。须臾，红烟蔽其左，紫气舒其右，香气环旋，入于宫中。君笑谓毅曰："泾水之囚人至矣。"君乃辞归宫中。须臾，又闻怨苦，久而不已。有顷，君复出，与毅饮食。又有一人，披紫裳，执青玉，貌耸神溢，立于君左。君谓毅曰："此钱塘也。"毅起，趋拜之。钱塘亦尽礼相接，谓毅曰："女侄不幸，为顽童所辱。赖明君子信义昭彰，致达远冤。不然者，是为泾陵之土矣。飨德怀恩，词不悉心。"毅㧑退辞谢，俯仰唯唯。然后回告兄曰："向者辰发灵虚，巳至泾阳，午战于彼，未还于此。中间驰至九天，以告上帝。帝知其冤，而宥其失。前所遣责，因而获免。然而刚肠激发，不遑辞候。惊扰宫中，复忤宾客。愧惕惭惧，不知所失。"因退而再拜。君曰："所杀几何？"曰："六十万。""伤稼乎？"曰："八百里。""无情郎安在？"曰："食之矣。"君怃然曰："顽童之为是心也，诚不可忍。然汝亦太草草。赖上帝显圣，谅其至冤。不然者，吾何辞焉。从此已去，勿复如是。"钱塘复再拜。是夕，遂宿毅于凝光殿。明日，又宴毅于凝碧宫。会友戚，张广乐，具以醪醴，罗以甘洁。初，笳角鼙鼓，旌旗剑戟，舞万夫于其右。中有一夫前曰："此《钱塘破阵乐》。"旌铓杰气，顾骤悍栗，坐客视之，毛发皆竖。复有金石丝竹，罗绮珠翠，舞千女于其左。中有一女前进曰："此《贵主还宫乐》。"清音宛转，如诉如慕，坐客听之，不觉泪下。二舞既毕，龙君大悦，锡以纨绮，颁于舞人。然后密席贯坐，纵酒极娱。酒酣，洞庭君乃击席而歌曰："大天苍苍兮，大地茫茫。人各有志兮，何可思量。狐神鼠圣兮，薄社依墙。雷霆一发兮，其孰敢当。荷贞人兮信义长，令骨肉兮还故乡。齐言惭愧兮何时忘！”洞庭君歌罢，钱塘君再拜而歌曰：“上天配合兮，生死有途。此不当妇兮，彼不当夫。腹心辛苦兮，泾水之隅。风霜满鬓兮，雨雪罗襦。赖明公兮引素书，令骨肉兮家如初。永言珍重兮无时无。”钱塘君歌阕，洞庭君俱起，奉觞于毅。毅踧踖而受爵，饮讫，复以二觞奉二君。乃歌曰：“碧云悠悠兮，泾水东流。伤美人兮，雨泣花愁。尺书远达兮，以解君忧。哀冤果雪兮，还处其休。荷和雅兮感甘羞。山家寂寞兮难久留。欲将辞去兮悲绸缪。”歌罢，皆呼万岁。洞庭君因出碧玉箱，贮以开水犀；钱塘君复出红珀盘，贮以照夜玑，皆起进毅。毅辞谢而受。然后宫中之人，咸以绡彩珠璧，投于毅侧。重叠焕赫，须臾埋没前后。毅笑语四顾，愧揖不暇。洎酒阑欢极，毅辞起，复宿于凝光殿。翌日，又宴毅于清光阁。钱塘因酒，作色，踞谓毅曰：“不闻猛石可裂不可卷，义士可杀不可羞邪？愚有衷曲，欲一陈于公。如可，则俱在云霄；如不可，则皆夷粪壤。足下以为何如哉？”毅曰：“请闻之。”钱塘曰：“泾阳之妻，则洞庭君之爱女也。淑性茂质，为九姻所重。不幸见辱于匪人。今则绝矣。将欲求托高义，世为亲戚。使受恩者知其所归，怀爱者知其所付，岂不为君子始终之道者？”毅肃然而作，欻然而笑曰：“诚不知钱塘君孱困如是！毅始闻跨九州，怀五岳，泄其愤怒；复见断金锁，掣玉柱，赴其急难。毅以为刚决明直，无如君者。盖犯之者不避其死，感之者不爱其生，此真丈夫之志。奈何箫管方洽，亲宾正和，不顾其道，以威加人？岂仆之素望哉！若遇公于洪波之中，玄山之间，鼓以鳞须，被以云雨，将迫毅以死，毅则以禽兽视之，亦何恨哉。今体被衣冠，坐谈礼义，尽五常之志性，负百行之微旨，虽人世贤杰，有不如者。况江河灵类乎？而欲以蠢然之躯，悍然之性，乘酒假气，将迫于人，岂近直哉！且毅之质，不足以藏王一甲之间。然而敢以不伏之心，胜王不道之气。惟王筹之！”钱塘乃逡巡致谢曰：“寡人生长宫房，不闻正论。向者词述疏狂，妄突高明。退自循顾，戾不容责。幸君子不为此乖间可也。”其夕，复欢宴，其乐如旧。毅与钱塘，遂为知心友。明日，毅辞归。洞庭君夫人别宴毅于潜景殿。男女仆妾等，悉出预会。夫人泣谓毅曰："骨肉受君子深恩，恨不得展愧戴，遂至睽别。"使前泾阳女当席拜毅以致谢。夫人又曰："此别岂有复相遇之日乎？"毅其始虽不诺钱塘之请，然当此席，殊有叹恨之色。宴罢，辞别，满宫凄然。赠遗珍宝，怪不可述。毅于是复循途出江岸，是从者十余人，担囊以随，至其家而辞去。毅因适广陵宝肆，鬻其所得。百未发一，财以盈兆。故淮右富族，咸以为莫如。遂娶于张氏，亡，又娶韩氏。数月，韩氏又亡。徙家金陵。常以鳏旷多感，或谋新匹。有媒氏告之曰："有卢氏女，范阳人也。父名曰浩，尝为清流宰。晚岁好道，独游云泉，今则不知所在矣。母曰郑氏。前年适清河张氏，不幸而张夫早亡。母怜其少，惜其慧美，欲择德以配焉。不识何如？"毅乃卜日就礼。既而男女二姓，俱为豪族，法用礼物，尽其丰盛，金陵之士，莫不健仰。居月余，毅因晚入户，视其妻，深觉类于龙女，而逸艳丰厚，则又过之。因与话昔事。妻谓毅曰："人世岂有如是之理乎？然君与余有一子。"毅益重之。既产，逾月，乃秾饰换服，召亲戚。相会之间，笑谓毅曰："君不忆余之于昔也？"毅曰："夙为洞庭君女传书，至今为忆。"妻曰："余即洞庭君之女也。泾川之冤，君使得白。衔君之恩，誓心求报。洎钱塘季父论亲不从，遂至睽违，天各一方，不能相问。父母欲配嫁于濯锦小儿某。惟以心誓难移，亲命难背，既为君子弃绝，分无见期。而当初之冤，虽得以告诸父母，而誓报不得其志，复欲驰白于君子。值君子累娶，当娶于张，已而又娶于韩。迨张韩继卒，君卜居于兹，故余之父母乃喜余得遂报君之意。今日获奉君子，咸善终世，死无恨矣。"因呜咽，泣涕交下。对毅曰："始不言者，知君无重色之心。今乃古者，知君有感余之意。妇人匪薄，不足以确厚永心。故因君爱子，以托相生。未知君意如何？愁惧兼心，不能自解。君附书之日，笑谓妾曰：'他日归洞庭，慎无相避。'诚不知当此之际，君岂有意于今日之事乎？其后季父请于君，君固不许。君乃诚将不可邪，抑忿然邪？君其话之！"毅曰："似有命者。仆始见君子，长泾之隅，枉抑憔悴，诚有不平之志。然自约其心者，达君之冤，余无及也。以言慎勿相避者，偶然耳，岂有意哉，洎钱塘逼迫之际，唯理有不可直，乃激人之怒耳。夫始以义行为之志，宁有杀其胥而纳其妻者邪？一不可也。善素以操真为志尚，宁有屈于己而伏于心者乎？二不可也。且以率肆胸臆，酬酢纷纶，唯直是图，不遑避害。然而将别之日，见君有依然之容，心甚恨之。终以人事扼束，无由报谢。吁，今日，君，卢氏也，又家于人间。则吾始心未为惑矣。从此以往，永奉欢好，心无纤虑也。”妻因深感娇泣，良久不已。有顷，谓毅曰：“勿以他类，遂为无心，固当知报耳。夫龙寿万岁，今与君同之。水陆无往不适。君不以为妄也。”毅嘉之曰：“吾不知国客乃复为神仙之饵。”乃相与觐洞庭。既至，而宾主盛礼，不可具纪。后居南海，仅四十年，其邸第舆马珍鲜服玩，虽侯伯之室，无以加也。毅之族咸遂濡泽。以其春秋积序，容状不衰，南海之人，靡不惊异。洎开元中，上方属意于神仙之事，精索道术。毅不得安，遂相与归洞庭。凡十余岁，莫知其迹。至开元末，毅之表弟薛嘏为京畿令，谪官东南。经洞庭，晴昼长望，俄见碧山出于远波。舟人皆侧立，曰：“此本无山，恐水怪耳。”指顾之际，山与舟相逼，乃有彩船自山驰来，迎问于嘏。其中有一人呼之曰：“柳公来候耳。”嘏省然记之，乃促至山下，摄衣疾上。山有宫阙如人世，见毅立于宫室之中，前列丝竹，后罗珠翠，物玩之盛，殊倍人间。毅词理益玄，容颜益少。初迎嘏于砌，持嘏手曰：“别来瞬息，而发毛已黄。”嘏笑曰：“兄为神仙，弟为枯骨，命也。”毅因出药五十丸遗嘏，曰：“此药一丸可增一岁耳。岁满复来，无久居人世，以自苦也。”欢宴毕，嘏乃辞行。自是已后，遂绝影响。嘏常以是事告于人世。殆四纪，嘏亦不知所在。陇西李朝威叙而叹曰：五虫之长，必以灵者，别斯见矣。人，裸也，移信鳞虫。洞庭含纳大直，钱塘迅疾磊落，宜有承焉。嘏咏而不载，独可邻具境。愚义之，为斯文。

李章武传

李景亮

李章武，字飞，其先中山人。生而敏博，遇事便了。工文学，皆得极至。虽弘道自高，恶为洁饰，而容貌闲美，即之温然。与清河崔信友善。信亦雅士，多聚古物。以章武精敏，每访辨论，皆洞达玄微，研究原本，时人比晋之张华。贞元三年，崔信任华州别驾，章武自长安诣之。数日，出行，于市北街见一妇人，甚美。因给信云："须州外与亲故知闻。"遂赁舍于美人之家。主人姓王，此则其子妇也。乃悦而私焉。居月余日所，计用直三万余，子妇所供费倍之。既而两心克谐，情好弥切。无何，章武系事，告归长安，殷勤叙别。章武留交颈鸳鸯绮一端，乃赠诗曰："鸳鸯绮，知结几千丝。别后寻交颈，应伤未别时。"子妇答白玉指环一，又赠诗曰："捻指环相思，见环重相忆。愿君永持玩，循环无终极。"章武有仆杨果者，子妇赍钱一千以奖其敬事之勤。既别，积八九年。章武家长安，亦无从与之相闻。至贞元十一年，因友人张元宗寓居下邽县，章武又自京师与元会。忽思曩好，乃回车涉渭而访之。日暝，达华州，将舍于王氏之室。至其门，则阒无行迹，但外有宾榻而已。章武以为下里或废业即农，暂居郊野，或亲宾邀聚，未始归复。但休止其门，将别适他舍。见东邻之妇，就而访之。乃云，王氏之长老，皆舍业而出游，其子妇殁已再周矣。又详与之谈，即云："某姓杨，第六，为东邻妻。"复访郎何姓。章武具语之。又云："曩曾有傔姓杨名果乎？"曰："有之。"因泣告曰："某为里中妇五年，与王氏相善。尝云：'我夫室犹如传舍，阅人多矣。其于往来见调者，皆殚财穷产，甘辞厚誓，未尝动心。顷岁有李十八郎，曾舍于我家。我初见之，不觉自失。后遂私侍枕席，实蒙欢爱。今与之别累年矣。思慕之心，或竟日不食，终夜无寝。我家人故不可托。复被彼夫东西，不时会遇。脱有至者，愿以物色名氏求之。如不参差，相托祗奉，并语深意。但有仆夫杨果，即是。’不二三年，子妇寝疾。临终，复见托曰：‘我本寒微，曾辱君子厚顾，心常感念。久以成疾，自料不治。曩所奉托，万一至此，愿申九泉衔恨，千古睽离之叹。仍乞留止此，冀神会于仿佛之中。’”章武乃求邻妇为开门，命从者市薪刍食物。方将具裀席，忽有一妇人，持帚，出房扫地。邻妇亦不之识。章武因访所从者，云是舍中人。又逼而诘之，即徐曰：“王家亡妇感郎恩情深，将见会。恐生怪怖，故使相闻。”章武许诺，云：“章武所由来者，正为此也。虽显晦殊途，人皆忌惮，而思念情至，实所不疑。”言毕，执帚人欣然而去，逡巡映门，即不复见。乃具饮馔，呼祭。自食饮毕，安寝。至二更许，灯在床之东南，忽尔稍暗，如此再三。章武心知有变，因命移烛背墙，置室东西隅。旋闻室北角窸窣有声；如有人形，冉冉而至。五六步，即可辨其状。视衣服，乃主人子妇也。与昔见不异，但举止浮急，音调轻清耳。章武下床，迎拥携手，款若平生之欢。自云：“在冥录以来，都忘亲戚。但思君子之心，如平昔耳。”章武倍与狎昵，亦无他异。但数请令人视明星，若出，当须还，不可久住。每交欢之暇，即恳托在邻妇杨氏，云：“非此人，谁达幽恨?”至五更，有人告可还。子妇泣下床，与章武连臂出门，仰望天汉，遂呜咽悲怨，却入室，自于裙带上解锦囊，囊中取一物以赠之。其色绀碧，质又坚密，似玉而冷，状如小叶。章武不之识也。子妇曰：“此所谓‘靺鞨宝’，出昆仑玄圃中。彼亦不可得。妾近于西岳与玉京夫人戏，见此物在众宝珰上，爱而访之。夫人遂假以相授，云：‘洞天群仙，每得此一宝，皆为光荣。’以郎奉玄道，有精识，故以投献。常愿宝之，此非人间之有。”遂赠诗曰：“河汉已倾斜，神魂欲超越。愿郎更回抱，终于从此诀。”章武取白玉宝簪一以酬之，并答诗曰：“分从幽显隔，岂谓有佳期。宁辞重重别，所叹去何之。”因相持泣，良久。子妇又赠诗曰：“昔辞怀后会，今别便终天。新悲与旧恨，千古闭穷泉。”章武答曰：“后期杳无约，前恨已相寻。别路无行信，何因得寄心。”款曲叙别讫，遂却赴西北隅。行数步，犹回顾拭泪云：“李郎无舍，念此泉下人。”复哽咽伫立，视天欲明，急趋至角，即不复见。但空室窅然，寒灯半灭而已。章武乃促装，却自下邽归长安武定堡。下邦郡官与张元宗携酒宴饮，既酣，章武怀念，因即事赋诗曰：“水不西归月暂圆，令人惆怅古城边。萧条明早分歧路，知更相逢何岁年。”吟毕，与郡官别。独行数里，又自讽诵。忽闻空中有叹赏，音调凄恻。更审听之，乃王氏子妇也。自云：“冥中各有地分。今于此别，无日交会。知郎思眷，故冒阴司之责，远来奉送。千万自爱!”章武愈感之。及至长安，与道友陇西李助话，亦感其诚而赋曰：“石沉辽海阔，剑别楚天长，会合知无日，离心满夕阳。”章武既事东平丞相府，因闲，召玉工视所得靺鞨宝，工亦不知，不敢雕刻。后奉使大梁，又召玉工，粗能辨，乃因其形，雕作槲叶象。奉使上京，每以此物贮怀中。至市东街，偶见一胡僧，忽近马叩头云：“君有宝玉在怀，乞一见尔。”乃引于静处开视。僧捧玩移时，云：“此天上至物，非人间有也。”章武后往来华州，访遗杨六娘，至今不绝。

霍小玉传

蒋　防

大历中，陇西李生名益，年二十，以进士擢第。其明年，拔萃，俟试于天官。夏六月，至长安，舍于新昌里。生门族清华，少有才思，丽词嘉句，时谓无双。先达丈人，翕然推伏。每自矜风调，思得佳偶，博求名妓，久而未谐。长安有媒鲍十一娘者，故薛驸马家青衣也，折券从良，十余年矣。性便辟，巧言语，豪家戚里，无不经过，追风挟策，推为渠帅。常受生诚托厚赂，意颇德之。经数月，李方闲居舍之南亭。申未闲，忽闻扣门甚急，云是鲍十一娘至。摄衣从之，迎问曰："鲍卿，今日何故忽然而来?"鲍笑曰："苏姑子作好梦也未？有一仙人，谪在下界，不邀财货，但慕风流。如此色目，共十郎相当矣。"生闻之惊跃，神飞体轻，引鲍手且拜且谢曰："一生作奴，死亦不惮。"因问其名居。鲍具说曰："故霍王小女，字小玉，王甚爱之。母曰净持。净持即王之宠婢也。王之初薨，诸弟兄以其出自贱庶，不甚收录。因分与资财，遣居于外，易姓为郑氏，人亦不知其王女。姿质秾艳，一生未见，高情逸态，事事过人，音乐诗书，无不通解。昨遣某求一好儿郎，格调相称者。某具说十郎。他亦知有李十郎名字，非常欢惬。住在胜业坊古寺曲，甫上车门宅是也。已与他作期约。明日午时，但至曲头觅桂子，即得矣。"鲍既去，生便备行计。遂令家僮秋鸿，于从兄京兆参军尚公处假青骊驹，黄金勒。其夕，生浣衣沐浴，修饰容仪，喜跃交并，通夕不寐。迟明，巾帻，引镜自照，惟惧不谐也。徘徊之间，至于亭午。遂命驾疾驱，直抵胜业。至约之所，果见青衣立候，迎问曰："莫是李十郎否?"即下马，令牵入屋底，急急锁门。见鲍果从内出来，遥笑曰："何等儿郎，造次入此?"生调诮未毕，引入中门。庭间有四樱桃树；西北悬一鹦鹉笼，见生人来，即语曰："有人入来，急下帘者!"生本性雅淡，心犹疑惧，忽见鸟语，愕然不敢进。逡巡，鲍引净持下阶相迎，延入对坐。年可四十余，绰约多姿，谈笑甚媚。因谓生曰："素闻十郎才调风流，今又见容仪雅秀，名下固无虚士。某有一女子，虽拙教训，颜色不至丑陋，得配君子，颇为相宜。频见鲍十一娘说意旨，今亦便令永奉箕帚。"生谢曰："鄙拙庸愚，不意顾盼，倘垂采录，生死为荣。"遂命酒馔，即令小玉自堂东阁子中而出。生即拜迎。但觉一室之中，若琼林玉树，互相照曜，转盼精彩射人。既而遂坐母侧。母谓曰："汝尝爱念'开帘风动竹，疑是故人来'。即此十郎诗也。尔终日吟想，何如一见。"玉乃低鬟微笑，细语曰："见面不如闻名。才子岂能无貌?"生遂连起拜曰："小娘子爱才，鄙夫重色。两好相映，才貌相兼。"母女相顾而笑，遂举酒数巡。生起，请玉唱歌。初不肯，母固强之。发声清亮，曲度精奇。酒阑，及暝，鲍引生就西院憩息。闲庭邃宇，帘幕甚华。鲍令侍儿桂子浣沙与生脱靴解带。须臾，玉至，言叙温和，辞气宛媚。解罗衣之际，态有余妍，低帏昵枕，极其欢爱。生自以为巫山洛浦不过也。中宵之夜，玉忽流涕观生曰："妾本倡家，自知非匹。今以色爱，托其仁贤。但虑一旦色衰，恩移情替，使女萝无托，秋扇见捐。极欢之际，不觉悲至。"生闻之，不胜感叹，乃引臂替枕，徐谓玉曰："平生志愿，今日获从，粉骨碎身，誓不相舍。夫人何发此言！请以素缣，著之盟约。"玉因收泪，命侍儿樱桃褰幄执烛，授生笔研。玉管弦之暇，雅好诗书，筐箱笔研，皆王家之旧物。遂取绣囊，出越姬乌丝栏素缣三尺以授生。生素多才思，援笔成章，引谕山河，指诚日月，句句恳切，闻之动人。染毕，命藏于宝箧之内。自尔婉娈相得，若翡翠之在云路也。如此二岁，日夜相从。其后年春，生以书判拔萃登科，授郑县主簿。至四月，将之官，便拜庆于东洛。长安亲戚，多就筵饯。时春物尚余，夏景初丽，酒阑宾散，离思萦怀。玉谓生曰："以君才地名声，人多景慕，愿结婚媾，固亦众矣。况堂有严亲，室无冢妇，君之此去，必就佳姻。盟约之言，徒虚语耳。然妾有短愿，欲辄指陈。永委君心，复能听否?"生惊怪曰："有何罪过，忽发此辞? 试说所言，必当敬奉。"玉曰："妾年始十八，君才二十有二，迨君壮室之秋，犹有八岁。

一生欢爱，愿毕此期。然后妙选高门，以谐秦晋，亦未为晚。妾便舍弃人事，剪发披缁，夙昔之愿，于此足矣。”生且愧且感，不觉涕流。因谓玉曰：“皎日之誓，死生以之，与卿偕老，犹恐未惬素志，岂敢辄有二三。固请不疑，但端居相待。至八月，必当却到华州，寻使奉迎，相见非远。”更数日，生遂诀别东去。到任旬日，求假往东都觐亲。未至家日，太夫人已与商量表妹卢氏，言约已定。太夫人素严毅，生逡巡不敢辞让，遂就礼谢，便有近期。卢亦甲族也，嫁女于他门，聘财必以百万为约，不满此数，义在不行。生家素贫，事须求贷，便托假故，远投亲知，涉历江淮，自秋及夏。生自以孤负盟约，大愆回期。寂不知闻，欲断其望。遥托亲故，不遗漏言。玉自生逾期，数访音信。虚词诡说，日日不同。博求师巫，遍询卜筮，怀忧抱恨，周岁有余。羸卧空闺，遂成沉疾。虽生之书题竟绝，而玉之想望不移，赂遗亲知，使通消息。寻求既切，资用屡空，往往私令侍婢潜卖箧中服玩之物，多托于西市寄附铺侯景先家货卖。曾令侍婢浣沙将紫玉钗一只，诣景先家货之。路逢内作老玉工，见浣沙所执，前来认之曰：“此钗，吾所作也。昔岁霍王小女将欲上鬟，令我作此，酬我万钱。我尝不忘。汝是何人，从何而得?”浣沙曰：“我小娘子，即霍王女也。家事破散，失身于人。夫婿昨向东都，更无消息。悒怏成疾，今欲二年。令我卖此，赂遗于人，使求音信。”玉工凄然下泣曰：“贵人男女，失机落节，一至于此。我残年向尽，见此盛衰，不胜伤感。”遂引至延先公主宅，具言前事。公主亦为之悲叹良久，给钱十二万焉。时生所定卢氏女在长安，生既毕于聘财，还归郑县。其年腊月，又请假入城就亲。潜卜静居，不令人知。有明经崔允明者，生之中表弟也。性甚长厚，昔岁常与生同欢于郑氏之室，杯盘笑语，曾不相间。每得生信，必诚告于玉。玉常以薪刍衣服，资给于崔。崔颇感之。生既至，崔具以诚告玉。玉恨叹曰：“天下岂有是事乎!”遍请亲朋，多方召致。生自以愆期负约，又知玉疾候沈绵，惭耻忍割，终不肯往。晨出暮归，欲以回避。玉日夜涕泣，都忘寝食，期一相见，竟无因由。冤愤益深，委顿床枕。自是长安中稍有知者。

风流之士，共感玉之多情，豪侠之伦，皆怒生之薄行。时已三月，人多春游。生与同辈五六人诣崇敬寺玩牡丹花，步于西廊，递吟诗句。有京兆韦夏卿者，生之密友，时亦同行。谓生曰："风光甚丽，草木荣华。伤哉郑卿，衔冤空室！足下终能弃置，实是忍人。丈夫之心，不宜如此。足下宜为思之！"叹让之际，忽有一豪士，衣轻黄纻衫，挟弓弹，丰神隽美，衣服轻华，唯有一剪头胡雏从后，潜行而听之。俄而前揖生曰："公非李十郎者乎！某族本山东，姻连外戚。虽乏文藻，心尝乐贤。仰公声华，常思观止。今日幸会，得睹清扬。某之敝居，去此不远，亦有声乐，足以娱情。妖姬八九人，骏马十数匹，唯公所欲。但愿一过。"生之侪辈，共聆斯语，更相叹美。因与豪士策马同行，疾转数坊，遂至胜业。生以近郑之所止，意不欲过，便托事故，欲回马首。豪士曰："敝居咫尺，忍相弃乎?"乃挽挟其马，牵引而行。迁延之间，已及郑曲。生神情恍惚，鞭马欲回。豪士遽命奴仆数人，抱持而进。疾走推入车门，便令锁却，报云："李十郎至也!"家惊喜，声闻于外。先此一夕，玉梦黄衫丈夫抱生来，至席，使玉脱鞋。惊寤而告母。因自解曰："鞋者，谐也。夫妇再合。脱者，解也。既合而解，亦当永诀。由此征之，必遂相见，相见之后，当死矣。"凌晨，请母妆梳。母以其久病，心意惑乱，不甚信之。黾勉之间，强为妆梳。妆梳才毕，而生果至。玉沈绵日久，转侧须人。忽闻生来，欻然自起，更衣而出，恍若有神。遂与生相见，含怒凝视。不复有言。羸质娇姿，如不胜致，时复掩袂，返顾李生。感物伤人，坐皆欷歔。顷之，有酒肴数十盘，自外而来。一座惊视，遽问其故，悉是豪士之所致也。因遂陈设，相就而坐。玉乃侧身转面，斜视生良久，遂举杯酒，酬地曰："我为女子，薄命如斯。君是丈夫，负心若此。韶颜稚齿，饮恨而终。慈母在堂，不能供养。绮罗弦管，从此永休。征痛黄泉，皆君所致。李君李君，今当永诀！我死之后，必为厉鬼，使君妻妾，终日不安!"乃引左手握生臂，掷杯于地，长恸号哭数声而绝。母乃举尸，置于生怀，令唤之，遂不复苏矣。生为之缟素，旦夕哭泣甚哀。将葬之夕，生忽见玉繐帷之中，容貌妍丽，宛若平生。着石榴裙，紫褴裆，红绿帔子。斜身倚帷，手引绣带，顾谓生曰："愧君相送，尚有余情。幽冥之中，能不感叹。"言毕，遂不复见。明日，葬于长安御宿原。生至墓所，尽哀而返。后月余，就礼于卢氏。伤情感物，郁郁不乐。夏五月，与卢氏偕行，归于郑县。至县旬日，生方与卢氏寝，忽帐外叱叱作声。生惊视之，则见一男子，年可二十余，姿状温美，藏身映幔，连招卢氏。生惶遽走起，绕幔数匝，倏然不见。生自此心怀疑恶，猜忌万端，夫妻之间，无聊生矣。或有亲情，曲相劝喻。生意稍解。后旬日，生复自外归，卢氏方鼓琴于床，忽见自门抛一斑犀钿花合子，方圆一寸余，中有轻绢，作同心结，坠于卢氏怀中。生开而视之，见相思子二，叩头虫一，发杀觜一，驴驹媚少许。生当时愤怒叫吼，声如豺虎，引琴撞击其妻，诘令实告。卢氏亦终不自明。尔后往往暴加捶楚，备诸毒虐，竟讼于公庭而遣之。卢氏既出，生或侍婢媵妾之属，暂同枕席，便加妒忌。或有因而杀之者。生尝游广陵，得名姬曰营十一娘者，容态润媚，生甚悦之。每相对坐，尝谓营曰："我尝于某处得某姬，犯某事，我以某法杀之。"日日陈说，欲令惧己，以肃清闺门。出则以浴斛覆营于床，周回封署，归必详视，然后乃开。又畜一短剑，甚利，顾谓侍婢曰："此信州葛溪铁，唯断作罪过头！"大凡生所见妇人，辄加猜忌，至于三娶，率皆如初焉。

卷三

古岳渎经

李公佐

贞元丁丑岁，陇西李公佐泛潇湘苍梧。偶遇征南从事弘农杨衡，泊舟古岸，淹留佛寺，江空月浮，征异话奇。杨告公佐云：“永泰中，李汤任楚州刺史时，有渔人，夜钓于龟山之下。其钓因物所制，不复出。渔者健水，疾沉于下五十丈。见大铁锁，盘绕山足，寻不知极。遂告汤。汤命渔人及能水者数十，获其锁，力莫能制。加以牛五十余头。锁乃振动，稍稍就岸。时无风涛，惊浪翻涌。观者大骇。锁之末见一兽，状有如猿，白首长鬐，雪牙金爪，闯然上岸，高五丈许。蹲踞之状若猿猴。但两目不能开，兀若昏昧。目鼻水流如泉，涎沫腥秽，人不可近。久，乃引颈伸欠，双目忽开，光彩若电，顾视人焉，欲发狂怒。观者奔走。兽亦徐徐引锁拽牛，入水去，竟不复出。时楚多知名士，与汤相顾愕栗，不知其由尔。乃渔者时知锁所，其兽竟不复见。”公佐至元和八年冬，自常州饯送给事中孟简至朱方，廉使薛公苹馆待礼备。时扶风马植，范阳卢简能，河东裴蘧，皆同馆之，环炉会语终夕焉。公佐复说前事，如杨所言。至九年春，公佐访古东吴，从太守元公锡泛洞庭，登包山，宿道者周焦君庐。入灵洞，探仙书。石穴间得古《岳渎经》第八卷，文字古奇，编次蠹毁，不能解。公佐与焦君共详读之：“禹理水，三至桐柏山，惊风走雷，石号木鸣，五伯拥川，天老肃兵，不能兴。禹怒，召集百灵，搜命夔龙。桐柏千君长稽首请命。禹因囚鸿蒙氏，章商氏，兜卢氏，犁娄氏。乃获淮涡水神，名无支祁，善应对言语，辨江淮之浅深，原隰之远近。形若猿猴，缩鼻高额，青躯白首，金目雪牙。颈伸百尺，力逾九象，搏击腾踔疾奔，轻利倏忽，闻视不可久。禹授之章律，不能制；授之鸟木由，不能制；授之庚辰，能制。鸱脾桓木魅水灵山袄石怪，奔号聚绕，以数千载。庚辰以战逐去。颈锁大索，鼻穿金铃，徙淮阴之龟山之足下。俾淮水永安流注海也。庚辰之后，皆图此形者，免淮涛风雨之难。”即李汤之见，与杨衡之说，与《岳渎经》符矣。

南柯太守传

李公佐

东平淳于棼，吴楚游侠之士。嗜酒使气，不守细行。累巨产，养豪客。曾以武艺补淮南军裨将，因使酒忤师，斥逐落魄，纵诞饮酒为事。家住广陵郡东十里。所居宅南有大古槐一株，枝干修密，清阴数亩。淳于生日与群豪，大饮其下。贞元七年九月，因沉醉致疾。时二友人于坐扶生归家，卧于堂东庑之下。二友谓生曰："子其寝矣！余将秣马濯足，俟子小愈而去。"生解巾就枕，昏然忽忽，仿佛若梦。见二紫衣使者，跪拜生曰："槐安国王遣小臣致命奉邀。"生不觉下榻整衣，随二使至门。见青油小车，驾以四牡，左右从者七八，扶生上车，出大户，指古槐穴而去。使者即驱入穴中。生意颇甚异之，不敢致问。所见山川风候草木道路，与人世甚殊。前行数十里，有郛郭城堞。车舆人物，不绝于路。生左右传车者传呼甚严，行者亦争辟于左右。又入大城，朱门重楼，楼上有金书，题曰："大槐安国。"执门者趋拜奔走。旋有一骑传呼曰："王以驸马远降，令且息东华馆。"因前导而去。俄见一门洞开，生降车而入。彩槛雕楹；华木珍果，列植于庭下；几案茵褥，帘帏肴膳，陈设于庭上。生心甚自悦。复有呼曰："右相且至。"生降阶祇奉。有一人紫衣象简前趋，宾主之仪敬尽焉。右相曰："寡君不以弊国远僻，奉迎君子，托以姻亲。"生曰："某以贱劣之躯，岂敢是望。"右相因请生同诣其所。行可百步，入朱门。矛戟斧钺，布列左右，军吏数百，辟易道侧。生有平生酒徒周弁者，亦趋其中。生私心悦之，不敢前问。右相引生升广殿，御卫严肃，若至尊之所。见一人长大端严，居正位，衣素练服，簪朱华冠。生战栗，不敢仰视。左右侍者令生拜。王曰："前奉贤尊命，不弃小国，许令次女瑶芳，奉事君子。"生但俯伏而已，不敢致词。王曰："且就宾宇，续造仪式。"有旨，右相亦与生偕还馆舍。生思念之，意以为父在边将，因殁虏中，不知存亡。将谓父北蕃交逊，而致兹事。心甚迷惑，不知其由。是夕，羔雁币帛，威容仪度，妓乐丝竹，肴膳灯烛，车骑礼物之用，无不咸备。有群女，或称华阳姑，或称青溪姑，或称上仙子，或称下仙子，若是者数辈。皆侍从数十，冠翠凤冠，衣金霞帔，彩碧金钿，目不可视，遨游戏乐，往来其门，争以淳于郎为戏弄。风态妖丽，言词巧艳，生莫能对。复有一女谓生曰："昨上已日，吾从灵芝夫人过禅智寺，于天竺院观右延舞婆罗门。吾与诸女坐北牖石榻上，时君少年，亦解骑来看。君独强来亲洽，言调笑谑。吾与穷英妹结绛巾，挂于竹枝上，君独不忆念之乎？又七月十六日，吾于孝感寺侍上真子，听契玄法师讲《观音经》。吾于讲下舍金凤钗两只，上真子舍水犀合子一枚。时君亦讲筵中于师处请钗合视之。赏叹再三，嗟异良久。顾余辈曰：'人之与物，皆非世间所有。'或问吾氏，或访吾里。吾亦不答。情意恋恋，瞩盼不舍。君岂不思念之乎？"生曰："中心藏之，何日忘之。"群女曰："不意今日与君为眷属。"复有三人，冠带甚伟，前拜生曰："奉命为驸马相者。"中一人与生且故。生指曰："子非冯翊田子华乎？"田曰："然。"生前，执手叙旧久之。生谓曰："子何以居此？"子华曰："吾放游，获受知于右相武成侯段公，因以栖托。"生复问曰："周弁在此，知之乎？"子华曰："周生，贵人也。职为司隶，权势甚盛，吾数蒙庇护。"言笑甚欢。俄传声曰："驸马可进矣。"三子取剑佩冕服，更衣之。子华曰："不意今日获睹盛礼，无以相忘也。"有仙姬数十，奏诸异乐，婉转清亮，曲调凄悲，非人间之所闻听。有执烛引导者，亦数十。左右见金翠步障，彩碧玲珑，不断数里。生端坐车中，心意恍惚，甚不自安。田子华数言笑以解之。向者群女姑娣，各乘凤翼辇，亦往来其间。至一门，号"修仪宫"。群仙姑姊亦纷然在侧，令生降车辇拜，揖让升降，一如人间。撤障去扇，见一女子，云号金枝公主。年可十四五，俨若神仙。交欢之礼，颇亦明显。生自尔情义日洽，荣耀日盛。出入车服，游宴宾御，次于王者。王命生与群寮备武卫，大猎于国西灵龟山。山阜峻秀，川泽广远，林树丰茂，飞禽走兽，无不蓄之。师徒大获，竟夕而还。生因他日，启王曰："臣顷结好之日，大王云奉臣父之命。臣父顷佐边将，用兵失利，陷没胡中。尔来绝书信十七八岁矣。王既知所在，臣请一往拜观。”王遽谓曰：“亲家翁职守北土，信问不绝。卿但具书状知闻，未用便去”遂命妻致馈贺之礼，一以遣之。数夕还答。生验书本意，皆父平生之迹。书中忆念教诲，情意委曲，皆如昔年。复问生亲戚存亡，闾里兴废。复言路道乖远，风烟阻绝。词意悲苦，言语哀伤。又不令生来观，云：“岁在丁丑，当与汝相见。”生捧书悲咽，情不自堪。他日，妻谓生曰：“子岂不思为政乎？”生曰：“我放荡不习政事。”妻曰：“卿但为之。余当奉赞。”妻遂白于王。累日，谓生曰：“吾南柯政事不理，太守黜废。欲借卿才，可曲屈之。便与小女同行。”生敦授教命。王遂敕有司备太守行李。因出金玉锦绣，箱奁仆妾车马，列于广衢，以饯公主之行。生少游侠，曾不敢有望，至是甚悦。因上表曰：“臣将门余子，素无艺术，猥当大任，必败朝章。自悲负乘，坐致覆餗。今欲广求贤哲，以赞不逮。伏见司隶颍川周弁，忠亮刚直，守法不回，有毗佐之器。处士冯翊田子华，清慎通变，达政化之源。二人与臣有十年之旧，备知才用，可托政事。周请署南柯司宪，田请署司农。庶使臣政绩有闻，宪章不紊也。”王并依表以遣之。其夕，王与夫人饯于国南。王谓生曰：“南柯国之大郡，土地丰壤，人物豪盛，非惠政不能以治之。况有周田二赞。卿其勉之，以副国念。”夫人戒公主曰：“淳于郎性刚好酒，加之少年。为妇之道，贵乎柔顺。尔善事之，吾无忧矣。南柯虽封境不遥，晨昏有间。今日睽别，宁不沾巾。”生与妻拜首南去，登车拥骑，言笑甚欢。累夕达郡。郡有官吏，僧道，耆老，音乐，车舆，武卫，銮铃，争来迎奉。人物阗咽，钟鼓喧哗，不绝十数里。见雉堞台观，佳气郁郁。入大城门，门亦有大榜，题以金字，曰“南柯郡城”。见朱轩棨户，森然深邃。生下车，省风俗，疗病苦，政事委以周田，郡中大理。自守郡二十载，风化广被，百姓歌谣，建功德碑，立生祠宇。王甚重之。赐食邑，锡爵位，居台辅。周田皆以政治著闻，递迁大位。生有五男二女，男以门荫授官，女亦娉于王族。荣耀显赫，一时之盛，代莫比之。

是岁，有檀萝国者，来伐是郡。王命生练将训师以征之。乃表周弁将兵三万，以拒贼之众于瑶台城。弁刚勇轻敌，师徒败绩。弁单骑裸身潜遁，夜归城。贼亦收辎重铠甲而还。生因囚弁以请罪。王并舍之。是月，司宪周弁疽发背，卒。生妻公主遘疾，旬日又薨。生因请罢郡，护丧赴国。王许之。便以司农田子华行南柯太守事。生哀恸发引，威仪在途，男女叫号，人吏奠馔，攀辕遮道者不可胜数。遂达于国。王与夫人素衣哭于郊，候灵舆之至。谥公主曰："顺仪公主。"备仪仗羽葆鼓吹，葬于国东十里盘龙冈。是月，故司宪子荣信，亦护丧赴国。生久镇外藩，结好中国，贵门豪族，靡不是洽。自罢郡还国，出入无恒，交游宾从，威福日盛。王意疑惮之。时有国人上表云："玄象谪见，国有大恐。都邑迁徙，宗庙崩坏。衅起他族，事在萧墙。"时议以生侈僭之应也。遂夺生侍卫，禁生游从，处之私第。生自恃守郡多年，曾无败政，流言怨悖，郁郁不乐。王亦知之。因命生曰："姻亲二十余年，不幸小女夭枉，不得与君子偕老，良用痛伤。"夫人因留孙自鞠育之。又谓生曰："卿离家多时，可暂归本里，一见亲族。诸孙留此，无以为念。后三年，当令迎卿。"生曰："此乃家矣，何更归焉？"王笑曰："卿本人间，家非在此。"生忽若惛睡，瞢然久之，方乃发悟前事，遂流涕请还。王顾左右以送生。生再拜而去，复见前二紫衣使者从焉。至大户外，见所乘车甚劣，左右亲使御仆，遂无一人，心甚叹异。生上车，行可数里，复出大城。宛是昔年东来之途，山川原野，依然如旧。所送二使者，甚无威势。生逾怏怏。生问使者曰："广陵郡何时可到？"二使讴歌自若，久乃答曰："少顷即至。"俄出一穴，见本里闾巷，不改往日，潸然自悲，不觉流涕。二使者引生下车，入其门，升其阶，己身卧于堂东庑之下。生甚惊畏，不敢前近。二使因大呼生之姓名数声，生遂发寤如初。见家之僮仆拥彗于庭，二客濯足于榻，斜日未隐于西垣，余樽尚湛于东牖。梦中倏忽，若度一世矣。生感念嗟叹，遂呼二客而语之。惊骇，因与生出外，寻槐下穴。生指曰："此即梦中所经入处。"二客将谓狐狸木媚之所为祟。遂命仆夫荷斤斧，断拥肿，折查枿，寻穴究源。旁可袤丈。有大穴，根洞然明朗，可容一榻。上有积土壤以为城郭台殿之状。有蚁数斛，隐聚其中。中有小台，其色若丹。二大蚁处之，素翼朱首，长可三寸。左右大蚁数十辅之，诸蚁不敢近。此其王矣。即槐安国都也。又穷一穴，直上南枝，可四丈，宛转方中，亦有土城小楼，群蚁亦处其中，即生所领南柯郡也。又一穴：西去二丈，磅礴空圬，嵌窗异状。中有一腐龟壳，大如斗。积雨浸润，小草丛生，繁茂翳荟，掩映振壳，即生所猎灵龟山也。又穷一穴：东去丈余，古根盘屈，若龙虺之状。中有小土壤，高尺余，即生所葬妻盘龙冈之墓也。追想前事，感叹于怀，披阅穷迹，皆符所梦。不欲二客坏之，遽令掩塞如旧。是夕，风雨暴发。旦视其穴，遂失群蚁，莫知所去。故先言“国有大恐，都邑迁徙”，此其验矣。复念檀萝征伐之事，又请二客访迹于外。宅东一里有古涸涧，侧有大檀树一株，藤萝拥织，上不见日。旁有小穴，亦有群蚁隐聚其间。檀萝之国，岂非此耶。嗟乎！蚁之灵异，犹不可穷，况山藏木伏之大者所变化乎？时生酒徒周弁田子华并居六合县，不与生过从旬日矣。生遽遣家僮疾往候之。周生暴疾已逝，田子华亦寝疾于床。生感南柯之浮虚，悟人世之倏忽，遂栖心道门，绝弃酒色。后三年，岁在丁丑，亦终于家。时年四十七，将符宿契之限矣。公佐贞元十八年秋八月，自吴之洛，暂泊淮浦，偶觌淳于生棼，询访遗迹，翻覆再三，事皆摭实，辄编录成传，以资好事。虽稽神语怪，事涉非经，而窃位著生，冀将为戒。后之君子，幸以南柯为偶然，无以名位骄于天壤间云。

前华州参军李肇赞曰：

贵极禄位，权倾国都，达人视此，蚁聚何殊。

庐江冯媪传

李公佐

冯媪者，庐江里中啬夫之妇，穷寡无子，为乡民贱弃。元和四年，淮楚大歉。媪逐食于舒，涂经牧犊墅。暝值风雨，止于桑下。忽见路隅一室，灯烛荧荧。媪因诣求宿。见一女子，年二十余，容服美丽，携三岁儿，倚门悲泣。前，又见老叟与媪，据床而坐。神气惨戚，言语呫嗫，有若征索财物，追逐之状。见冯媪至，叟媪默然舍去。女久乃止泣，入户备饩食，理床榻，邀媪食息焉。媪问其故。女复泣曰："此儿父，我之夫也。明日别娶。"媪曰："向者二老人，何人也？于汝何求，而发怒？"女曰："我舅姑也。今嗣子别娶，征我筐筥刀尺祭祀旧物，以授新人。我不忍与，是有斯责。"媪曰："汝前夫何在？"女曰："我淮阴令梁倩女，适董氏七年。有二男一女。男皆随父，女即此也。今前邑中董江，即其人也。江官为酂丞，家累巨产。"发言不胜呜咽。媪不之异；又久困寒饿，得美食甘寝，不复言。女泣至晓。媪辞去，行二十里，至桐城县。县东有甲第，张帘帷，具羔雁，人物纷然，云今夕有官家礼事。媪问其郎，即董江也。媪曰："董有妻，何更娶焉？"邑人曰："董妻及女亡矣。"媪曰："昨宵我遇雨，寄宿董妻梁氏舍，何得言亡？"邑人询其处，即董妻墓也。询其二老容貌，即董江之先父母也。董江本舒州人，里中之人皆得详之。有告董江者，董以妖妄罪之，令部者迫逐媪去。媪言于邑人，邑人皆为感叹。是夕，董竟就婚焉。元和六年夏五月，江淮从事李公佐使至京，回次汉南，与渤海高钺，天水赵儹，河南宇文鼎会于传舍。宵话征异，各尽见闻。钺具道其事，公佐为之传。

谢小娥传

李公佐

小娥，姓谢氏，豫章人，估客女也。生八岁，丧母；嫁历阳侠士段居贞。居贞负气重义，交游豪俊。小娥父畜巨产，隐名商贾间，常与段胥同舟货，往来江湖。时小娥年十四，始及笄。父与夫俱为盗所杀，尽掠金帛。段之弟兄，谢之生侄，与童仆辈数十，悉沉于江。小娥亦伤胸折足，漂流水中，为他船所获，经夕而活。因流转乞食至上元县，依妙果寺尼净悟之室。初，父之死也，小娥梦父谓曰："杀我者，车中猴，门东草。"又数日，复梦其夫谓曰："杀我者，禾中走，一日夫。"小娥不自解悟，常书此语，广求智者辨也，历年不能得。至元和八年春，余罢江西从事，扁舟东下，淹泊建业，登瓦官寺阁。有僧齐物者，重贤好学，与余善。因告余曰："有孀妇名小娥者，每来寺中，示我十二字迷语，某不能辨。"余遂请齐公书于纸，乃凭槛书空，凝思默虑。坐客未倦，了悟其文。令寺童疾召小娥前至，询访其由。小娥呜咽良久，乃曰："我父及夫，皆为贼所杀。迩后尝梦父告曰：'杀我者，车中猴，门东草。'又梦夫告曰：'杀我者，禾中走，一日夫。'岁久无人悟之。"余曰："若然者，吾审详矣。杀汝父是申兰，杀汝夫是申春。且车中猴，车字去上下各一画，是申字；又申属猴，故曰车中猴。草下有门，门中有东，乃兰字也。又，禾中走是穿田过，亦是申字也。一日夫者，夫上更一画，下有日，是春字也。杀汝父是申兰，杀汝夫是申春，足可明矣。"小娥恸哭再拜，书申兰申春四字于衣中，誓将访杀二贼，以复其冤。娥因问余姓氏官族，垂涕而去。尔后小娥便为男子服，佣保于江湖间。岁余，至浔阳郡，见竹户上有纸版子，云"召佣者"。小娥乃应召诣门，问其主，乃申兰也。兰引归，娥心愤貌顺，在兰左右，甚见亲爱。金帛出入之数，无不委娥。已二岁余，竟不知娥之女人也。先是谢氏之金宝锦绣衣物器具，悉掠在兰家，小娥每执旧物，未尝不暗泣移时。兰与春，宗昆弟也。时春一家住大江北独树浦，与兰往来密洽。兰与春同去经月，多获财帛而归。每留娥与兰妻兰氏同守家室，酒肉衣服，给娥甚丰。或一日，春携文鲤兼酒诣兰，娥私叹曰："李君精悟玄鉴，皆符梦言。此乃天启其心，志将就矣。"是夕，兰与春会群贼，毕至酣饮。暨诸凶既去，春沉醉，卧于内室，兰亦露寝于庭。小娥潜锁春于内，抽佩刀先断兰首，呼号邻人并至，春擒于内，兰死于外，获赃收货，数至千万。初，兰春有党数十，暗记其名，悉擒就戮。时浔阳太守张公，善其志行，为具其事上旌表，乃得免死。时元和十二年夏岁也。复父夫之仇毕，归本里，见亲属。里中豪族争求聘，娥誓心不嫁。遂剪发披褐，访道于牛头山，师事大士尼将律师。娥志坚行苦，霜春两薪，不倦筋力，十三年四月，始受具戒于泗州开元寺，竟以小娥为法号，不忘本也。其年夏月，余始归长安，途经泗滨，过善义寺谒大德尼令。操戒新见者数十，净发鲜帔，威仪雍容，列侍师之左右。中有一尼问师曰："此官岂非洪州李判官二十三郎者乎?"师曰："然。"曰："使我获报家仇，得雪冤耻，是判官恩德也。"顾余悲泣。余不之识，询访其由。娥对曰："某名小娥，顷乞食孀妇也。判官时为辨申兰申春二贼名字，岂不忆念乎?"余曰："初不相记，今即悟也。"娥因泣，具写记申兰申春，复父夫之仇，志愿粗毕，经营终始艰苦之状。小娥又谓余曰："报判官恩，当有日矣。"岂徒然哉！嗟乎，余能辨二盗之姓名，小娥又能竟复父夫之仇冤，神道不昧，昭然可知。小娥厚貌深辞，聪敏端特，链指跛足，誓求真如。爰自入道，衣无絮帛，斋无盐酪，非律仪禅理，口无所言。后数日，告我归牛头山，扁舟泛淮，云游南国，不复再过。君子曰："誓志不舍，复父夫之仇，节也。佣保杂处，不知女人，贞也。女子之行，唯贞与节能终始全之而已。如小娥，足以儆天下逆道乱常之心，足以观天下贞夫孝妇之节。"余备详前事，发明隐文，暗与冥会，符于人心。知善不录，非春秋之义也。故作传以旌美之。

李娃传

白行简

汧国夫人李娃，长安之倡女也，节行环奇，有足称者，故监察御史白行简为传述。天宝中，有常州刺史荥阳公者，略其名氏，不书。时望甚崇，家徒甚殷。知命之年，有一子，始弱冠矣，俊朗有词藻，迥然不群，深为时辈推伏。其父爱而器之，曰："此吾家千里驹也。"应乡赋秀才举，将行，乃盛其服玩车马之饰，计其京师薪储之费，谓之曰："吾观尔之才，当一战而霸。今备二载之用，且丰尔之给，将为其志也。"生亦自负，视上第如指掌。自毗陵发，月余抵长安，居于布政里。尝游东市还，自平康东门入，将访友于西南。至鸣珂曲，见一宅，门庭不甚广，而室宇严邃。阖一扉，有娃方凭一双鬟青衣立，妖姿要妙，绝代未有。生忽见之，不觉停骖久之，徘徊不能去。乃诈坠鞭于地，候其从者，敕取之。累眄于娃，娃回眸凝睇，情甚相慕。竟不敢措辞而去。生自尔意若有失，乃密征其友游长安之熟者，以讯之。友曰："此狭邪女李氏宅也。"曰："娃可求乎？"对曰："李氏颇赡。前与通之者多贵戚豪族，所得甚广。非累百万，不能动其志也。"生曰："苟患其不谐，虽百万，何惜。"他日，乃洁其衣服，盛宾从，而往扣其门。俄有侍儿启扃。生曰："此谁之第耶？"侍儿不答，驰走大呼曰："前时遗策郎也！"娃大悦曰："尔姑止之。吾当整妆易服而出。"生闻之私喜。乃引至萧墙间，见一姥垂白上偻，即娃母也。生跪拜前致词曰："闻兹地有隙院，愿税以居，信乎？"姥曰："惧其浅陋湫隘，不足以辱长者所处，安敢言直耶。"延生于迟宾之馆，馆宇甚丽。与生偶坐，因曰："某有女娇小，技艺薄劣，欣见宾客，愿将见之。"乃命娃出。明眸皓腕，举步艳冶。生遽惊起，莫敢仰视。与之拜毕，叙寒燠，触类妍媚，目所未睹。复坐，烹茶斟酒，器用甚洁。久之，日暮，鼓声四动。姥访其居远近。生绐之曰："在延平门外数里。"冀其远而见留也。姥曰："鼓已发矣。当速归，无犯禁。”生曰：“幸接欢笑，不知日之云夕。道里辽阔，城内又无亲戚，将若之何?”娃曰：“不见责僻陋，方将居之，宿何害焉。”生数目姥。姥曰：“唯唯。”生乃召其家僮，持双缣，请以备一宵之馔。娃笑而止曰：“宾主之仪，且不然也。今夕之费，愿以贫窭之家随其粗粝以进之。其余以俟他辰。”固辞，终不许。俄徙坐西堂，帷幕帘榻，焕然夺目；妆奁衾枕，亦皆侈丽。乃张烛进馔，品味甚盛。撤馔，姥起。生娃谈话方切，诙谐调笑，无所不至。生曰：“前偶过卿门，遇卿适在屏间。厥后心常勤念，虽寝与食，未尝或舍。”娃答曰：“我心亦如之。”生曰：“今之来，非直求居而已，愿偿平生之志。但未知命也若何?”言未终，姥至，询其故，具以告。姥笑曰：“男女之际，大欲存焉。情苟相得，虽父母之命，不能制也。女子固陋，曷足以荐君子之枕席?”生遂下阶，拜而谢之曰：“愿以己为厮养。”姥遂目之为郎，饮酣而散。及旦，尽徙其囊橐，因家于李之第。自是生屏迹戢身，不复与亲知相闻。日会倡优侪类，狎戏游宴。囊中尽空，乃鬻骏乘，及其家童。岁余，资财仆马荡然。迩来姥意渐怠，娃情弥笃。他日，娃谓生曰：“与郎相知一年，尚无孕嗣。常闻竹林神者，报应如响，将致荐酹求之，可乎?”生不知其计，大喜。乃质衣于肆，以备牢醴，与娃同谒祠宇而祷祝焉，信宿而返。策驴而后，至里北门，娃谓生曰：“此东转小曲中，某之姨宅也。将憩而觐之，可乎?”生如其言，前行不逾百步，果见一车门。窥其际，甚弘敞。其青衣自车后止之曰：“至矣。”生下，适有一人出访曰：“谁?”曰：“李娃也。”乃入告，俄有一妪至，年可四十余，与生相迎，曰：“吾甥来否?”娃下车，妪逆访之曰：“何久疏绝?”相视而笑。娃引生拜之。既见，遂偕入西戟门偏院。中有山亭，竹树葱茜，池榭幽绝。生谓娃曰：“此姨之私第耶?”笑而不答，以他语对。俄献茶果，甚珍奇。食顷，有一人控大宛，汗流驰至，曰：“姥遇暴疾颇甚，殆不识人。宜速归。”娃谓姨曰：“方寸乱矣。某骑而前去，当令返乘，便与郎偕来。”生拟随之。其姨与侍儿偶语，以手挥之，令生止于户外，曰：“姥且殁矣。当与某议丧事以济其急。奈何遽相随而去?”乃止，共计其凶仪斋祭之用。日晚，乘不至。姨言曰：“无复命，何也？郎骤往觇之，某当继至。”生遂往，至旧宅，门扃钥甚密，以泥缄之。生大骇，诘其邻人。邻人曰：“李本税此而居，约已周矣。第主自收。姥徙居，而且再宿矣。”征“徙何处”？曰：“不详其所。”生将驰赴宣阳，以诘其姨，日已晚矣，计程不能达。乃弛其装服，质馔而食，赁榻而寝。生恚怒方甚，自昏达旦，目不交睫。质明，乃策蹇而去。既至，连扣其扉，食顷无人应。生大呼数四，有宦者徐出。生遽访之：“姨氏在乎？”曰：“无之。”生曰：“昨暮在此，何故匿之？”访其谁氏之第。曰：“此崔尚书宅。昨者有一人税此院，云迟中表之远至者。未暮去矣。”生惶惑发狂，罔知所措，因返访布政旧邸。邸主哀而进膳。生怨懑，绝食三日，遘疾甚笃，旬余愈甚。邸主惧其不起，徙之于凶肆之中。绵缀移时，合肆之人共伤叹而互饲之。后稍愈，杖而能起。由是凶肆日假之，令执繐帷，获其直以自给。累月，渐复壮，每听其哀歌，自叹不及逝者，辄呜咽流涕，不能自止。归则效之。生，聪敏者也。无何，曲尽其妙，虽长安无有伦比。初，二肆之佣凶器者，互争胜负。其东肆，车舆皆奇丽，殆不敌，唯哀挽劣焉。其东肆长知生妙绝，乃醵钱二万索顾焉。其党耆旧，共较其所能者，阴教生新声，而相赞和。累旬，人莫知之。其二肆长相谓曰：“我欲各阅所佣之器于天门街，以较优劣。不胜者罚直五万，以备酒馔之用，可乎?”二肆许诺。乃邀立符契，署以保证，然后阅之。士女大和会，聚至数万。于是里胥告于贼曹，贼曹闻于京尹。四方之士，尽赴趋焉，巷无居人。自旦阅之，及亭午，历举辇舆威仪之具，西肆皆不胜，师有渐色。乃置层榻于南隅，有长髯者拥铎而进，翊卫数人。于是奋髯扬眉，扼腕顿颡而登，乃歌《白马》之词。恃其夙胜，顾眄左右，旁若无人。齐声赞扬之，自以为独步一时，不可得而屈也。有顷，东肆长于北隅上设连榻，有乌巾少年，左右五六人，秉翣而至，即生也。整衣服，俯仰甚徐，申喉发调，容若不胜。乃歌《薤露》之章，举声清越，响振林木，曲度未终，闻者歔欷掩泣。西肆长为众所诮，益惭耻。密置所输之直于前，乃潜遁焉。四座愕眙，莫之测也。先是，天子方下诏，俾外方之牧，岁一至阙下，谓之人计。时也适遇生之父在京师，与同列者易服章窃往观焉。有老竖，即生乳母婿也，见生之举措辞气，将认之而未敢，乃泫然流涕。生父惊而诘之。因告曰："歌者之貌，酷似郎之亡子。"父曰："吾子以多财为盗所害。奚至是耶?"言讫，亦泣。及归，竖间驰往，访于同党曰："向歌者谁?若斯之妙欤?"皆曰："某氏之子。"征其名，且易之矣。竖凛然大惊；徐往，迫而察之。生见竖色动，回翔将匿于众中。竖遂持其袂曰："岂非某乎?"相持而泣，遂载以归。至其室，父责曰："志行若此，污辱吾门。何施面目，复相见也?"乃徒行出，至曲江西杏园东，去其衣服，以马鞭鞭之数百。生不胜其苦而毙。父弃之而去。其师命相狎昵者阴随之，归告同党，共加伤叹。令二人赍苇席瘗焉。至，则心下微温，举之，良久，气稍通。因共荷而归，以苇筒灌勺饮，经宿乃活。月余，手足不能自举。其楚挞之处皆溃烂，秽甚。同辈患之。一夕，弃于道周。行路咸伤之，往往投其余食，得以充肠。十旬，方杖策而起。被布裘，裘有百结，褴褛如悬鹑。持一破瓯，巡于闾里，以乞食为事。自秋徂冬，夜入于粪壤窟室，昼则周游廛肆。一旦大雪，生为冻馁所驱，冒雪而出，乞食之声甚苦。闻见者莫不凄恻。时雪方甚，人家外户多不发。至安邑东门，循里垣北转第七八，有一门独启左扉，即娃之第也。生不知之，遂连声疾呼："饥冻之甚。"音响凄切，所不忍听。娃自阁中闻之，谓侍儿曰："此必生也。我辨其音矣。"连步而出。见生枯瘠疥厉，殆非人状。娃意感焉，乃谓曰："岂非某郎也?"生愤懑绝倒，口不能言，颔颐而已。娃前抱其颈，以绣襦拥而归于西厢。失声长恸曰："令子一朝及此，我之罪也!"绝而复苏。姥大骇，奔至，曰："何也?"娃曰："某郎。"姥遽曰："当逐之。奈何令至此?"娃敛容却睇曰："不然。此良家子也。当昔驱高车，持金装，至某之室，不逾期而荡尽。且互设诡计，舍而逐之，殆非人。令其失志，不得齿于人伦。父子之道，天性也。使其情绝，杀而弃之。又困踬若此。天下之人尽知为某也。生亲戚满朝，一旦当权者熟察其本末，祸将及矣。况欺天负人，鬼神不祐，无自贻其殃也。某为姥子，迨今有二十岁矣。计其赀，不啻直千金。今姥年六十余，愿计二十年衣食之用以赎身，当与此子别卜所诣。所诣非遥，晨昏得以温凊。某愿足矣。”姥度其志不可夺，因许之。给姥之余，有百金。北隅四五家税一隙院。乃与生沐浴，易其衣服；为汤粥，通其肠；次以酥乳润其脏。旬余，方荐水陆之馔。头巾履袜，皆取珍异者衣之。未数月，肌肤稍腴；卒岁，平愈如初。异时，娃谓生曰：“体已康矣，志已壮矣。渊思寂虑，默想曩昔之艺业，可温习乎？”生思之，曰：“十得二三耳。”娃命车出游，生骑而从。至旗亭南偏门鬻坟典之肆，令生拣而市之，计费百金，尽载以归。因令生斥弃百虑以志学，俾夜作昼，孜孜矻矻。娃常偶坐，宵分乃寐。伺其疲倦，即谕之缀诗赋。二岁而业大就，海内文籍，莫不该览。生谓娃曰：“可策名试艺矣。”娃曰：“未也。且令精熟，以俟百战。”更一年，曰：“可行矣。”于是遂一上登甲科，声振礼闱。虽前辈见其文，罔不敛衽敬羡，愿友之而不可得。娃曰：“未也。今秀士苟获擢一科第，则自谓可以取中朝之显职，擅天下之美名。子行秽迹鄙，不侔于他士。当砻淬利器，以求再捷。方可以连衡多士，争霸群英。生由是益自勤苦，声价弥甚。其年，遇大比，诏征四方之俊，生应直言极谏科，策名第一，授成都府参军。三事以降，皆其友也。将之官，娃谓生曰：“今之复子本躯，某不相负也。愿以残年，归养老姥。君当结媛鼎族，以奉蒸尝。中外婚媾，无自黩也。勉思自爱。某从此去矣。”生泣曰：“子若弃我，当自刭以就死。”娃固辞不从，生勤请弥恳。娃曰：“送子涉江，至于剑门，当令我回。”生许诺。月余，至剑门。未及发而除书至，生父由常州诏入，拜成都尹，兼剑南采访使。浃辰，父到。生因投刺，谒于邮亭。父不敢认，见其祖父官讳，方大惊，命登阶，抚背恸哭移时，曰：“吾与尔父子如初。”因诘其由，具陈其本末。大奇之，诘娃安在。曰：“送某至此，当令复还。”父曰：“不可。”翌日，命驾与生先之成都，留娃于剑门，筑别馆以处之。明日，命媒氏通二姓之好，备六礼以迎之，遂如秦晋之偶。娃既备礼，岁时伏腊，妇道甚修，治家严整，极为亲所眷。向后数岁，生父母偕殁，持孝甚至。有灵芝产于倚庐，一穗三秀。本道上闻。又有白燕数十，巢其层甍。天子异之，宠锡加等。终制，累迁清显之任。十年间，至数郡。娃封汧国夫人。有四子，皆为大官，其卑者犹为太原尹。弟兄姻媾皆甲门，内外隆盛，莫之与京。嗟乎，倡荡之姬，节行如是，虽古先烈女，不能逾也。焉得不为之叹息哉！予伯祖尝牧晋州，转户部，为水陆运使。三任皆与生为代，故谙详其事。贞元中，予与陇西公佐话妇人操烈之品格，因遂述汧国之事。公佐拊掌竦听，命予为传。乃握管濡翰，疏而存之。时乙亥岁秋八月，太原白行简云。

三梦记

白行简

人之梦，异于常者有之：或彼梦有所往而此遇之者，或此有所为而彼梦之者，或两相通梦者。天后时，刘幽求为朝邑丞。常奉使，夜归。未及家十余里，适有佛堂院，路出其侧。闻寺中歌笑欢洽。寺垣短缺，尽得睹其中。刘俯身窥之，见十数人儿女杂坐，罗列盘馔，环绕之而共食。见其妻在坐中语笑。刘初愕然，不测其故久之。且思其不当至此，复不能舍之。又熟视容止言笑，无异。将就察之，寺门闭不得入。刘掷瓦击之，中其罍洗，破迸走散，因忽不见。刘逾垣直入，与从者同视，殿庑皆无人，寺扃如故。刘讶益甚，遂驰归。比至其家，妻方寝。闻刘至，乃叙寒暄讫，妻笑曰："向梦中与数十人游一寺，皆不相识，会食于殿庭。有人自外以瓦砾投之，杯盘狼藉，因而遂觉。"刘亦具陈其见。盖所谓彼梦有所往而此遇之也。

元和四年，河南元微之为监察御史，奉使剑外。去逾旬，予与仲兄乐天，陇西李杓直同游曲江。诣慈恩佛舍，遍历僧院，淹留移时。日已晚，同诣杓直修行里第，命酒对酬，甚欢畅。兄停杯久之，曰："微之当达梁矣。"命题一篇于屋壁。其词曰："春来无计破春愁，醉折花枝作酒筹。忽忆故人天际去，计程今日到梁州。"实二十一日也。十许日，会梁州使适至，获微之书一函，后记《纪梦》诗一篇，其词曰："梦君兄弟曲江头，也入慈恩院里游。属吏唤人排马去，觉来身在古梁州。"日月与游寺题诗日月率同。盖所谓此有所为而彼梦之者矣。

贞元中，扶风窦质与京兆韦荀同自亳入秦，宿潼关逆旅。窦梦至华岳祠，见一女巫，黑而长，青裙素襦，迎路拜揖，请为之祝神。窦不获已，遂听之。问其姓，自称赵氏。及觉，具告于韦。明日，至祠下，有巫迎客，容质妆服，皆所梦也。顾谓韦曰："梦有征也。"乃命从者视囊中，得钱二镮，与之。巫抚掌大笑，谓同辈曰："如所梦矣！"韦惊问之。对曰："昨梦二人从东来，一髯而短者祝酹，获钱二镮焉。及旦，乃遍述于同辈。今则验矣。"窦因问巫之姓。同辈曰："赵氏。"自始及末，若合符契。盖所谓两相通梦者矣。

行简曰：《春秋》及子史，言梦者多，然未有载此三梦者也。世人之梦亦众矣，亦未有此三梦。岂偶然也，抑亦必前定也？予不能知。今备记其事，以存录焉。

长恨传

陈　鸿

开元中，泰阶平，四海无事。玄宗在位岁久，倦于旰食宵衣，政无大小，始委于右丞相，稍深居游宴，以声色自娱。先是，元献皇后武淑妃皆有宠，相次即世。宫中虽良家子千数，无可悦目者。上心忽忽不乐。时每岁十月，驾幸华清宫，内外命妇，熠耀景从，浴日余波，赐以汤沐，春风灵液，澹荡其间。上心油然，若有所遇，顾左右前后，粉色如土。诏高力士潜搜外宫，得弘农杨玄琰女于寿邸，既笄矣。鬓发腻理，纤秾中度，举止闲冶，如汉武帝李夫人。别疏汤泉，诏赐藻莹。既出水，体弱力微，若不任罗绮。光彩焕发，转动照人。上甚悦。进见之日，奏《霓裳羽衣曲》以导之；定情之夕，授金钗钿合以固之。又命戴步摇，垂金珰。明年，册为贵妃，半后服用。由是冶其容，敏其词，婉娈万态，以中上意。上益嬖焉。时省风九州，泥金五岳，骊山雪夜，上阳春朝，与上行同辇，居同室，宴专席，寝专房。虽有三夫人，九嫔，二十七世妇，八十一御妻，暨后宫才人，乐府妓女，使天子无顾盼意。自是六宫无复进幸者。非徒殊艳尤态致是，盖才智明慧，善巧便佞，先意希旨，有不可形容者。叔父昆弟皆列位清贵，爵为通侯。姊妹封国夫人，富埒王宫，车服邸第，与大长公主侔矣。而恩泽势力，则又过之，出入禁门不问，京师长吏为之侧目。故当时谣咏有云："生女勿悲酸，生男勿喜欢。"又曰："男不封侯女作妃，看女却为门上楣。"其人心羡慕如此。天宝末，兄国忠盗丞相位，愚弄国柄。及安禄山引兵向阙，以讨杨氏为词。潼关不守，翠华南幸，出咸阳，道次马嵬亭。六军徘徊，持戟不进。从官郎吏伏上马前，请诛晁错以谢天下。国忠奉氂缨盘水，死于道周。左右之意未快。上问之。当时敢言者，请以贵妃塞天下怨。上知不免，而不忍见其死，反袂掩面，使牵之而去。仓皇展转，竟就死于尺组之下。既而玄宗狩成都，肃宗受禅灵武。明年，大赦改元，大驾还都。尊玄宗为太上皇，就养南宫。自南宫迁于西内。时移事去，乐尽悲来。每至春之日，冬之夜，池莲夏开，宫槐秋落，梨园弟子，玉琯发音。闻《霓裳羽衣曲》一声，则天颜不怡，左右歔欷。三载一意，其念不衰。求之梦魂，杳不能得。适有道士自蜀来，知上皇心念杨妃如是，自言有李少君之术。玄宗大喜，命致其神。方士乃竭其术以索之，不至。又能游神驭气，出天界，没地府以求之，不见。又旁求四虚上下，东极天海，跨蓬壶。见最高仙山，上多楼阙，西厢下有洞户，东向，阖其门，署曰："玉妃太真院。"方士抽簪叩扉，有双鬟童女，出应其门。方士造次未及言，而双鬟复入。俄有碧衣侍女又至，诘其所从。方士因称唐天子使者，且致其命。碧衣云："玉妃方寝。请少待之。"于时云海沉沉，洞天日晓，琼户重阖，悄然无声。方士屏息敛足，拱手门下。久之，而碧衣延入，且曰："玉妃出。"见一人冠金莲，披紫绡，佩红玉，曳凤舄，左右侍者七八人，揖方士问皇帝安否，次问天宝十四载已还事。言讫悯然，指碧衣取金钗钿合，各折其半，授使者曰："为我谢太上皇，谨献是物，寻旧好也。"方士受辞与信，将行，色有不足。玉妃固征其意。复前跪致词："请当时一事，不为他人闻者，验于太上皇。不然，恐钿合金钗，负新垣平之诈也。"玉妃茫然退立，若有所思，徐而言曰："昔天宝十载，侍辇避暑于骊山宫。秋七月，牵牛织女相见之夕，秦人风俗，是夜张锦绣，陈饮食，树瓜华，焚香于庭，号为乞巧。宫掖间尤尚之。时夜殆半，休侍卫于东西厢，独侍上。上凭肩而立，因仰天感牛女事，密相誓心，愿世世为夫妇。言毕，执手各呜咽。此独君王知之耳。"因自悲曰："由此一念，又不得居此。复堕下界，且结后缘。或为天，或为人，决再相见，好合如旧。"因言："太上皇亦不久人间，幸惟自安，无自苦耳。"使者还奏太上皇，皇心震悼，日日不豫。其年夏四月，南宫宴驾。元和元年冬十二月，太原白乐天自校书郎尉于盩厔。鸿与琅邪王质夫家于是邑，暇日相携游仙游寺，话及此事，相与感叹。质夫举酒于乐天前曰："夫希代之事，非遇出世之才润色之，则与时消没，不闻于世。乐天，深于诗，多于情者也。试为歌之。如何？"乐天因为

《长恨歌》。意者不但感其事，亦欲惩尤物，窒乱阶，垂于将来者也。歌既成，使鸿传焉。世所不闻者，予非开元遗民，不得知。世所知者，有玄宗本纪在。今但传《长恨歌》云尔。

汉皇重色思倾国，御宇多年求不得。杨家有女初长成，养在深闺人未识。天生丽质难自弃，一朝选在君王侧。回眸一笑百媚生，六宫粉黛无颜色。春寒赐浴华清池，温泉水滑洗凝脂，侍儿扶起娇无力，始是新承恩泽时。云鬓花冠金步摇，芙蓉帐里暖春宵。春宵苦短日高起，从此君王不早朝。承欢侍寝无闲暇，春从春游夜专夜。后宫佳丽三千人，三千宠爱在一身，金屋妆成娇侍夜，玉楼宴罢醉和春。姊妹弟兄皆列土，可怜光彩生门户，遂令天下父母心，不重生男重生女。骊宫高处入青云，仙乐风飘处处闻。缓歌慢舞凝丝竹，尽日君王听不足。渔阳鼙鼓动地来，惊破《霓裳羽衣曲》。九重城阙烟尘生，千乘万骑西南行。翠华摇摇行复止，西出都门百余里，六军不发无奈何，宛转蛾眉马前死。花钿委地无人收，翠翘金雀玉搔头，君王掩面救不得，回看血泪相和流。黄埃散漫风萧索，云栈萦回登剑阁。峨眉山下少行人，旌旗无光日色薄。蜀江水碧蜀山青，圣主朝朝暮暮情，行宫见月伤心色，夜雨闻铃肠断声。天旋地转回龙驭，到此踌躇不能去，马嵬坡下尘土中，不见玉颜空死处。君臣相顾尽沾衣，东望都门信马归。归来池苑皆依旧，太液芙蓉未央柳。芙蓉如面柳如眉，对此如何不泪垂？春风桃李花开日，秋雨梧桐叶落时。西宫南内多秋草，落叶满阶红不扫。梨园弟子白发新，椒房阿监青娥老。夕殿萤飞思悄然，秋灯挑尽未成眠，迟迟钟漏初长夜，耿耿星河欲曙天。鸳鸯瓦冷霜华重，旧枕故衾谁与共？悠悠生死别经年，魂魄不曾来入梦。临邛方士鸿都客，能以精神致魂魄。为感君王展转恩，遂教方士殷勤觅。排云驭气奔如电，升天入地求之遍，上穷碧落下黄泉，两处茫茫皆不见。忽闻海上有仙山，山在虚无缥渺间。楼殿玲珑五云起，其间绰约多仙子。中有一人字太真，雪肤花貌参差是。金阙西厢叩玉扃，转教小玉报双成。闻道汉家天子使，九华帐下梦魂惊。揽衣推枕起徘徊，珠箔银钩迤逦开。云髻半偏新睡觉，花冠不整下堂来。风吹仙袂飘飘举，犹似《霓裳羽衣舞》，玉容寂寞泪阑干，梨花一枝春带雨。含情凝睇谢君王，一别音容两渺茫，昭阳殿里恩爱绝，蓬莱宫中日月长。回头下问人寰处，不见长安见尘雾。空持旧物表深情，钿合金钗寄将去。钗留一股合一扇，钗擘黄金合分钿。但教心似金钿坚，天上人间会相见。临别殷勤重寄词，词中有誓两心知，七月七日长生殿，夜半无人私语时。在天愿为比翼鸟，在地愿为连理枝。天长地久有时尽，此恨绵绵无尽期。

东城老父传

陈 鸿

老父，姓贾名昌，长安宣阳里人。开元元年癸丑生。元和庚寅岁，九十八年矣。视听不衰，言甚安徐，心力不耗，语太平事历历可听。父忠，长九尺，力能倒曳牛，以材官为中宫幕士。景龙四年，持幕竿随玄宗入大明宫，诛韦氏，奉睿宗朝群后，遂为景云功臣，以长刀备亲卫。诏徙家东云龙门。昌生七岁，矫捷过人，能抟柱乘梁，善应对，解鸟语音。玄宗在藩邸时，乐民间清明节斗鸡戏。及即位，治鸡坊于两宫间。索长安雄鸡，金毫铁距，高冠昂尾千数，养于鸡坊。选六军小儿五百人，使驯扰教饲。上之好之，民风尤甚。诸王子家，外戚家，贵主家，侯家，倾帑破产市鸡，以偿鸡直。都中男女，以弄鸡为事；贫者弄假鸡。帝出游，见昌弄木鸡于云龙门道旁，召入，为鸡坊小儿，衣食右龙武军。三尺童子，入鸡群，如狎群小，壮者，弱者，勇者，怯者，水谷之时，疾病之候，悉能知之。举二鸡，鸡畏而驯，使令如人。护鸡坊中谒者王承恩言于玄宗，召试殿庭，皆中玄宗意。即日为五百小儿长。加之以忠厚谨密，天子甚爱幸之。金帛之赐，日至其家。开元十三年，笼鸡三百，从封东岳。父忠死太山下，得子礼奉尸归葬雍州。县官为葬器丧车，乘传洛阳道。十四年三月，衣斗鸡服，会玄宗于温泉。当时天下号为“神鸡童”。时人为之语曰：“生儿不用识文字，斗鸡走马胜读书。贾家小儿年十三，富贵荣华代不如。能令金距期胜负，白罗绣衫随软舆。父死长安千里外，差夫持道挽丧车。”昭成皇后之在相王府，诞圣于八月五日。中兴之后，制为千秋节。赐天下民牛酒乐三日，命之曰酺，以为常也。大合乐于宫中，岁或酺于洛。元会与清明节，率皆在骊山。每至是日，万乐具举，六宫毕从。昌冠雕翠金华冠，锦袖绣襦裤，执铎拂道。群鸡叙立于广场，顾眄如神，指挥风生。树毛振翼，砺吻磨距，抑怒待胜，进退有期，随鞭指低昂，不失昌度，胜负既决，强者前，弱者后，随昌雁行，归于鸡坊。角觝万夫，跳剑寻橦，蹴球踏绳，舞于竿颠者，索气沮色，逡巡不敢入。岂教猱扰龙之徒欤？二十三年，玄宗为娶梨园弟子潘大同女，男服佩玉，女服绣襦，皆出御府。昌男至信至德。天宝中，妻潘氏以歌舞重幸于杨贵妃。夫妇席宠四十年，恩泽不渝，岂不敏于伎，谨于心乎？上生于乙酉鸡辰，使人朝服斗鸡，兆乱于太平矣。上心不悟。十四载，胡羯陷洛，潼关不守。大驾幸成都，奔卫乘舆。夜出便门，马踣道阱。伤足，不能进，杖入南山。每进鸡之日，则向西南大哭。禄山往年朝于京师，识昌于横门外。及乱二京，以千金购昌长安洛阳市。昌变姓名，依于佛舍，除地击钟，施力于佛。洎太上皇归兴庆宫，肃宗受命于别殿，昌还旧里。居室为兵掠，家无遗物。布衣憔悴，不复得入禁门矣。明日，复出长安南门，道见妻儿于招国里，菜色黯焉。儿荷薪，妻负故絮，昌聚哭，诀于道。遂长逝息长安佛寺，学大师佛旨。大历元年，依资圣寺大德僧运平住东市海池，立陁罗尼石幢。书能纪姓名；读释氏经，亦能了其深义至道，以善心化市井人。建僧房佛舍，植美草甘木。昼把土拥根，汲水灌竹，夜正观于禅室。建中三年，僧运平人寿尽。服礼毕，奉舍利塔于长安东门外镇国寺东偏，手植松柏百株。构小舍，居于塔下，朝夕焚香洒扫，事师如生。顺宗在东宫，舍钱三十万，为昌立大师影堂及斋舍。又立外屋，居游民，取佣给。昌因日食粥一杯，浆水一升，卧草席，絮衣。过是，悉归于佛。妻潘氏后亦不知所往。贞元中，长子至信衣并州甲，随大司徒燧入觐，省昌于长寿里。昌如己不生，绝之使去。次子至德归，贩缯洛阳市，来往长安间，岁以金帛奉昌，皆绝之。遂俱去，不复来。元和中，颍川陈洪祖携友人出春明门，见竹柏森然，香烟闻于道，下马觐昌于塔下。听其言，忘日之暮。宿鸿祖于斋舍，话身之出处，皆有条贯。遂及王制。鸿祖问开元之理乱。昌曰："老人少时，以斗鸡求媚于上。上倡优畜之，家于外宫，安足以知朝廷之事。然有以为吾子言者。老人见黄门侍郎杜暹出为碛西节度，摄御史大夫，始假风宪以威远。见哥舒翰之镇凉州也，下石堡戍青海城，出白龙，逾葱领，界铁关，总管河左道，七命始摄御史大夫。

见张说之领幽州也，每岁入关，辄长辕挽辐车，辇河间蓟州佣调缯布，驾辖连轨，坌入关门。输于王府，江淮绮縠，巴蜀锦绣，后宫玩好而已。河州燉煌道岁屯田，实边食，余粟转输灵州，漕下黄河，入太原仓，备关中凶年。关中粟米，藏于百姓。天子幸五岳，从官千乘万骑，不食于民。老人岁时伏腊得归休，行都市间，见有卖白衫白叠布。行邻比鄽间，有人禳病，法用皂布一匹，持重价不克致，竟以幞头罗代之。近者，老人扶杖出门，阅街衢中，东西南北视之，见白衫者不满百。岂天下之人皆执兵乎？开元十二年，诏三省侍郎有缺，先求曾任刺史者。郎官缺，先求曾任县令者。及老人见四十三省郎吏，有理刑才名，大者出刺郡，小者镇县。自老人居大道旁，往往有郡太守休马于此，皆惨然不乐朝廷沙汰使治郡。开元取士，孝弟理人而已。不闻进士宏词拔萃之为其得人也。大略如此。”因泣下。复言曰：“上皇北臣穹庐，东臣鸡林，南臣滇池，西臣昆夷，三岁一来会。朝觐之礼容，临照之恩泽，衣之锦絮，饲之酒食，使展事而去，都中无留外国宾。今北胡与京师杂处，娶妻生子。长安中少年，有胡心矣。吾子视首饰鞾服之制，不与向同，得非物妖乎？”鸿祖默不敢应而去。

开元升平源

吴 兢

姚元崇初拒太平得罪，上颇德之。既诛太平，方任元崇以相，进拜同州刺史。张说素不叶，命赵彦昭骤弹之，不许。居无何，上将猎于渭滨，密召元崇会于行所。初，元崇闻上讲武于骊山，谓所亲曰："准式，车驾行幸，三百里内刺史合朝觐。元崇必为权臣所挤，若何?"参军李景初进曰："某有儿母者，其父即教坊长入内。相公倘致厚赂，使其冒法进状，可达。"公然之。辄效。燕公说使姜皎入曰："陛下久卜十河东总管，重难其人。臣有所得，何以见赏?"上曰："谁邪? 如惬，有万金之赐。"乃曰："冯翊太守姚元崇，文武全材，即其人也。"上曰："此张说意也。卿罔上，当诛。"皎首服万死。即诏中官追赴行在。上方猎于渭滨。公至，拜首。上言："卿颇知猎乎?"元崇曰："臣少孤，居广成泽，目不知书，唯以射猎为事。四十年，方遇张憬藏，谓臣当以文学备位将相，无为自弃。尔来折节读书。今虽官位过忝，至于驰射，老而犹能。"于是呼鹰放犬，迟速称旨。上大悦。上曰："朕久不见卿，思有顾问，卿可于宰相行中行!"公行犹后。上纵辔久之，顾曰："卿行何后?"公曰："臣官疏贱，不合参宰相行。"上曰："可兵部尚书同平章事!"公不谢，上顾讶焉。至顿，上命宰臣坐。公跪奏："臣适奉作弼之诏不谢者，欲以十事上献。有不可行，臣不敢奉诏。"上曰："悉数之! 朕当量力而行，然后定可否。"公曰："自垂拱已来，朝廷以刑法理天下。臣请圣政先仁义，可乎?"上曰："朕深心有望于公也。"又曰："圣朝自丧师青海，未有牵复之悔。臣请三数十年不求边功，可乎?"上曰："可。"又曰："自太后临朝以来，喉舌之任，或出于阉人之口。臣请中官不预公事，可乎?"上曰：怀之久矣。"又曰："自武氏诸亲，猥侵清切权要之地，继以韦庶人安乐太平用事，班序荒杂。臣请国亲不任台省官。凡有斜封待阙员外等官，悉请停罢，可乎?"上曰："朕素志也。"

又曰："比来近密佞幸之徒，冒犯宪纲者，皆以宠免。臣请行法，可乎?"上曰："朕切齿久矣。"又曰："比因豪家戚里，贡献求媚，延及公卿方镇，亦为之。臣请除租庸，赋税之外，悉杜塞之，可乎?"上曰："愿行之。"又曰："太后造福先寺，中宗造圣善寺，上皇造金仙玉真观，皆费巨百万，耗蠹生灵。凡寺观宫殿，臣请止绝建造，可乎?"上曰："朕每睹之，心即不安，而况敢为者哉!"又曰："先朝亵狎大臣，或亏君臣之敬。臣请陛下接之以礼，可乎?"上曰："事诚当然。有何不可?"又曰："自燕钦融韦月将献直得罪，由是谏臣沮色。臣请凡在臣子，皆得触龙鳞，犯忌讳，可乎?"上曰："朕非唯能容之，亦能行之。"又曰："吕氏产禄几危西京，马邓阎梁，亦乱东汉，万古寒心，国朝为甚。臣请陛下书之史册，永为殷鉴，作万代法，可乎?"上乃潸然良久曰："此事真可为刻肌刻骨者也!"公再拜曰："此诚陛下致仁政之初，是臣千年一遇之日，臣敢当弼谐之地。天下幸甚，天下幸甚!"又再拜，蹈舞称万岁者三。从官千万，皆出涕。上曰："坐!"公坐于燕公之下。燕公让不敢坐。上问。对曰："元崇是先朝旧臣，合首坐。"公曰："张说是紫微宫使，今臣是客宰相，不合首坐。"上曰："可，紫微宫使居首坐!"

卷四

莺莺传

元 稹

贞元中，有张生者，性温茂，美风容，内秉坚孤，非礼不可入。或朋从游宴，扰杂其间，他人皆汹汹拳拳，若将不及，张生容顺而已，终不能乱。以是年二十三未尝近女色。知者诘之。谢而言曰："登徒子非好色者，是有凶行。余真好色者，而适不我值。何以言之？大凡物之尤者，未尝不留连于心，是知其非忘情者也。"诘者识之。无几何，张生游于蒲。蒲之东十余里，有僧舍曰普救寺，张生寓焉。适有崔氏孀妇，将归长安，路出于蒲，亦止兹寺。崔氏妇，郑女也。张出于郑，绪其亲，乃异派之从母。是岁，浑瑊薨于蒲。有中人丁文雅，不善于军，军人因丧而扰，大掠蒲人。崔氏之家，财产甚厚，多奴仆。旅寓惶骇，不知所托。先是，张与蒲将之党有善，请吏护之，遂不及于难。十余日，廉使杜确将天子命以总戎节，令于军，军由是戢。郑厚张之德甚，因饰馔以命张，中堂宴之。复谓张曰："姨之孤嫠未亡，提携幼稚。不幸属师徒大溃，实不保其身。弱子幼女，犹君之生。岂可比常恩哉！今俾以仁兄礼奉见，冀所以报恩也。"命其子，曰欢郎，可十余岁，容甚温美。次命女："出拜尔兄，尔兄活尔。"久之，辞疾。郑怒曰："张兄保尔之命。不然，尔且掳矣。能复远嫌乎？"久之，乃至。常服睟容，不加新饰，垂鬟接黛，双脸断红而已。颜色艳异，光辉动人。张惊，为之礼。因坐郑旁，以郑之抑而见也。凝睇怨绝，若不胜其体者。问其年纪。郑曰："今天子甲子岁之七月，终今贞元庚辰，生年十七矣。"张生稍以词导之，不对。终席而罢。张自是惑之，愿致其情，无由得也。崔之婢曰红娘。生私为之礼者数四，乘间遂道其衷。婢果惊沮，腆然而奔。张生悔之。翼日，婢复至。张生乃羞而谢之，不复云所求矣。婢因谓张曰："郎之言，所不敢言，亦不敢泄。然而崔之姻族，君所详也。何不因其德而求娶焉?"张曰："余始自孩提，性不苟合。或时纨绮间居，曾莫流盼。不为当年，终有所蔽。昨日一席间，几不自持。数日来行忘止，食忘饱，恐不能逾旦暮，若因媒氏而娶，纳采问名，则三数月间，索我于枯鱼之肆矣。尔其谓我何?"婢曰："崔之贞慎自保，虽所尊不可以非语犯之。下人之谋，固难入矣。然而善属文，往往沉吟章句，怨慕者久之。君试为喻情诗以乱之。不然，则无由也。"张大喜，立缀《春词》二首以授之。是夕，红娘复至，持采笺以授张，曰："崔所命也。"题其篇曰《明月三五夜》。其词曰："待月西厢下，迎风户半开。拂墙花影动，疑是玉人来。"张亦微喻其旨。是夕，岁二月旬有四日矣。崔之东有杏花一株，攀援可逾。既望之夕，张因梯其树而逾焉。达于西厢，则户半开矣。红娘寝于床。生因惊之。红娘骇曰："郎何以至?"张因绐之曰："崔氏之笺召我也。尔为我告之。"无几，红娘复来，连曰："至矣，至矣!"张生且喜且骇，必谓获济。及崔至，则端服严容，大数张曰："兄之恩，活我之家，厚矣。是以慈母以弱子幼女见托。奈何因不令之婢，致淫逸之词。始以护人之乱为义，而终掠乱以求之。是以乱易乱，其去几何?诚欲寝其词，则保人之奸，不义。明之于母，则背人之惠，不祥。将寄于婢仆，又惧不得发其真诚。是用托短章，愿自陈启。犹惧兄之见难，是用鄙靡之词，以求其必至。非礼之动，能不愧心。特愿以礼自持。无及于乱!"言毕，翻然而逝。张自失者久之。复逾而出，于是绝望。数夕，张生临轩独寝，忽有人觉之。惊骇而起，则红娘敛衾携枕而至，抚张曰："至矣，至矣!睡何为哉!"并枕重衾而去。张生拭目危坐久之，犹疑梦寐。然而修谨以俟。俄而红娘捧崔氏而至。至，则娇羞融洽，力不能运支体，曩时端庄，不复同矣。是夕，旬有八日也。斜月晶莹，幽辉半床。张生飘飘然，且疑神仙之徒，不谓从人间至矣。有顷，寺钟鸣，天将晓。红娘促去。崔氏娇啼宛转，红娘又捧之而去，终夕无一言。

张生辨色而兴，自疑曰："岂其梦邪?"及明，睹妆在臂，香在衣，泪光荧荧然，犹莹于茵席而已。是后又十余日，杳不复知。张生赋《会真诗》三十韵，未毕，而红娘适至，因授之，以贻崔氏。自是复容之。朝隐而出，暮隐而入，同安于曩所谓西厢者，几一月矣。张生常诘郑氏之情。则曰："我不可奈何矣。"因欲就成之。无何，张生将之长安，先以情谕之。崔氏宛无难词，然而愁怨之容动人矣。将行之再夕，不可复见，而张生遂西下。数月，复游于蒲，会于崔氏者又累月。崔氏甚工刀札，善属文。求索再三，终不可见。往往张生自以文挑，亦不甚睹览。大略崔之出人者，艺必穷极，而貌若不知；言则敏辩，而寡于酬对。待张之意甚厚，然未尝以词继之。时愁艳幽邃，恒若不识，喜愠之容，亦罕形见。异时独夜操琴，愁弄凄恻。张窃听之。求之，则终不复鼓矣。以是愈惑之。张生俄以文调及期，又当西去。当去之夕，不复自言其情，愁叹于崔氏之侧。崔已阴知将诀矣，恭貌怡声，徐谓张曰："始乱之，终弃之，固其宜矣。愚不敢恨。必也君乱之，君终之，君之惠也。则殁身之誓，其有终矣。又何必深感于此行?然而君既不怿，无以奉宁。君常谓我善鼓琴，向时羞颜，所不能及。今且往矣，既君此诚。"因命拂琴，鼓《霓裳羽衣序》，不数声，哀音怨乱，不复知其是曲也。左右皆歔欷。崔亦遽止之，投琴，泣下流连，趋归郑所，遂不复至。明旦而张行。明年，文战不胜，张遂止于京。因贻书于崔，以广其意。崔氏缄报之词，粗载于此，曰："捧览来问，抚爱过深。儿女之情，悲喜交集，兼惠花胜一合，口脂五寸，致耀首膏唇之饰。虽荷殊恩，谁复为容?睹物增怀，但积悲叹耳。伏承便于京中就业，进修之道，固在便安。但恨僻陋之人，永以遐弃。命也如此，知复何言！自去秋已来，常忽忽如有所失。于喧哗之下，或勉为语笑，闲宵自处，无不泪零。乃至梦寐之间，亦多感咽离忧之思，绸缪缱绻，暂若寻常。幽会未终，惊魂已断。虽半衾如暖，而思之甚遥。一昨拜辞，倏逾旧岁。长安行乐之地，触绪牵情。何幸不忘幽微，眷念无斁。鄙薄之志，无以奉酬。至于终始之盟，则固不忒。鄙昔中表相因，或同宴处。婢仆见诱，遂致私诚。

儿女之心，不能自固。君子有援琴之挑，鄙人无投梭之拒。及荐寝常，义盛意深。愚陋之情，永谓终托。岂期既见君子，而不能定情。致有自献之羞，不复明侍巾帻。没身永恨，含叹何言！倘仁人用心，俯遂幽眇，虽死之日，犹生之年。如或达士略情，舍小从大，以先配为丑行，以要盟为可欺。则当骨化形销，丹诚不泯，因风委露，犹托清尘。存没之诚，言尽于此。临纸呜咽，情不能申。千万珍重，珍重千万！玉环一枚，是儿婴年所弄，寄充君子下体所佩。玉取其坚润不渝，环取其终始不绝。兼乱丝一绚，文竹茶碾子一枚。此数物不足见珍。意者欲君子如玉之真，弊志如环不解。泪痕在竹，愁绪萦丝。因物达情，永以为好耳。心迩身遐，拜会无期。幽愤所钟，千里神合。千万珍重！春风多厉，强饭为嘉。慎言自保，无以鄙为深念。”张生发其书于所知，由是时人多闻之。所善杨巨源好属词，因为赋《崔娘诗》一绝云：“清润潘郎玉不如，中庭蕙草雪销初。风流才子多春思，肠断萧娘一纸书。”河南元稹亦续生《会真诗》三十韵，诗曰：“微月透帘栊，萤光度碧空。遥天初缥缈，低树渐葱胧。龙吹过庭竹，鸾歌拂井桐。罗绡垂薄雾，环佩响轻风。绛节随金母，云心捧玉童。更深人悄悄，晨会雨蒙蒙。珠莹光文履，花明隐绣龙。瑶钗行彩凤，罗帔掩丹虹。言自瑶华浦，将朝碧玉宫。因游洛城北，偶向宋家东。戏调初微拒，柔情已暗通。低鬟蝉影动，回步玉尘蒙。转面流花雪，登床抱绮丛。鸳鸯交颈舞，翡翠合欢笼。眉黛羞偏聚，唇朱暖更融。气清兰蕊馥，肤润玉肌丰。无力慵移腕，多娇爱敛躬。汗流珠点点，发乱绿葱葱。方喜千年会，俄闻五夜穷。留连时有恨，缱绻意难终。慢脸含愁态，芳词誓素衷。赠环明运合，留结表心同。啼粉流宵镜，残灯远暗虫。华光犹苒苒，旭日渐曈曈。乘鹜还归洛，吹箫亦上嵩。衣香犹染麝，枕腻尚残红。幂幂临塘草，飘飘思渚蓬。素琴鸣怨鹤，清汉望归鸿。海阔诚难渡，天高不易冲。行云无处所，箫史在楼中。”张之友闻之者莫不耸异之，然而张志亦绝矣。稹特与张厚，因征其词。张曰：“大凡天之所命尤物也，不妖其身，必妖于人。使崔氏子遇合富贵，乘宠娇，不为云，不为雨，为蛟为螭，吾不知其所变化矣。昔殷之辛，周之幽，据百万之国，其势甚厚。然而一女子败之。溃其众，屠其身，至今为天下僇笑。予之德不足以胜妖孽，是用忍情。”于时坐者皆为深叹。后岁余，崔已委身于人，张亦有所娶。适经所居，乃因其夫言于崔，求以外兄见。夫语之，而崔终不为出。张怨念之诚，动于颜色。崔知之，潜赋一章，词曰：“自从消瘦减容光，万转千回懒下床。不为旁人羞不起，为郎憔悴却羞郎。”竟不之见。后数日，张生将行，又赋一章以谢绝云：“弃置今何道，当时且自亲。还将旧时意，怜取眼前人。”自是，绝不复知矣。时人多许张为善补过者。予常于朋会之中，往往及此意者，夫使知者不为，为之者不惑。贞元岁九月，执事李公垂宿于予靖安里第，语及于是。公垂卓然称异，遂为《莺莺歌》以传之。崔氏小名莺莺，公垂以命篇。

周秦行纪

牛僧孺

余真元中举进士落第，归宛叶间。至伊阙南道鸣皋山下，将宿大安民舍。会暮，失道，不至。更十余里，行一道，甚易。夜月始出，忽闻有异香气，因趋进行，不知近远。见火明，意谓庄家。更前驱，至一大宅。门庭若富豪家。有黄衣阍人曰："郎君何至?"余答曰："僧孺，姓牛，应进士落第往家。本往大安民舍，误道来此。直乞宿，无他。"中有小髻青衣出，责黄衣曰："门外谁何?"黄衣曰："有客。"黄衣入告，少时，出曰："请郎君入。"余问谁氏宅。黄衣曰："第进，无须问。"入十余门，至大殿。殿蔽以珠帘，有朱衣紫衣人百数，立阶陛间。左右曰："拜殿下。"帘中语曰："妾汉文帝母薄太后。此是庙，郎不当来。何辱至?"余曰："臣家宛下，将归，失道。恐死豺虎，敢托命乞宿。太后幸听受。"太后遣轴帘，避席曰："妾故汉文君母，君唐朝名士，不相君臣，幸希简敬，便上殿来见。"太后着练衣，状貌瑰伟，不甚妆饰。劳余曰："行役无苦乎?"召坐。食顷间，殿内庖厨声。太后曰："今夜风月甚佳，偶有二女伴相寻。况又遇嘉宾，不可不成一会。"呼左右："屈两个娘子出见秀才。"良久，有女二人从中至，从者数百。前立者一人，狭腰长面，多发不妆，衣青衣，仅可二十余。太后曰："此高祖戚夫人。"余下拜，夫人亦拜。更有一人，圆题柔脸稳身，貌舒态逸，光彩射远近，时时好瞑，多服花绣，年低薄后。后顾指曰："此元帝王嫱。"余拜如戚夫人，王嫱复拜。各就坐。坐定，太后使紫衣中贵人曰："迎杨家潘家来。"久之，空中见五色云下，闻笑语声寖近。太后曰："杨潘至矣。"忽车音马迹相杂。罗绮焕耀，旁视不给。有二女子从云中下，余起立于侧。见前一人纤腰身修，睟容，甚闲暇，衣黄衣，冠玉冠，年三十以来。太后顾指曰："此是唐朝太真妃子。"予即伏谒，肃拜如臣礼。太真曰："妾得罪先帝，（先帝谓肃宗也）皇朝不置妾在后妃数中。

设此礼，岂不虚乎？不敢受。”却答拜。更一人厚肌敏视，身小，材质洁白，齿极卑，被宽博衣。太后顾而指曰：“此齐潘淑妃。”余拜如王昭君，妃复拜。既而太后命进馔。少时，馔至，芳洁万端，皆不得名字。粗欲充腹，不能足食。已，更具酒。其器尽宝玉。太后语太真曰：“何久不来相看？”太真谨容对曰：“三郎（天宝中，宫人呼玄宗多曰三郎）数幸华清宫，扈从不暇至。”太后又谓潘妃曰：“子亦不来，何也？”潘妃匿笑不禁，不成对。太真乃视潘妃而对曰“潘妃向玉奴（太真名也）说，懊恼东昏侯疏狂，终日出猎，故不得时谒耳。”太后问余：“今天子为谁？”余对曰：“今皇帝名适，代宗皇帝长子。”太真笑曰：“沈婆儿作天子也，大奇！”太后曰“何如主？”余对曰：“小臣不足以知君德。”太后曰：“然无嫌，但言之。”余曰：“民间传英明圣武。”太后首肯三四。太后命进酒加乐，乐妓皆年少女子。酒环行数周，乐亦随辍。太后请戚夫人鼓琴，夫人约指以玉环，光照于手，（《西京杂记》云：高祖与夫人百炼金环，照见指骨也。）引琴而鼓，声甚怨。太后曰：“牛秀才邂逅逆旅到此，诸娘子又偶相访，今无以尽平生欢。牛秀才固才士。盍各赋诗言志，不亦善乎？”遂各授与笺笔，逡巡诗成。太后诗曰：“月寝花宫得奉君，至今犹愧管夫人。汉家旧日笙歌地，烟草几经秋又春。”王嫱诗曰：“雪里穹庐不见春，汉衣虽旧泪长新。如今犹恨毛延寿。爱把丹青错画人。”戚夫人诗曰：“自别汉宫休楚舞，不能妆粉恨君王。无金岂得迎商叟，吕氏何曾畏木强。”太真诗曰：“金钗堕地别君王，红泪流珠满御床。云雨马嵬分散后，骊宫无复听《霓裳》。”潘妃诗曰：“秋月春风几度归，江山犹是邺宫非。东昏旧作莲花地，空想曾拖金缕衣。”再三趣余作诗。余不得辞，遂应教作诗曰：“香风引到大罗天，月地云阶拜洞仙。共道人间惆怅事，不知今夕是何年。”别有善笛女子，短鬟，衫吴带，貌甚美，多媚，潘妃偕来。太后以接坐居之。时令吹笛，往往亦及酒。太后顾而谓曰：“识此否？石家绿珠也。潘妃养作妹，故潘妃与俱来。”太后因曰：“绿珠岂能无诗乎？”绿珠拜谢，作诗曰：“此地原非昔日人，笛声空怨赵王伦。红残绿碎花楼下，金谷千年更不春。”诗毕，酒既至。太后曰：“牛秀才远来，今夕谁人与伴?”戚夫人先起辞曰：“如意儿长成，固不可。且不宜如此。况实为非乎?”潘妃辞曰：“东昏以玉儿（妃名）身死国除，玉儿不拟负他。”绿珠辞曰：“石卫尉性严忌，今有死，不可及乱。”太后曰：“太真今朝先帝贵妃，不可言其他。”乃顾谓王嫱曰：“昭君始嫁呼韩单于，复为株累若鞮单于妇，固自用。且苦寒地胡鬼何能为？昭君幸无辞。”昭君不对，低眉羞恨。俄各归休。余为左右送入昭君院。会将旦，侍人告起得也。昭君泣以持别。忽闻外有太后命，余遂出见太后。太后曰：“此非郎君久留地，宜及还。便别矣。幸无忘向来欢。”更索酒。酒再行，戚夫人潘妃绿珠皆泣下，竟辞去。太后使朱衣人送往大安，抵西道，旋失使人所在，时始明矣。余就大安里，问其里人。里人云：“去此十余里有薄后庙。”余却回望庙宇，荒毁不可入。非向者所见矣。余衣上香经十余日不歇，竟不知其如何。

湘中怨辞

沈亚之

《湘中怨》者，事本怪媚，为学者未尝有述。然而淫溺之人，往往不寤。今欲概其论，以著诫而已。从生韦敖，善谍乐府，故牵而广之，以应其咏。

垂拱年中，驾幸上阳宫。大学进士郑生，晨发铜驼里，乘晓月度洛桥。闻桥下有哭声，甚哀。生下马，循声索之。见有艳女，翳然蒙袖曰："我孤，养于兄。嫂恶，常苦我。今欲赴水，故留哀须臾。"生曰："能遂我归之乎？"女应曰："婢御无悔！"遂与居，号曰汜人。能诵楚人《九歌》《招魂》《九辨》之书，亦尝拟其调，赋为怨句，其词丽绝，世莫有属者。因《光风词》，曰："隆佳秀兮昭盛时。播薰绿兮淑华归。愿室荑与处萼兮，潜重房以饰姿。见雅态之韶羞兮，蒙长霭以为帏。醉融光兮渺弥。迷千里兮涵洇湄，晨陶陶兮暮熙熙。舞婑娜之秾条兮，娉盈盈以披迟。酡游颜兮倡蔓卉，縠流电兮石发髓施。"生居贫，汜人尝解箧，出轻缯一端，与卖，胡人酬之千金。居数岁，生游长安。是夕，谓生曰："我湘中蛟宫之娣也，谪而从君。今岁满，无以久留君所，欲为诀耳。"即相持啼泣。生留之，不能，竟去。后十余年，生之兄为岳州刺史。会上巳日，与家徒登岳阳楼，望鄂渚，张宴。乐酣，生愁吟曰："情无垠兮荡洋洋。怀佳期兮属三湘。"声未终，有画舻浮漾而来。中为彩楼，高百尺余，其上施帏帐，栏笼画饰。帷褰，有弹弦鼓吹者，皆神仙蛾眉，被服烟霓，裾袖皆广长。其中一人起舞，含颦凄怨，形类汜人。舞而歌曰："泝青山兮江之隅。拖湘波兮袅绿裾。荷卷卷兮未舒。匪同归兮将焉如！"舞毕，敛袖，翔然凝望。楼中纵观方怡。须臾，风涛崩怒，遂迷所往。元和十三年，余闻之于朋中，因悉补其词，题之曰《湘中怨》，盖欲使南昭嗣《烟中之志》，为偶倡也。

异梦录

沈亚之

元和十年，亚之以记室从陇西公军泾州。而长安中贤士，皆来客之。五月十八日，陇西公与客期，宴于东池便馆。既坐，陇西公曰："余少从邢凤游，得记其异，请语之。"客曰："愿备听。"陇西公曰："凤帅家子，无他能。后寓居长安平康里南，以钱百万质得故豪家洞门曲房之第，即其寝而昼偃。梦一美人，自西楹来，环步从容，执卷且吟。为古妆，而高鬟长眉，衣方领，绣带修绅，被广袖之襦。凤大说曰：'丽者何自而临我哉?'美人笑曰：'此妾家也。而君容妾宇下，焉有自邪?'凤曰："愿示其书之目。'美人曰：'妾好诗，而常缀此。'凤曰'丽人幸少留，得观览。'于是美人授诗，坐西床。凤发卷，示其首篇，题之曰《春阳曲》，才四句。其后他篇，皆累数十句。美人曰：'君必欲传之，无令过一篇。'凤即起，从东庑下几上取彩笺，传《春阳曲》。其词曰："长安少女踏春阳，何处春阳不断肠。舞袖弓弯浑忘却，罗衣空换九秋霜。'凤卒诗，谓曰：'何谓弓弯?'曰：'昔年父母使妾学此舞。'美人乃起，整衣张袖，舞数拍，为弓弯以示凤。既罢，美人泫然良久，即辞去。凤曰：'愿复少留。'须臾间，竟去。凤亦觉，昏然忘有所记。及更衣，于襟袖得其词，惊眎，复省所梦。事在贞元中。后凤为余言如是。"是日，监军使与宾府郡佐。及宴客陇西独孤铉，范阳卢简辞，常山张又新，武功苏涤，皆叹息曰："可记。"故亚之退而著录。明日，客有后至者，渤海高允中，京兆韦谅，晋昌唐炎，广汉李瑀，吴兴姚合，洎亚之，复集于明玉泉，因出所著以示之。于是姚合曰："吾友王炎者，元和初，夕梦游吴，侍吴王久。闻宫中出辇，鸣笳箫击鼓，言葬西施。王悼悲不止，立诏词客作挽歌。炎遂应教，诗曰：'西望吴王国，云书凤字牌。连江起珠帐，择水葬金钗。满地红心草，三层碧玉阶。春风无处所，凄恨不胜怀。'词进，王甚嘉之。及寤，能记基事。炎，本太原人也。"

秦梦记

沈亚之

太和初，沈亚之将之邠，出长安城，客橐泉邸舍。春时，昼梦入秦，主内史廖家。内史廖举亚之。秦公召之殿，膝前席曰："寡人欲强国，愿知其方。先生何以教寡人?"亚之以昆彭齐桓对。公悦，遂试补中涓（秦官名），使佐西乞伐河西（晋秦郊也）。亚之帅将卒前，攻下五城，还报，公大悦。起劳曰："大夫良苦，休矣。"居久之，公幼女弄玉婿萧史先死。公谓亚之曰："微大夫，晋五城非寡人有。盛德大夫。寡人有爱女，而欲与大夫备洒扫，可乎?"亚之少自立，雅不欲幸臣蓄之。固辞，不得请，拜左庶长，尚公主，赐金二百斤。民间犹谓萧家公主。其日，有黄衣中贵骑疾马来，迎亚之入，宫阙甚严。呼公主出，鬒发，着偏袖衣，装不多饰。其芳姝明媚，笔不可模样。侍女祗承，分立左右者数百人。召见亚之便馆，居亚之于宫。题其门曰"翠微宫"，宫人呼"沈郎院"。虽备位下大夫，由公主故，出入禁卫。公主喜凤箫，每吹箫，必于翠微宫高楼上，声调远逸，能悲人，闻者莫不自废。公主七月七日生，亚之尝无贶寿。内史廖曾为秦以女乐遗西戎，戎主与廖水犀小合。亚之从廖得以献公主。主悦，尝爱重，结裙带之上。穆公遇亚之礼兼同列，恩赐相望于道。复一年春，秦公之始平，公主忽无疾卒。公追伤不已，将葬咸阳原，公命亚之作歌，应教而作曰："泣葬一枝红，生同死不同。金钿坠芳草，香绣满春风。旧日闻箫处，高楼当月中。梨花寒食夜，深闭翠微宫。"进公，公读词，善之。时宫中有出声若不忍者，公随泣下。又使亚之作墓志铭，独忆其铭，曰："白杨风哭兮石鬣髯莎。杂英满地兮春色烟和。珠愁粉瘦兮不生绮罗。深深埋玉兮其恨如何!"亚之亦送葬咸阳原，宫中十四人殉之。亚之以悼惆过戚，被病，卧在翠微宫。然处殿外特室，不入宫中矣。居月余，病良已。公谓亚之曰："本以小女相托久要，不谓不得周奉君子，而先物故。敝秦区区小国，不足辱大夫。然寡人每见子，即不能不悲悼。大夫盍适大国乎？”亚之对曰：“臣无状，肺腑公室，待罪右庶长，不能从死公主。幸免罪戾，使得归骨父母国，臣不忘君恩，如今日。”将去，公命酒高会，声秦声，舞秦舞，舞者击髆拊髀呜呜，而音有不快，声甚怨。公执酒亚之前曰：“予顾此声少善。愿沈郎赓扬歌以塞别。”公命遂进笔砚。亚之受命，立为歌，辞曰：“击髆舞，恨满烟光无处所。泪如雨，欲拟著辞不成语。金凤衔红旧绣衣，几度宫中同看舞。人闲春日正欢乐，日暮东风何处去？”歌卒，授舞者，杂其声而道之，四座皆泣。既，再拜辞去。公复命至翠微宫，与公主侍人别。重入殿内时，见珠翠遗碎青阶下，窗纱檀点依然。宫人泣对亚之。亚之感咽良久，因题宫门，诗曰：“君王多感放东归，从此秦宫不复期。春景自伤秦丧主，落花如雨泪胭脂。”竟别去。公命车驾送出函谷关。出关已，送吏曰：公命尽此。且去。”亚之与别，未卒，忽惊觉，卧邸舍。明日，亚之与友人崔九万具道。九万，博陵人，谙占。谓余曰：“《皇览》云：‘秦穆公葬雍橐泉祈年宫下。’非其神灵凭乎？”亚之更求得秦时地志，说如九万云。呜呼！弄玉既仙矣，恶又死乎？

无双传

薛　调

王仙客者，建中中朝臣刘震之甥也。初，仙客父亡，与母同归外氏。震有女曰无双，小仙客数岁，皆幼稚，戏弄相狎。震之妻常戏呼仙客为王郎子。如是者凡数岁，而震奉孀姊及抚仙客尤至。一旦，王氏姊疾，且重，召震约曰："我一子，念之可知也。恨不见其婚宦，无双端丽聪慧，我深念之。异日无令归他族。我以仙客为托。尔诚许我，瞑目无所恨也。"震曰："姊宜安静自颐养，无以他事自挠。"其姊竟不痊。仙客护丧，归葬襄邓。服阕，思念："身世孤孑如此，宜求婚娶，以广后嗣。无双长成矣。我舅氏岂以位尊官显，而废旧约耶?"于是饰装抵京师。时震为尚书租庸使，门馆赫奕，冠盖填塞。仙客既觐，置于学舍，弟子为伍。舅甥之分，依然如故，但寂然不闻选取之议。又于窗隙间窥见无双，姿质明艳，若神仙中人。仙客发狂，唯恐姻亲之事不谐也。遂鬻囊橐，得钱数百万。舅氏舅母左右给使，达于厮养，皆厚遗之。又因复设酒馔，中门之内，皆得入之矣。诸表同处，悉敬事之。遇舅母生日，市新奇以献，雕镂犀玉，以为首饰。舅母大喜。又旬日，仙客遣老妪，以求亲之事闻于舅母。舅母曰："是我所愿也。即当议其事。"又数夕，有青衣告仙客曰："娘子适以亲情事言于阿郎，阿郎云：'向前亦未许也。'模样云云，恐是参差也。"仙客闻之，心气俱丧，达旦不寐，恐舅氏之见弃也。然奉事不敢懈怠。一日，震趋朝，至日初出，忽然走马入宅，汗流气促，唯言："锁却大门，锁却大门!"一家惶骇，不测其由，良久，乃言："泾原兵士反，姚令言领兵入含元殿，天子出苑北门，百官奔赴行在。我以妻女为念，略归部署。疾召仙客与我勾当家事。我嫁与尔无议。"仙客闻命，惊喜拜谢。乃装金银罗锦二十驮，谓仙客曰："汝易衣服，押领此物出开远门，觅一深隙店安下。我与汝舅母及无双出启夏门，绕城续至。"仙客依所教。至日落，城外店中待久不至。城门自午后扃锁，南望目断。遂乘骢，秉烛绕城至启夏门。门亦锁。守门者不一，持白棓，或立，或坐。仙客下马，徐问曰："城中有何事如此?"又问："今日有何人出此?"门者曰："朱太尉已作天子。午后有一人重戴，领妇人四五辈，欲出此门。街中人皆识，云是租庸使刘尚书。门司不敢放出。近夜，追骑至，一时驱向北去矣。"仙客失声恸哭，却归店。三更向尽，城门忽开，见火炬如昼。兵士皆持兵挺刃，传呼斩斫使出城，搜城外朝官。仙客舍辎骑惊走，归襄阳，村居三年。后知克复，京师重整，海内无事。乃入京，访舅氏消息，至新昌南街，立马彷徨之际，忽有一人马前拜，熟视之，乃旧使苍头塞鸿也。鸿本王家生，共舅常使得力，遂留之。握手垂涕。仙客谓鸿曰："阿舅舅母安否?"鸿云："并在兴化宅。"仙客喜极云："我便过街去。"鸿曰："某已得从良，客户有一小宅子，贩缯为业。今日已夜，郎君且就客户一宿。来早同去未晚。"遂引至所居，饮馔甚备。至昏黑，乃闻报曰："尚书受伪命官，与夫人皆处极刑。无双已入掖庭矣。"仙客哀冤号绝，感动邻里。谓鸿曰："四海至广，举目无亲戚，未知托身之所。"又问曰："旧家人谁在?"鸿曰："唯无双所使婢采苹者，今在金吾将军王遂中宅。"仙客曰："无双固无见期。得见采苹，死亦足矣。"由是乃刺谒，以从侄礼见遂中，具道本末，愿纳厚价以赎采苹。遂中深见相知，感其事而许之。仙客税屋，与采苹居。塞鸿每言："郎君年渐长，合求官职。悒悒不乐，何以遣时?"仙客感其言，以情恳告遂中。遂中荐见仙客于京兆尹李齐运。齐运以仙客前衔，为富平县尹，知长乐驿。累月，忽报有中使押领内家三十人往园陵，以备洒扫，宿长乐驿，毡车子十乘下讫。仙客谓塞鸿曰："我闻宫嫔选在掖庭，多是衣冠子女。我恐无双在焉。汝为我一窥，可乎?"鸿曰："宫嫔数千，岂便及无双。"仙客曰："汝但去，人事亦未可定。"因令塞鸿假为驿吏，烹茗于帘外。仍给钱三千，约曰："坚守茗具，无暂舍去。忽有所睹，即疾报来。"塞鸿唯唯而去。宫人悉在帘下，不可得见之，但夜语喧哗而已。至夜深，群动皆息。塞鸿涤器构火，不敢辄寐。忽闻帘下语曰："塞鸿，塞鸿，汝争得知我在此耶？郎健否？”言讫，呜咽。塞鸿曰：“郎君见知此驿。今日疑娘子在此，令塞鸿问候。”又曰：“我不久语。明日我去后，汝于东北舍阁子中紫褥下，取书送郎君。”言讫，便去。忽闻帘下极闹，云：“内家中恶。”中使索汤药甚急，乃无双也。塞鸿疾告仙客，仙客惊曰：“我何得一见？”塞鸿曰：“今方修渭桥。郎君可假作理桥官，车子过桥时，近车子立。无双若认得，必开帘子，当得瞥见耳。”仙客如其言。至第三车子，果开帘子，窥见，真无双也。仙客悲感怨慕，不胜其情。塞鸿于阁子中褥下得书送仙客。花笺五幅，皆无双真迹，词理哀切，叙述周尽，仙客览之，茹恨涕下。自此永诀矣。其书后云：“常见敕使说富平县古押衙人间有心人。今能求之否？”仙客遂申府，请解驿务，归本官。遂寻访古押衙，则居于村墅。仙客造谒，见古生。生所愿，必力致之，缯彩宝玉之赠，不可胜纪。一年未开口。秩满，闲居于县。古生忽求，谓仙客曰：“洪一武夫，年且老，何所用？郎君于某竭分。察郎君之意，将有求于老夫。老夫乃一片有心人也。感郎君之深恩，愿粉身以答效。”仙客泣拜，以实告古生。古生仰天，以手拍脑数四，曰：“此事大不易。然与郎君试求，不可朝夕便望。”仙客拜曰：“但生前得见，岂敢以迟晚为限耶。”半岁无消息。一日，扣门，乃古生送书。书云：“茅山使者回。且来此。”仙客奔马去。见古生，生乃无一言。又启使者。复云：“杀却也。且吃茶。”夜深，谓仙客曰：“宅中有女家人识无双否？”仙客以采苹对。仙客立取而至。古生端相，且笑且喜云：“借留三五日。郎君且归。”后累日，忽传说曰：“有高品过，处置园陵宫人。”仙客心甚异之。令塞鸿探听所杀者，乃无双也。仙客号哭，乃叹曰：“本望古生。今死矣！为之奈何！”流涕歔欷，不能自已。是夕更深，闻叩门甚急。及开门，乃古生也。领一箢子入，谓仙客曰：“此无双也。今死矣。心头微暖，后日当活，微灌汤药，切须静密。”言讫，仙客抱入阁子中，独守之。至明，遍体有暖气。见仙客，哭一声遂绝。救疗至夜，方愈。古生又曰：“暂借塞鸿于舍后掘一坑。”坑稍深，抽刀断塞鸿头于坑中。仙客惊怕。古生曰：“郎君莫怕。今日报郎君恩足矣。比闻茅山道士有药术。其药服之者立死，三日却活。某使人专求，得一丸。昨令采苹假作中使，以无双逆党，赐此药令自尽。至陵下，托以亲故，百缣赎其尸。凡道路邮传，皆厚赂矣，必免漏泄。茅山使者及舁夔人，在野外处置讫。老夫为郎君，亦自刎。君不得更居此。门外有檐子一十人，马五匹，绢二百匹。五更挈无双便发，变姓名浪迹以避祸。”言讫，举刀。仙客救之，头已落矣。遂并尸盖覆讫。未明发，历四蜀下峡，寓居于渚宫。悄不闻京兆之耗，乃挈家归襄邓别业，与无双偕老矣。男女成群。噫，人生之契阔会合多矣。罕有若斯之比。常谓古今所无。无双遭乱世籍没，而仙客之志，死而不夺。卒遇古生之奇法取之，冤死者十余人。艰难走窜后，得归故乡，为夫妇五十年，何其异哉！

上清传

柳 珵

贞元壬申岁春三月，相国窦公居光福里第，月夜闲步于中庭。有常所宠青衣上清者，乃曰：“今欲启事。郎须到堂前，方敢言之。”窦公亟上堂。上清曰：“庭树上有人，恐惊郎，请谨避之。”窦公曰：“陆贽久欲倾夺吾权位。今有人在庭树上，吾祸将至。且此事将奏与不奏皆受祸，必窜死于道路。汝在辈流中，不可多得。吾身死家破，汝定为宫婢。圣君若顾问，善为我辞焉。”上清泣曰：“诚如是，死生以之！”窦公下阶，大呼曰：“树上君子，应是陆贽使来。能全老夫性命，敢不厚报！”树上应声而下，乃衣缞粗者也。曰：“家有大丧。贫甚，不办葬礼。伏知相公推心济物，所以卜夜而来。幸相公无怪。”公曰：“某罄所有，堂封绢千匹而已。方拟修私庙次。今且辍赠，可乎?”缞者拜谢。窦公答之，如礼。又曰：“便辞相公。请左右赍所赐绢。掷于墙外。某先于街中俟之。”窦公依其请。命仆，使侦其绝踪且久，方敢归寝。翼日，执金吾先奏其事。窦公得次，又奏之。德宗厉声曰：“卿交通节将，蓄养侠刺。位崇台鼎，更欲何求?”窦公顿首曰：“臣起自刀笔小才，官以至贵。皆陛下奖拔，实不由人。今不幸至此，抑乃仇家所为耳。陛下忽震雷霆之怒，臣便合万死。”中使下殿宣曰：“卿且归私第，待候进止。”越月，贬郴州别驾。会宣武节度刘士宁通好于郴州，廉使条疏上闻。德宗曰：“交通节将，信而有征。”流窦公于驭州，没入家资。一簪不着身，竟未达流所，诏自尽。上清果隶名掖庭。后数年，以善应对，能煎茶，数得在帝左右，德宗谓曰：“宫掖间人数不少。汝了事。从何得至此?”上清对曰：“妾本故宰相窦参家女奴。窦某妻早亡，故妾得陪扫洒。及窦某家破，幸得填宫。既侍龙颜，如在天上。”德宗曰：“窦某罪不止养侠刺，亦甚有赃污。前时纳官银器至多。”上清流涕而言曰：“窦某自御史中丞，历度支，户部，盐铁三使，至宰相。首尾六年，月入数十万。前后非时赏赐，当亦不知纪极。迺者郴州所送纳官银物，皆是恩赐。当部录日，妾在郴州，亲见州县希陆贽意旨刮去。所进银器，上刻作藩镇官衔姓名，诬为赃物。伏乞陛下验之。”于是宣索窦某没官银器覆视，其刮字处，皆如上清言。时贞元十二年。德宗又问蓄养侠刺事。上清曰：“本实无。悉是陆贽陷害，使人为之。”德宗怒陆贽曰：“这獠奴！我脱却伊绿衫，便与紫衫着。又常唤伊作陆九。我任使窦参，方称意次，须教我枉杀却他。及至权入伊手，其为软弱，甚于泥团。”乃下诏雪窦参。时裴延龄探知陆贽恩衰，得恣行媒孽。贽竟受谴不回。后上清特敕丹书度为女道士，终嫁为金忠义妻。世以陆贽门生名位多显达者，世不可传说，故此事绝无人知。

杨娼传

房千里

杨娼者，长安里中之殊色也，态度甚都，复以冶容自喜。王公钜人享客，竞邀致席上。虽不饮者，必为之引满尽欢。长安诸儿，一造其室，殆至亡生破产而不悔。由是娼之名冠诸籍中，大售于时矣。领南帅甲，贵游子也。妻本戚里女，遇帅甚悍。先约：设有异志者，当取死白刃下。帅幼贵，喜媱，内苦其妻，莫之措意。乃阴出重赂，削去娼之籍，而挈之南海。馆之他舍，公余而同，夕隐而归。娼有慧性，事帅尤谨。平居以女职自守，非其理不妄发。复厚帅之左右，咸能得其欢心。故帅益嬖之。会间岁，帅得病，且不起。思一见娼，而惮其妻。帅素与监军使厚，密遣导意，使为方略。监军乃绐其妻曰："将军病甚，思得善奉侍煎调者视之，瘳当速矣。某有善婢，久给事贵室，动得人意。请夫人听以婢安将军四体，如何?"妻曰："中贵人，信人也。果然，于吾无苦耳。可促召婢来。"监军即命娼冒为婢以见帅。计未行而事泄。帅之妻乃拥健婢数十，列白梃，炽膏镬于廷而伺之矣。须其至，当投之沸鬲。帅闻而大恐，促命止娼之至。且曰："此自我意，几累于渠。今幸吾之未死也，必使脱其虎喙。不然，且无及矣。"乃大遗其奇宝，命家僮搒轻舠，卫娼北归。自是，帅之愤益深，不逾旬而物故。娼之行，适及洪矣。问至，娼乃尽返帅之赂，设位而哭，曰："将军由妾而死。将军且死，妾安用生为?妾岂孤将军者耶?"即撤奠而死之。夫娼，以色事人者也，非其利则不合矣。而杨能报帅以死，义也；却帅之赂，廉也。虽为娼，差足多乎。

飞烟传

皇甫枚

临淮武公业，咸通中任河南府功曹参军。爱妾曰飞烟，姓步氏，容止纤丽，若不胜绮罗。善秦声，好文笔，尤工击瓯，其韵与丝竹合。公业甚嬖之。其比邻，天水赵氏第也，亦衣缨之族，不能斥言。其子曰象，秀端有文，才弱冠矣。时方居丧礼。忽一日，于南垣隙中窥见飞烟，神气俱丧，废食忘寐。乃厚赂公业之阍，以情告之。阍有难色，复为厚利所动。乃令其妻伺飞烟间处，具以象意言焉。飞烟闻之，但含笑凝睇而不答。门媪尽以语象。象发狂心荡，不知所持，乃取薛涛笺，题绝句曰："一睹倾城貌，尘心只自猜。不随萧史去，拟学阿兰来。"以所题密缄之，祈门媪达飞烟。烟读毕，吁嗟良久，谓媪曰："我亦曾窥见赵郎，大好才貌。此生薄福，不得当之。"盖鄙武生粗悍，非良配耳。乃复酬篇，写于金凤笺，曰："绿惨双娥不自持，只缘幽恨在新诗。郎心应似琴心怨，脉脉春情更拟谁。"封付门媪，令遗象。象启缄，吟讽数四，拊掌喜曰："吾事谐矣。"又以剡溪玉叶纸，赋诗以谢，曰："珍重佳人赠好音，彩笺芳翰两情深。薄于蝉翼难供恨，密似蝇头未写心。疑是落花迷碧洞，只思轻雨洒幽襟。百回消息千回梦，裁作长谣寄绿琴。"诗去旬日，门媪不复来。象尤恐事泄，或飞烟追悔。春夕，于前庭独坐，赋诗曰："绿暗红藏起暝烟，独将幽恨小庭前。沉沉良夜与谁语，星隔银河月半天。"明日，晨起吟际，而门媪来。传飞烟语曰："勿讶旬日无信，盖以微有不安。"因授象以连蝉锦香囊并碧苔笺，诗曰："强力严妆倚绣栊，暗题蝉锦思难穷。近来羸得伤春病，柳弱花欹怯晓风。"象结锦香囊于怀，细读小简，又恐飞烟幽思增疾，乃剪乌丝简为回缄，曰："春景迟迟，人心悄悄。自因窥觏，长役梦魂。虽羽驾尘襟。难于会合，而丹诚皎日，誓以周旋。昨日瑶台青鸟复来，殷勤寄语。蝉锦香囊之赠，芬香复盈怀，佩服徒增，翘恋弥切。况又闻乘春多感，芳履乖和，耗冰雪之妍姿，郁蕙兰之佳气。忧抑之极，恨不翻飞。企望宽情，无至憔悴。莫孤短韵，宁爽后期。惝恍寸心，书岂能尽？兼持菲什，仰继华篇。伏惟试赐凝睇。”诗曰：“应见伤情为九春，想封蝉锦绿蛾颦。叩头为报烟卿道，第一风流最损人。”阍媪既得回报，径赍诣飞烟阁中。武生为府掾属，公务繁伙，或数夜一直，或竟日不归。此时恰值生入府曹。飞烟折书，得以款曲寻绎。既而长太息曰：“丈夫之志，女子之情，心契魂交，视远如近也。”于是阖户垂幌，为书曰：“下妾不幸，垂髫而孤。中间为媒妁所欺，遂匹合于琐类。每至清风明月，移玉柱以增怀。秋收冬钉，泛金徽而寄恨。岂谓公子，忽贻好音。发华缄而思飞，讽丽句而目断。所恨洛川波隔，贾午墙高。连云不及于秦台，荐梦尚遥于楚岫。犹望天从素恳，神假微机，一拜清光，九殒无恨。兼题短什，用寄幽怀。伏惟特赐吟讽也。”诗曰：“画帘春燕须同宿，兰浦双鸳肯独飞。长恨桃源诸女伴，等闲花里送郎归。”封讫，召阍媪，令达于象。象览书及诗，以飞烟意稍切，喜不自持，但静室焚香虔祷以俟息。一日将夕，阍媪促步而至，笑且拜曰：“赵郎愿见神仙否？”象惊，连问之。传飞烟语曰：“值今夜功曹府直，可谓良时。妾家后庭，即君之前垣也。若不渝惠好，专望来仪。方寸万重，悉候晤语。”既曛黑，象乃乘梯而登，飞烟已令重榻于下。既下，见飞烟靓妆盛服，立于庭前。交拜讫，俱以喜极不能言。乃相携自后门入堂中，遂背钉解幌，尽缱绻之意焉。及晓钟初动，复送象于垣下。飞烟执象手曰：“今日相遇，乃前生姻缘耳。勿谓妾无玉洁松贞之志，放荡如斯。直以郎之风调，不能自顾。愿深鉴之。”象曰：“挹希世之貌，见出人之心。已誓幽庸，永奉欢洽。”言讫，象逾垣而归。明日，托阍媪赠飞烟诗曰：“十洞三清虽路阻，有心还得傍瑶台。瑞香风引思深夜，知足芷宫仙驭来。”飞烟览诗微笑，复赠象诗曰：“相思只怕不相识，相见还愁却别君。愿得化为松上鹤，一双飞去入行云。”封付阍媪，仍令语象曰：“赖值儿家有小小篇咏。不然，君作几许大才面目？”兹不盈旬，常得一期于后庭矣。展幽微之思，罄宿昔之心。以为鬼鸟不知，人神相助。或景物寓目，歌咏寄情，来往便繁，不能悉载。如是者周岁。无何，飞烟数以细过挞其女奴，奴阴衔之，乘间尽以告公业。公业曰："汝慎勿扬声！我当伺察之。"后至当赴直日，乃密陈状请假。迨夜，如常入直，遂潜于里门。街鼓既作，匍伏而归。循墙至后庭，见飞烟方倚户微吟，象则据垣斜睇。公业不胜其愤，挺前欲擒。象觉，跳去。业搏之，得其半襦。乃入室，呼飞烟诘之。飞烟色动声战，而不以实告。公业愈怒，缚之大柱，鞭楚血流。但云："生得相亲，死亦何恨。"深夜，公业怠而假寐。飞烟呼其所爱女仆曰："与我一杯水。"水至，饮尽而绝。公业起，将复笞之，已死矣。乃解缚，举置阁中，连呼之，声言飞烟暴疾致殒。数日，窆之北邙。而里巷间皆知其强死矣。象因变服，易名远，窜江浙间。洛中才士有著《飞烟传》者，传中崔李二生，常与武掾游处。崔诗末句云："恰似传花人饮散，空床抛下最繁枝。"其夕，梦飞烟谢曰："妾貌虽不迨桃李，而零落过之。捧君佳什，愧仰无已。"李生诗末句云："艳魄香魂如有在，还应羞见坠楼人。"其夕，梦飞烟戟手而詈曰："士有百行，君得全乎？何至务矜片言，苦相诋斥。当屈君于地下面证之。"数日，李生卒。时人异焉。远后调授汝州鲁山县主簿，陇西李垣代之。咸通末，予复代垣，而与远少相狎，故洛中秘事，亦知之。而垣复为手记，故得以传焉。三水人曰：噫，艳冶之貌，则代有之矣；洁朗之操，则人鲜闻乎。故士矜才则德薄，女炫色则情私。若能如执盈，如临深，则皆为端士淑女矣。飞烟之罪虽不可逭，察其心，亦可悲矣。

虬髯客传

杜光庭

隋炀帝之幸江都也，命司空杨素守西京。素骄贵，又以时乱，天下之权重望崇者，莫我若也，奢贵自奉，礼异人臣。每公卿入言，宾客上谒，未尝不踞床而见，令美人捧出。侍婢罗列，颇僭于上。末年愈甚，无复知所负荷，有扶危持颠之心。一日，卫公李靖以布衣上谒，献奇策。素亦踞见。公前揖曰："天下方乱，英雄竞起。公为帝室重臣，须以收罗豪杰为心，不宜踞见宾客。"素敛容而起，谢公，与语，大悦，收其策而退。当公之骋辩也，一妓有殊色，执红拂，立于前，独目公。公既去，而执拂者临轩指吏曰："问去者处士第几？住何处？"公具以对。妓诵而去。公归逆旅。其夜五更初，忽闻叩门而声低者，公起问焉。乃紫衣戴帽人，杖揭一囊。公问谁。曰："妾，杨家之红拂妓也。"公遽延入。脱衣去帽，乃十八九佳丽人也。素面画衣而拜。公惊答拜。曰："妾侍杨司空久，阅天下之人多矣，无如公者。丝萝非独生，愿托乔木，故来奔耳。"公曰："杨司空权重京师，如何？"曰："彼尸居余气，不足畏也。诸妓知其无成，去者众矣。彼亦不甚逐也。计之详矣。幸无疑焉。"问其姓。曰："张。"问其伯仲之次。曰："最长。"观其肌肤，仪状，言词，气性，真天人也。公不自意获之，愈喜愈惧，瞬息万虑不安。而窥户者无停屦。数日，亦闻追访之声，意亦非峻。乃雄服乘马，排闼而去，将归太原。行次灵石旅舍，既设床，炉中烹肉且熟。张氏以发长委地，立梳床前。公方刷马。忽有一人，中形，赤髯而虬，乘蹇驴而来。投革囊于炉前，取枕欹卧，看张梳头。公怒甚，未决，犹刷马。张熟视其面，一手握发，一手映身摇示公，令勿怒。急急梳头毕，敛衽前问其姓。卧客答曰："姓张。"对曰："妾亦姓张。合是妹。"遽拜之。问第几。曰："第三。"因问妹第几。曰："最长。"遂喜曰："今多幸逢一妹。"张氏遥呼"李郎且来见三兄！"公骤拜之。遂环坐。曰："煮者何肉？"

曰："羊肉，计已熟矣。"客曰："饥。"公出市胡饼，客抽腰间匕首，切肉共食。食竟，余肉乱切送驴前食之，甚速。客曰："观李郎之行，贫士也。何以致斯异人?"曰："靖虽贫，亦有心者焉。他人见问，故不言。兄之问，则不隐耳。"具言其由。曰："然则将何之?"曰："将避地太原。"曰："然吾故非君所致也。"曰："有酒乎?"曰："主人西，则酒肆也。"公取酒一斗。既巡，客曰："吾有少下酒物，李郎能同之乎?"曰："不敢。"于是开革囊，取一人头并心肝。却头囊中，以匕首切心肝，共食之。曰："此人天下负心者，衔之十年，今始获之。吾憾释矣。"又曰："观李郎仪形器宇，真丈夫也。亦闻太原有异人乎?"曰："尝识一人，愚谓之真人也。其余，将帅而已。"曰："何姓?"曰："靖之同姓。"曰："年几?"曰："仅二十。"曰："今何为?"曰："州将之子。"曰："似矣。亦须见之。李郎能致吾一见乎?"曰："靖之友刘文静者，与之狎。因文静见之可也。然兄何为?"曰："望气者言太原有奇气，使访之。李郎明发，何日到太原?"靖计之日。曰："达之明日日方曙，侯我于汾阳桥。"言讫，乘驴而去，其行若飞，回顾已失。公与张氏且惊且喜，久之，曰："烈士不欺人。固无畏。"促鞭而行，及期，入太原。果复相见。大喜，偕诣刘氏。诈谓文静曰："以善相者思见郎君，请迎之。"文静素奇其人，一旦闻有客善相，遽致使迎之。使回而至，不衫不履，裼裘而来，神气扬扬，貌与常异。虬髯默居末坐，见之心死，饮数杯，招靖曰："真天子也!"公以告刘，刘益喜，自负。既出，而虬髯曰："吾得十八九矣。然须道兄见。李郎宜与一妹复入京，某日午时，访我于马行东酒楼下。下有此驴及瘦驴，即我与道兄俱在其上矣。到即登焉。"又别而去。公与张氏复应之。及期访焉，宛见二乘。揽衣登楼，虬髯与一道士方对饮，见公惊喜，召坐。围饮十数巡，曰："楼下柜中有钱十万。择一深隐处驻一妹。某日复会我于汾阳桥。"如期至，即道士与虬髯已到矣。俱谒文静。时方弈棋，揖而话心焉。文静飞书迎文皇看棋。道士对弈，虬髯与公傍侍焉。俄而文皇到来，精采惊人，长揖而坐。神气清朗，满坐风生，顾盼炜如也。道士一见惨然，下棋子曰："此局全输矣！于此失却局哉！救无路矣！复奚言！"罢弈而请去。既出，谓虬髯曰："此世界非公世界。他方可也。勉之，勿以为念。"因共入京。虬髯曰："计李郎之程，某日方到。到之明日，可与一妹同诣某坊曲小宅相访。李郎相从一妹，悬然如磬。欲令新妇祗谒，兼议从容，无前却也。"言毕，吁嗟而去。公策马而归。即到京，遂与张氏同往。乃一小版门子，叩之，有应者，拜曰："三郎令候李郎一娘子久矣。"延入重门，门愈壮。婢四十人，罗列廷前。奴二十人，引公入东厅。厅之陈设，穷极珍异，箱中妆奁冠镜首饰之盛，非人间之物。巾栉妆饰毕，请更衣，衣又珍异。既毕，传云："三郎来！"乃虬髯纱帽裼裘而来，亦有龙虎之状，欢然相见。催其妻出拜，盖亦天人耳。遂延中堂，陈设盘筵之盛，虽王公家不侔也。四人对馔讫，陈女乐二十人，列奏于前，似从天降，非人间之曲。食毕，行酒。家人自东堂舁出二十床，各以锦绣帕覆之。既陈，尽去其帕，乃文簿钥匙耳。虬髯曰："此尽宝货泉贝之数。吾之所有，悉以充赠。何者？欲于此世界求事，当龙战三二十载，建少功业。今既有主，住亦何为？太原李氏，真英主也。三五年内，即当太平。李郎以奇特之才，辅清平之主，竭心尽善，必极人臣。一妹以天人之姿，蕴不世之艺，从夫之贵，以盛轩裳。非一妹不能识李郎，非李郎不能荣一妹。起陆之贵，际会如期，虎啸风生，龙吟云萃，固非偶然也。持余之赠，以佐真主，赞功业也，勉之哉！此后十年，当东南数千里外有异事，是吾得事之秋也。一妹与李郎可沥酒东南相贺。"因命家童列拜，曰："李郎一妹，是汝主也！"言讫，与其妻从一奴，乘马而去。数步，遂不复见。公据其宅，乃为豪家，得以助文皇帝构之资，遂匡天下。贞观十年，公以左仆射平章事。适南蛮入奏曰："有海船千艘，甲兵十万，入扶余国，杀其主自立。国已定矣。"公心知虬髯得事也。归告张氏，具衣拜贺，沥酒东南祝拜之。乃知真人之兴也，非英雄所冀。况非英雄乎！人臣之谬思乱者，乃螳臂之拒走轮耳。我皇家垂福万叶，岂虚然哉。或曰："卫公之兵法，半乃虬髯所传耳。"

卷五

冥音录

佚　名

庐江尉李侃者，陇西人，家于洛之河南。太和初，卒于官。有外妇崔氏，本广陵倡家。生二女，既孤且幼，孀母抚之以道，近于成人。因寓家庐江。侃既死，虽侃之宗亲，居显要者，绝不相闻。庐江之人，咸哀其孤藐而能自强。崔氏性酷嗜音，虽贫苦求活，常以弦歌自娱。有女弟菃奴，风容不下，善鼓筝，为古今绝妙，知名于时。年十七，未嫁而卒。人多伤焉。二女幼传其艺。长女适邑人丁玄夫，性识不甚聪慧。幼时，每教其艺，小有所未至，其母辄加鞭箠，终莫究其妙。每心念其姨，曰："我，姨之甥也。今乃死生殊途，恩爱久绝。姨之生乃聪明，死何蔑然，而不能以力祐助，使我心开目明，粗及流辈哉?"每至节朔，辄举觞酹地，哀咽流涕。如此者八岁。母亦哀而悯焉。开成五年四月三日，因夜寐，惊起号泣，谓其母曰："向者梦姨执手泣曰：'我自辞人世，在阴司簿属教坊，授曲于博士李元凭。元凭屡荐我于宪宗皇帝。帝召居宫。一年，以我更直穆宗皇帝宫中，以筝导诸妃，出入一年。上帝诛郑注，天下大酺。唐氏诸帝宫中互选妓乐，以进神尧太宗二宫。我复得侍宪宗。每一月之中，五日一直长秋殿。余日得肆游观，但不得出宫禁耳。汝之情恳，我乃知也。但无由得来。近日襄阳公主以我为女，思念颇至，得出入主弟，私许我归，成汝之愿。汝早图之！阴中法严，帝或闻之，当获大谴。亦上累于主。'"复与其母相持而泣。翼日，乃洒扫一室，列虚筵，设酒果，仿佛如有所见。因执筝就坐，闭目弹之，随指有得。初，授人间之曲，十日不得一曲。此一日获十曲。曲之名品，殆非生人之意。声调哀怨，幽幽然鹗啼鬼啸，闻之者莫不歔欷。曲有《迎君乐》（正商调二十八叠），《槲林叹》（分丝调四十四叠），《秦王赏金歌》（小石调二十八叠），《广陵散》（正商调二十八叠），《行路难》（正商调二十八叠），《上江虹》（正商调二十八叠），《晋城仙》（小石调二十八叠），《丝竹赏金歌》（小石调二十八叠），《红窗影》（双柱调四十叠）。十曲毕，惨然谓女曰："此皆宫闱中新翻曲，帝尤所爱重。《槲林叹》《红窗影》等，每宴饮，即飞球舞盏，为佐酒长夜之欢。穆宗敕修文舍人元稹撰，其词数十首，甚美。宴酣，令宫人递歌之。帝亲执玉如意，击节而和之。帝秘其调极切，恐为诸国所得，故不敢泄。岁摄提，地府当有大变，得以流传人世。幽明路异，人鬼道殊，今者人事相接，亦万代一时，非偶然也。会以吾之十曲，献阳地天子，不可使无闻于明代。"于是县白州，州白府。刺史崔琦亲召试之。则丝桐之音，枪钣可听。其差琴调不类秦声。乃以众乐合之，则宫商调殊不同矣。母令小女再拜求传十曲，亦备得之。至暮，诀去。数日复来，曰："闻扬州连帅欲取汝。恐有谬误，汝可一一弹之。"又留一曲曰《思归乐》。无何，州府果令送至扬州，一无差错。廉使故相李德裕议表其事。女寻卒。

东阳夜怪录

佚　名

前进士王洙，字学源，其先琅琊人。元和十三年春擢第。尝居邹鲁间名山习业。洙自云，前四年时，因随籍入贡，暮次荥阳逆旅。值彭城客秀才成自虚者，以家事不得就举，言旋故里。遇洙，因话辛勤往复之意。自虚字致本，语及人间目睹之异。是岁，自虚十有一月八日东还。（乃元和八年也。）翼日，到渭南县，方属阴曀，不知时之早晚。县宰黎谓留饮数巡。自虚恃所乘壮，乃命僮仆辎重，悉令先于赤水店俟宿，聊踟蹰焉。东出县郭门，则阴风刮地，飞雪雾天，行未数里，迨将昏黑。自虚僮仆，既悉令前去。道上又行人已绝，无可问程。至是不知所届矣。路出东阳驿南，寻赤水谷口道。去驿不三四里，有下坞。林月依微，略辨佛庙，自虚启扉，投身突入。雪势愈甚。自虚窃意佛宇之居，有住僧，将求委焉，则策马入。其后才认北横数间空屋，寂无灯烛。久之倾听，微似有人喘息声。遂系马于西面柱，连问："院主和尚，今夜慈悲相救。"徐闻人应："老病僧智高在此。适僮仆已出使村中教化，无从以致火烛。雪若是，复当深夜，客何为者？自何而来？四绝亲邻，何以取济？今夕脱不恶其病秽，且此相就，则免暴露。兼撤所藉刍藁分用，委质可矣。"自虚他计既穷，闻此内亦颇喜。乃问："高公生缘何乡？何故栖此？又俗姓云何？既接恩容，当还审其出处。"曰："贫道俗姓安（以本身肉鞍之故也），生在碛西。本因舍力，随缘来诣中国。到此未几，房院疏芜。秀才卒降，无以供待，不垂见怪为幸。"自虚如此问答，颇忘前倦。乃谓高公曰："方知探宝化城，如来非妄立喻。今高公是我导师矣。高公本宗，固有如是降伏其心之教。"俄则沓沓然若数人联步而至者。遂闻云："极好雪。师丈在否？"高公未应间，闻一人云："曹长先行。"或曰："朱八丈合先行。"又闻人曰："路甚宽，曹长不合苦让，偕行可也。"自虚窃谓人多，私心益壮。有顷，即似悉造座隅矣。内谓一人曰："师丈，此有宿客乎？"高公对曰："适有客来诣宿耳。"自虚昏昏然，莫审其形质。唯最前一人俯檐映雪，仿佛若见着皂裘者，背及肋有搭白补处。其人先发问自虚云："客何故瑀瑀（丘主反）然犯雪昏夜至此？"自虚则具以实告。其人因请自虚姓名。对曰："进士成自虚。"自虚亦从而语曰："暗中不可悉揖清扬，他日无以为子孙之旧。请各称其官及名氏。"便闻一人云："前河阴转运巡官试左骁卫胄曹参军卢倚马。"次一人云："桃林客副轻车将军朱中正。"次一人曰："去文，姓敬。"次一人曰："锐金，姓奚。"此时则似周坐矣。初，因成公应举，倚马旁及论文。倚马曰："某儿童时，即闻人咏师丈《聚雪为山》诗，今犹记得。今夜景象宛在目中。师丈，有之乎？"高公曰："其词谓何？试言之。"倚马曰："所记云：谁家扫雪满庭前，万壑千峰在一拳。吾心不觉侵衣冷，曾向此中居几年。"自虚茫然如失，口呿眸眙，尤所不测。高公乃曰："雪山是吾家山。往年偶见小儿聚雪，屹有峰峦山状，西望故国，怅然因作是诗。曹长大聪明，如何记得。贫道旧时恶句，不因曹长诚念在口，实亦遗忘。"倚马曰："师丈骋逸步于遐荒，脱尘机（机当为羁）于维絷，巍巍道德，可谓首出侪流。如小子之徒，望尘奔走，曷（曷当为褐，用毛色而讥之）敢窥其高远哉！倚马今春以公事到城，受性顽钝，阙下桂玉，煎迫不堪。旦夕羁（羁当为饥）旅，虽勤劳夙夜，料入况微，负荷非轻，常惧刑责。近蒙本院转一虚衔（谓空驱作替驴），意在苦求脱免。昨晚出长乐城下宿，自悲尘中劳役，慨然有山鹿野麋之志。因寄同侣，成两篇恶诗。对诸作者，辄欲口占，去就未敢。"自虚曰："今夕何夕，得闻佳句。"倚马又谦曰："不揆荒浅。况师丈文宗在此，敢呈丑拙邪？"自虚苦请曰："愿闻，愿闻！"倚马因朗吟其诗曰："长安城东洛阳道，车轮不息尘浩浩。争利贪前竞着鞭，相逢尽是尘中老。（其一）日晚长川不计程，离群独步不能鸣。赖有青青河畔草，春来犹得慰（慰当作喂）羁（羁当作饥）情。"合座咸曰："大高作！"倚马谦曰："拙恶拙恶！"中正谓高公曰："比闻朔漠之士，吟讽师丈佳句绝多。今此是颍川，况侧聆卢曹长所念，开洗昏鄙，意爽神清。新制的多，满座渴咏。岂不能见示三两首，以沃群瞩。”高公请俟他日。中正又曰：“眷彼名公悉至，何惜兔园。雅论高谈，抑一时之盛事。今去市肆苦远，夜艾兴余，杯觞固不可求，炮炙无由而致。宾主礼阙，惭恧空多。吾辈方以观心朵颐（谓龁草之性与师丈同），而诸公通宵无以充腹，赧然何补。”高公曰：“吾闻嘉话可以忘乎饥渴。秖如八郎，力济生人，动循轨辙，攻城犒士，为己所长。但以十二因缘，皆从触起。茫茫苦海，烦恼随生。何地而可见菩提（提当为蹄），何门而得离火宅（亦用事讥之）？”中正对曰：“以愚所谓：覆辙相寻，轮回恶道，先后报应，事甚分明。引领修行，义归于此。”高公大笑，乃曰：“释氏尚其清净，道成则为正觉（觉当为角）。觉则佛也。如八郎向来之谈，深得之矣。”倚马大笑。自虚又曰：“适来朱将军再三有请和尚新制。在小生下情，实愿观宝。和尚岂以自虚远客，非我法中而见鄙之乎？且和尚器识非凡，岸谷深峻，必当格韵才思，贯绝一时，妍妙清新，摆落俗态。岂终秘咳唾之余思，不吟一两篇以开耳目乎？”高公曰：“深荷秀才苦请，事则难于固违。况老僧残疾衰羸，习读久废，章句之道，本非所长。却是朱八无端挑抉吾短。然于病中，偶有两篇自述，匠石能听之乎？”曰：“愿闻。”其诗曰：“拥褐藏名无定踪，流沙千里度衰容。传得南宗心地后，此身应便老双峰。为有阎浮珍重因，远离西国越咸秦，自从无力休行道，且作头陀不系身。”又闻满座称好声，移时不定。去文忽于座内云：“昔王子猷访戴安道于山阴，雪夜皎然，及门而返。遂传‘何必见戴’之论。当时皆重逸兴。今成君可谓以文会友，下视袁安蒋诩。吾少年时颇负隽气，性好鹰鹯。曾于此时，畋游驰骋。吾故林在长安之巽维，御宿川之东畤（此处地名苟家嘴也）。咏雪有献曹州房一篇，不觉诗狂所攻，辄污泥高鉴耳。”因吟诗曰：“爱此飘摇六出公，轻琼洽絮舞长空。当时正逐秦丞相，腾踯川原喜北风。献诗讫，曹州房颇甚赏仆此诗，因难云：‘呼雪为公，得无检束乎？’余遂征古人尚有呼竹为君，后贤以为名论，用以证之。曹州房结舌莫知所对。然曹州房素非知诗者。乌大尝谓吾曰：‘难得臭味同。’

斯言不妄。今涉彼远官，参东州军事（义见《古今注》），相去数千。苗十（以五五之数故第十）气候哑吒，凭恃群亲，索人承事。鲁无君子者，斯焉取诸！”锐金曰：“安敢当。不见苗生几日？”曰：“涉旬矣。”“然则苗子何在？”去文曰：“亦应非远。知吾辈会于此，计合解来。”居无几，苗生遽至。去文伪为喜意，拊背曰：“适我愿兮！”去文遂引苗生与自虚相揖。自虚先称名氏。苗生曰：“介立姓苗。”宾主相谕之词，颇甚稠沓。锐金居其侧，曰：“此时则苦吟之矣。诸公皆由老奚诗病又发，如何如何？”自虚曰：“向者承奚生眷与之分非浅，何为尚吝瑰宝，大失所望。”锐金退而逡巡曰：“敢不贻广席一噱乎？”辄念三篇近诗云：“舞镜争鸾彩，临场定鹘拳。正思仙仗日，翘首仰楼前。养斗形如木，迎春质似泥。信如风雨在，何惮迹卑栖。为脱田文难，常怀纪涓恩。欲知疏野态，霜晓叫荒村。”锐金吟讫，暗中亦大闻称赏声。高公曰：“诸贤勿以武士见待朱将军。此公甚精名理，又善属文。而乃犹无所言。皮里臧否吾辈，抑将不可。况成君远客，一夕之聚，空门所谓多生有缘，宿鸟同树者也。得不因此留异时之谈端哉！”中正起曰：“师丈此言，乃与中正树荆棘耳。苟众情疑阻，敢不唯命是听。然卢探手作事，自贻伊戚，如何？”高公曰：“请诸贤静听。”中正诗曰：“乱鲁负虚名，游秦感宁生。候惊丞相喘，用识葛卢鸣。黍稷兹农兴，轩车乏道情。近来筋力退，一志在归耕。”高公叹曰：“朱八文华若此，未离散秩。引驾者又何人哉！屈甚，屈甚！”倚马曰：“扶风二兄偶有所系（意属自虚所乘），吾家龟兹，苍文毙甚，乐喧厌静，好事挥霍，兴在结束，勇于前驱（谓般轻货首队头驴）。此会不至，恨可知也。”去文谓介立曰：“胃家兄弟，居处匪遥，莫往莫来，安用尚志。《诗》云‘朋友攸摄’，而使尚有遐心。必须折简有招，鄙意颇成其美。”介立曰：“某本欲访胃大去，方以论文兴酣，不觉迟迟耳。敬君命予。今且请诸公不起。介立略到胃家即回。不然，便拉胃氏昆季同至，可乎？”皆曰：“诺。”介立乃去。无何，去文于众前窃是非介立曰：“蠢兹为人，有甚爪距，颇闻洁廉，善主仓库。其如蜡姑之丑，难以掩于物论何?”殊不知介立与胃氏相携而来。及门，瞥闻其说。介立攘袂大怒曰：“天生苗介立，斗伯比之直下。得姓于楚远祖棼皇茹，分二十族，祀典配享，至于礼经（谓《郊特牲》八蜡迎虎迎猫也）。奈何一敬去文，盘瓠之余，长细无别，非人伦所齿，只合驯狎稚子，狞守酒旗，谄同妖狐，窃脂媚灶，安敢言人之长短。我若不呈薄艺，敬子谓我咸秩无文，使诸人异日藐我。今对师丈念一篇恶诗，且看如何?”诗曰：“为惭食肉主恩深，日晏蟠蜿卧锦衾。且学志人知白黑，那将好爵动吾心。”自虚颇甚佳叹。去文曰：“卿不详本末，厚加矫诬。我实春秋向戌之后。卿以我为盘瓠裔，如辰阳比房，于吾殊所乖阔。”中正深以两家献酬未绝为病，乃曰：“吾愿作宜僚以释二忿，可乎？昔我逢丑父实与向家棼皇，春秋时屡同盟会。今座上有名客，二子何乃互毁祖宗，语中忽有绽露。是取笑于成公齿冷也。且尽吟咏，固请息喧。”于是介立即引胃氏昆仲与自虚相见。初襜襜然若白色。二人来前，长曰胃藏瓠，次曰藏立。自虚亦称姓名。藏瓠又巡座云：“令兄令弟。”介立乃于广众延誉胃氏昆弟：“潜迹草野，行着及于名族，上参列宿，亲密内达肝胆。况秦之八水，实贯天府，故林二十族，多是咸京。闻弟新有《题旧业》诗，时称甚美。如何，得闻乎?”藏瓠对曰：“小子谬厕宾筵，作者云集，欲出口吻，先增惭怍。今不得已，尘汙诸贤耳目。”诗曰：“鸟鼠是家川，周王昔猎贤。一从离子卯（鼠兔皆变为猬也），应见海桑田。”介立称好。“弟他日必负重名，公道若存，斯文不朽。”藏瓠敛躬谢曰：“藏瓠幽蛰所宜，幸陪群彦。兄揄扬太过。小子谬当重言，若负芒刺。”座客皆笑。时自虚方聆诸客嘉什，不暇自念己文。但曰：“诸公清才绮靡，皆是目牛游刃。”中正将谓有讥，潜然遁去。高公求之，不得，曰：“朱八不告而退，何也?”倚马对曰：“朱八世与炮氏为仇，恶闻发硎之说而去耳。”自虚谢不敏。此时去文独与自虚论诘，语自虚曰：“凡人行藏卷舒，君子尚其达节，摇尾求食，猛虎所以见几。或为知己吠鸣，不可以主人无德而废斯义也。去文不才，亦有两篇言志奉呈。”诗曰：“事君同乐义同忧，那校糟糠满志休。不是守株空待兔，终当逐鹿出林丘。少年尝负饥鹰用，内愿曾无宠鹤心。秋草殴除思去宇，平原毛血兴从禽。”自虚赏激无限，全忘一夕之苦。方欲自夸旧制，忽闻远寺撞钟，则比膊钧然声尽矣。注目略无所睹。但觉风雪透窗，臊秽扑鼻。唯窣飒如有动者，而厉声呼问，绝无由答。自虚心神恍惚，未敢遽前扪撄。退寻所系之马，宛在屋之西隅。鞍鞯被雪，马则龁柱而立。迟疑间，晓色已将辨物矣。乃于屋壁之北，有橐驼一，贴腹跪足，儑耳龆口。自虚觉夜来之异，得以遍求之。室外北轩下，俄又见一瘁瘠乌驴，连脊有磨破三处，白毛茁然将满。举视屋之北拱，微若振迅有物，乃见一老鸡蹲焉。前及设像佛宇塌座之北，东西有隙地数十步。牖下皆有彩画处，土人曾以麦䴬之长者，积于其间。见一大驳猫儿眠于上。咫尺又有盛饷田浆破瓠一，次有牧童所弃破笠一。自虚因蹴之，果获二刺猬，蠕然而动。自虚周求四顾，悄未有人。又不胜一夕之冻乏，乃揽辔振雪，上马而去。周出村之北道，左经柴栏旧圃，睹一牛踣雪龁草。次此不百余步，合村悉辇粪幸此蕴崇。自虚过其下，群犬喧吠。中有一犬，毛悉齐髁，其状甚异，睥睨自虚。自虚驱马久之，值一叟，辟荆扉，晨兴开径雪。自虚驻马讯焉。对曰：“此故友右军彭特进庄也。郎君昨宵何止？行李间有似迷途者。”自虚语及夜来之见。叟倚彗惊讶曰：“极差，极差！昨晚天气风雪，庄家先有一病橐驼，虑其为所毙，遂覆之佛宇之北，念佛社屋下。有数日前，河阴官脚过，有乏驴一头，不任前去。某哀其残命未舍，以粟斛易留之，亦不羁绊。彼栏中瘠牛，皆庄家所畜。适闻此说，不知何缘如此作怪。”自虚曰：“昨夜已失鞍驮，今馁冻且甚。事有不可率话者。大略如斯，难于悉述。”遂策马奔去。至赤水店，见僮仆方讶其主之相失，始忙于求访。自虚慨然，如丧魂者数日。

灵应传

佚 名

泾州之东二十里，有故薛举城。城之隅有善女湫，广袤数里，蒹葭丛翠，古木萧疏。其水湛然而碧，莫有测其浅深者。水族灵怪，往往见焉。乡人立祠于旁，曰九娘子神。岁之水旱祓禳，皆得祈请焉。又州之西二百余里，朝那镇之北有湫神。因地而名，曰朝那神。其肸蚃灵应，则居善女之右矣。乾符五年，节度使周宝在镇日，自仲夏之初，数数有云气，状如奇峰者，如美女者，如鼠，如虎者，由二湫而兴。至于激迅风，震雷电，发屋拔树，数刻而止。伤人害稼，其数甚多。宝责躬励己，谓为政之未敷，致阴灵之所谴也。至六月五日，府中视事之暇，昏然思寐，因解巾就枕。寝犹未熟，见一武士，冠鍪被铠，持钺而立于阶下，曰："有女客在门，欲申参谒，故先听命。"宝曰："尔为准乎？"曰："某即君之阍者，效役有年矣。"宝将诘其由，已见二青衣，历阶而升，长跪于前曰："九娘子自郊墅特来告谒，故先使下执事致命于明公。"宝曰："九娘子非吾通家亲戚，安敢造次相面乎？"言犹未终，而见祥云细雨，异香袭人。俄有一妇人，年可十七八，衣裙素淡，容质窈窕，凭空而下，立庭庑之间。容仪绰约，有绝世之貌。侍者十余辈，皆服饰鲜洁，有如妃主之仪。顾步徊翔，渐及卧所。宝将少避之，以候其意。侍者趋进而言曰："贵主以君之高义，可申诚信之托，故将冤抑之怀，诉诸明公。明公忍不救其急难乎？"宝遂命升阶相见。宾主之礼颇甚肃恭。登榻而坐，祥烟四合，紫气充庭，敛态低鬟，若有忧戚之貌。宝命酌醴设馔，厚礼以待之。俄而敛袂离席，逡巡而言曰："妾以寓止郊园，绵历多祀，醉酒饱德，蒙惠诚深。虽以孤枕寒床，甘心没齿。茕嫠有托，负荷逾多。但以显晦殊途，行止乖互。今乃迫于情礼，岂暇缄藏。倘鉴幽情，当敢披露。"宝曰："愿闻其说。所冀识其宗系。苟可展分，安敢以幽显为辞。君子杀身以成仁，徇其毅烈，蹈赴汤火，旁雪不平，乃宝之志也。”对曰：“妾家世会稽之鄮县，卜筑于东海之潭。桑榆坟陇，百有余代。其后遭世不造，瞰室贻灾。五百人皆遭庾氏焚炙之祸，纂绍几绝。不忍戴天，潜遁幽岩，沉冤莫雪。至梁天监中，武帝好奇，召人通龙宫，人枯桑岛，以烧燕奇味，结好于洞庭君宝藏主第七女，以求异宝。寻闻家仇，庾毗罗自鄮县白水郎弃官解印，欲承命请行，阴怀不道，因使得入龙宫，假以求货，覆吾宗嗣。赖杰公敏鉴，知渠挟私请行，欲肆无辜之害。虑其反贻伊戚，辱君之命，言于武帝，武帝遂止。乃令合浦郡落黎县欧越罗子春代行。妾之先宗，羞共戴天，虑其后患，乃率其族，韬光灭迹，易姓变名，避仇于新平真宁县安村。披榛凿穴，筑室于兹。先人弊庐，殆成胡越。今三世卜居，先为灵应君，寻受封应圣侯。后以阴灵普济，功德及民，又封普济王。威德临人，为世所重。妾即王之第九女也。笄年配于象郡石龙之少子。良人以世袭猛烈，血气方刚，宪法不拘，严父不禁，残虐视事，礼教蔑闻。未及期年，果贻天谴，覆宗绝嗣，削迹除名。唯妾一身，仅以获免。父母抑遣再行，妾终违命。王侯致聘，接轸交辕。诚愿既坚，遂欲自劓。父母怒其刚烈，遂遣屏居于兹土之别邑。音问不通，于今三纪。虽慈颜未复，温凊久违，离群索居，甚为得志。近年为朝那小龙，以季弟未婚，潜行礼聘。甘言厚币，峻阻复来。灭性毁形，殆将不可。朝那遂通好于家君，欲成其事。遂使其季弟权徙于王畿之西，将货于我王，以成姻好。家君知妾之不可夺，乃令朝那纵兵相逼。妾亦率其家僮五十余人，付以兵仗，逆战郊原。众寡不敌，三战三北。师徒倦弊，犄角无怙。将欲收拾余烬，背城借一，而虑晋阳水急，台城火炎，一旦攻下，为顽童所辱。纵没于泉下，无面石氏之子。故《诗》云：“泛彼柏舟，在彼中河。髧彼两髦，实维我仪。之死矢靡他。母也天只，不谅人只。”此卫世子孀妇自誓之词。又云：“谁谓鼠无牙？何以穿我墉。谁谓女无家？何以速我讼。虽速我讼，亦不女从。”此邵伯听讼，衰乱之俗兴，贞信之教微，强暴之男，不能侵凌贞女也。今则公之教可以精通显，贻范古今。贞信之教，故不为姬奭之下者。幸以君之余力，少假兵锋，挫彼凶狂，存其鳏寡。成贱妾终天之誓，彰明公赴难之心。辄具志诚，幸无见阻。”宝心虽许之，讶其辨博，欲拒以他事，以观其词。乃曰：“边徼事繁，烟尘在望。朝廷以西陲陷虏，芜没者三十余州。将议举戈，复其土壤。晓夕恭命，不敢自安。匪夕伊朝，前茅即举。空多愤悱，未暇承命。”对曰：“昔者楚昭王以方城为城，汉水为池，尽有荆蛮之地。借父兄之资，强国外连，三良内助。而吴兵一举，鸟进云奔，不暇婴城，迫于走兔。宝玉迁徙，宗社凌夷。万乘之灵，不能庇先王之朽骨。至申胥乞师于嬴氏，血泪污于秦庭，七日长号，昼夜靡息。秦伯悯其祸败，竟为出师，复楚退吴，仅存亡国。况芈氏为春秋之强国，申胥乃衰楚之大夫，而以矢尽兵穷，委身折节，肝脑涂地，感动于强秦。矧妾一女子，父母斥其孤贞，狂童凌其寡弱，缀旒之急，安得不少动仁人之心乎？”宝曰：“九娘子灵宗异派，呼吸风云，蠢尔黎元，固在掌握。又焉得示弱于世俗之人，而自困如是者哉？”对曰：“妾家族望，海内咸知。只如彭蠡洞庭，皆外祖也。陵水罗水，皆中表也。内外昆季，百有余人。散居吴越之间，各分地土。咸京八水，半是宗亲。若以遣一介之使，飞咫尺之书，告彭蠡洞庭，召陵水罗水，率维扬之轻锐，征八水之鹰扬。然后檄冯夷，说巨灵，鼓子胥之波涛，混阳侯之鬼怪，鞭驱列缺，指挥丰隆，扇疾风，翻暴浪，百道俱进，六师鼓行。一战而成功，则朝那一鳞，立为齑粉。泾城千里，坐变污潴。言下可观，安敢谬矣。顷者，泾阳君与洞庭外祖世为姻戚，后以琴瑟不调，弃掷少妇，遭钱塘之一怒，伤生害稼，怀山襄陵。泾水穷鳞，寻毙外祖之牙齿。今泾上车轮马迹犹在，史传具存，固非谬也。妾又以夫族得罪于天，未蒙上帝昭雪，所以销声避影，而自困如是。君若不悉诚款，终以多事为词，则向者之言，不敢避上帝之责也。”宝遂许诺。卒爵撤馔，再拜而去。宝及晡方寤，耳闻目览，恍然如在。翼日，遂遣兵士一千五百人，戍于湫庙之侧。是月七日，鸡初鸣，宝将晨兴，疏牖尚暗。忽于帐前有一人，经行于帷幌之间，有若侍巾栉者。呼之命烛，竟无酬对。遂厉而叱之。乃言曰：“幽明有隔，幸不以灯烛见迫也。”宝潜知异，乃屏气息音，徐谓之曰：“得非九娘子乎？”对曰："某即九娘子之执事者也。昨日蒙君假以师徒，救其危患。但以幽显事别，不能驱策。苟能存其始约，幸再思之。"俄而纱窗渐白，注目视之，悄无所见。宝良久思之，方达其义。遂呼吏，命按兵籍，选亡没者名，得马军五百人，步卒一千五百人；数内选押衙孟远，充行营都虞候，牒送善女湫神。是月十一日，抽回戍庙之卒。见于厅事之前，转旋之际，有一甲士仆地，口动目瞬，问无所应，亦不似暴卒者。遂置于廊庑之间，天明方悟。遂使人诘之。对曰："某初见一人，衣青袍，自东而来，相见甚有礼。谓某曰：'贵主蒙相公莫大之恩，拯其焚溺。然亦未尽诚款。假尔明敏，再通幽情。幸无辞，勉也。'某急以他词拒之。遂以袂相牵，懵然颠仆。但觉与青衣者继踵偕行，俄至其庙。促呼连步，至于帷薄之前。见贵主谓某云：'昨蒙相公悯念孤危，俾尔戍于弊邑。往返途路，得无劳止？余蒙相公再借兵师，深惬诚愿。观其士马精强，衣甲铦利。然都虞候孟远才轻位下，甚无机略。今月九日，有游军三千余，来掠我近郊。遂令孟远领新到将士，邀击于平原之上。设伏不密，反为彼军所败。甚思一权谋之将。俾尔速归，达我情素。'言讫，拜辞而出，昏然似醉。余无所知矣。"宝验其说，与梦相符。意欲质前事，遂差制胜关使郑承符以代孟远。是月十三日晚衙，于后球场，沥酒焚香，牒请九娘子神收管。至十六日，制胜关申云："今月十三日夜三更已来，关使暴卒。"宝惊叹息，使人驰视之。至则果卒。唯心背不冷，暑月停尸，亦不败坏。其家甚异之。忽一夜，阴风惨冽，吹砂走石，发屋拔树，禾苗尽偃，及晓而止。云雾四布，连夕不解。至暮，有迅雷一声，划如天裂。承符忽呻吟数息，其家剖棺视之，良久复苏。是夕，亲邻咸聚，悲喜相仍，信宿如故。家人诘其由。乃曰："余初见一人，衣紫绶，乘骊驹，从者十余人。至门，下马，命吾相见。揖让周旋，手捧一牒授吾云：'贵主得吹尘之梦，知君负命世之才，欲遵南阳故事，思殄邦仇。使下臣持兹礼币，聊展敬于君子，而冀再康国步。幸不以三顾为劳也。'余不暇他辞，唯称不敢。酬酢之际，已见聘币罗于阶下，鞍马器甲锦彩服玩橐鞬之属，咸布列于庭。吾辞不获免，遂再拜受之。即相促登车。所乘马异常骏伟，装饰鲜洁，仆御整肃。倏忽行百余里。有甲马三百骑已来，迎候驱殿，有大将军之行李，余亦颇以为得志。指顾间，望见一大城，其雉堞穹崇，沟洫深濬。余惚恍不知所自。俄于郊外备帐乐，设享。宴罢入城，观者如堵。传呼小吏，交错其间。所经之门，不记重数。及至一处，有如公署。左右使余下马易衣，趋见贵主。贵主使人传命，请以宾主之礼见。余自谓既受公文器甲临戎之具，即是臣也。遂坚辞，具戎服入见。贵主使人复命，请去櫜鞬，宾主之间，降杀可也。余遂舍器仗而趋入，见贵主坐于厅上。余拜谒，一如君臣之礼。拜讫，连呼登阶。余乃再拜，升自西阶。见红妆翠眉，蟠龙髻凤而侍立者，数十余辈。弹弦握管，秾花异服而执役者，又数十辈。腰金拖紫，曳组攒簪而趋隅者，又非止一人也。轻裘大带，白玉横腰，而森罗于阶下者，其数甚多。次命女客五六人，各有侍者十数辈，差肩接迹，累累而进。余亦低视长揖，不敢施拜。坐定，有大校数人，皆令预坐。举乐进酒。酒至，贵主敛袂举觞，将欲兴词，叙向来征聘之意。俄闻烽燧四起，叫噪喧呼云："朝那贼步骑数万人，今日平明攻破堡塞，寻已人界。数道齐进，烟火不绝。请发兵救应。"侍坐者相顾失色。诸女不及叙别，狼狈而散。及诸校降阶拜谢，伫立听命。贵主临轩谓余曰："吾受相公非常之惠，悯其孤茕，继发师徒，拯其患难。然以车甲不利，权略是思。今不弃弊陋，所以命将军者，正为此危急也。幸不以幽僻为辞，少匡不逮。"遂别赐战马二疋，黄金甲一副，旌旗旄钺珍宝器用，充庭溢目，不可胜计。彩女二人，给以兵符，锡赍甚丰。余拜捧而出，传呼诸将，指挥部伍，内外响应。是夜，出城。相次探报，皆云："贼势渐雄。"余素谙其山川地里，形势孤虚。遂引军夜出，去城百余里，分布要害。明悬赏罚，号令三军。设三伏以待之。迟明，排布已毕。贼汰其前功，颇甚轻进，犹谓孟远之统众也。余自引轻骑，登高视之。见烟尘四合，行阵整肃。余先使轻兵搦战，示弱以诱之。接以短兵，且战且行。金革之声，天裂地坼。余引兵诈北，彼亦尽锐前趋。鼓噪一声，伏兵尽起。十里转战，四面夹攻。彼军败绩，死者如麻。再战再奔，朝那狡童，漏刃而去。从亡之卒，不过十余人。余选健马三十骑追之，果生置于麾下。由是血肉染草木，脂膏润原野，腥秽荡空，戈甲山积。贼帅以轻车驰送于贵主，贵主登平朔楼受之。举国士民，咸来会集，引于楼前，以礼责问。唯称“死罪”，竟绝他词。遂令押赴都市腰斩。临刑，有一使乘传，来自王所，持急诏令，促赦之。曰：“朝那之罪，吾之罪也。汝可赦之，以轻吾过。”贵主以父母再通音问，喜不自胜，谓诸将曰：“朝那妄动，即父之命也。今使赦之，亦父之命也。昔吾违命，乃贞节也。今若又违，是不祥也。”遂命解缚，使单骑送归。未及朝那，包羞而卒于路。余以克敌之功，大被宠锡。寻备礼拜平难大将军，食朔方一万三千户。别赐第宅，舆马，宝器，衣服，婢仆，园林，邸第，旌旛，铠甲。次及诸将，赏赉有差。明日，大宴，预坐者不过五六人。前者六七女皆来侍坐，风姿体态，愈更动人。竟夕酣饮，甚欢。酒至，贵主捧觞而言曰：“妾之不幸，少处空闺。天赋孤贞，不从严父之命。屏居于此三纪矣。蓬首灰心，未得其死。邻童迫协，几至颠危。若非相公之殊恩，将军之雄武，则息国不言之妇，又为朝那之囚耳。永言斯惠，终天不忘。”遂以七宝钟酌酒，使人持送郑将军。余因避席再拜而饮。余自是颇动归心，词理恳切，遂许给假一月。宴罢，出。明日，辞谢讫，拥其麾下三十余人，返于来路。所经之处，但闻鸡犬，颇甚酸辛。俄顷到家，见家人聚泣，灵帐俨然。麾下一人，令余促入棺缝之中。余欲前，而为左右所耸。俄闻震雷一声，醒然而悟。”承符自此不事家产，唯以后事付妻孥。果经一月，无疾而终。其初欲暴卒时，告其所亲曰：“余本机钤人用，效节戎行。虽奇功蔑闻，而薄效粗立。洎遭衅累，谴谪于兹。平生志气，郁而未申。丈夫终当扇长风，摧巨浪，举太山以压卵，决东海以沃萤。奋其鹰犬之心，为人雪不平之事。吾朝夕当有所受。与子分襟，固不久矣。”其月十三日，有人自薛举城晨发十余里，天初平晓，忽见前有车尘竞起，旌旗焕赫，甲马数百人。中拥一人，气概洋洋然，逼而视之，郑承符也。此人惊讶移时，因伫于路左。见瞥如风云，抵善女湫，俄顷，悄无所见。

卷六

隋遗录上

颜师古

大业十二年，炀帝将幸江都，命越王侑留守东都。宫女半不随驾，争泣留帝。言辽东小国，不足以烦大驾，愿择将征之。攀车留惜，指血染鞅。帝意不回，因戏以帛题二十字赐守宫女云：“我梦江南好，征辽亦偶然。但存颜色在，离别只今年。”车驾既行，师徒百万前驱。大桥未就，别命云屯将军麻叔谋，浚黄河入汴堤，使胜巨舰。叔谋衔命，甚酷，以铁脚木鹅试彼浅深，鹅止，谓浚河之夫不忠，队伍死水下。至今儿啼，闻人言“麻胡来”，即止。其讹言畏人皆若是。帝离都旬日，幸宋何妥所进牛车。车前只轮高广，疏钉为刃，后只轮庳（皮秘反）下，以柔榆为之，使滑劲不滞，使牛御焉（车名见《何妥传》）。自都抵汴郡，日进御车女。车幰（许偃反）垂鲛绡网，杂缀片玉鸣铃，行摇玲珑，以混车中笑语，冀左右不闻也。长安贡御车女袁宝儿，年十五，腰肢纤堕，骄冶多态。帝宠爱之特厚。时洛阳进合带迎辇花，云得之嵩山坞中，人不知名。采者异而贡之。会帝驾适至，因以迎辇名之。花外殷紫，内素腻菲芬，粉蕊，心深红，跗争两花。枝干烘翠类通草，无刺，叶圆长薄。其香浓芬馥，或惹襟袖，移日不散，嗅之令人多不睡。帝命宝儿持之，号曰司花女。时诏虞世南草《征辽指挥德音敕》于帝侧，宝儿注视久之。帝谓世南曰：“昔传飞燕可掌上舞，朕常谓儒生饰于文字，岂人能若是乎？及今得宝儿，方昭前事。然多憨态。今注目于卿。卿才人，可便嘲之。”世南应诏为绝句曰：“学画鸦黄半未成，垂肩亸袖太憨生。缘憨却得君王惜，长把花枝傍辇行。”上大悦。至汴，上御龙舟，萧妃乘凤舸，锦帆彩缆，穷极侈靡。舟前为舞台，台上垂蔽日帘。帘即蒲择国所进，以负山蚊睫纫莲根丝，贯小珠，间睫编成，虽晓日激射，而光不能透。每舟择妍丽长白女子千人，执雕板镂金楫，号为殿脚女。一日，帝将登凤舸，凭殿脚女吴绛仙肩。喜其柔丽，不与群辈齿，爱之甚，久不移步。绛仙善画长蛾眉。帝色不自禁，回辇召绛仙，将拜婕妤。适值绛仙下嫁为玉工万群妻，故不克谐。帝寝兴罢，擢为龙舟首楫，号曰崆峒夫人。由是殿脚女争效为长蛾眉。司宫吏日给螺子黛五斛，号为蛾绿。螺子黛出波斯国，每颗直十金。后征赋不足，杂以铜黛给之，独绛仙得赐螺黛不绝。帝每倚帘视绛仙，移时不去，顾内谒者云："古人言'秀色若可餐'。如绛仙，真可疗饥矣。"因吟《持楫篇》赐之，曰："旧曲歌桃叶，新妆艳落梅。将身倚轻楫，知是渡江来。"诏殿脚女千辈唱之。时越溪进耀光绫，绫纹突起，时有光彩。越人乘樵风舟，泛于石帆山下，收野茧缲之。缲丝女夜梦神人告之曰："禹穴三千年一开。汝所得茧，即江淹文集中壁鱼所化也。丝织为裳，必有奇文。"织成果符所梦，故进之。帝独赐司花女洎绛仙，他姬莫预。萧妃恚妒不怿，由是二姬稍稍不得亲幸。帝常醉游诸宫，偶戏宫婢罗罗者。罗罗畏萧妃，不敢迎帝，且辞以有程妃之疾，不可荐寝。帝乃嘲之曰："个人无赖是横波，黛染隆颅簇小蛾。幸好留侬伴成梦，不留侬住意如何?"帝自达广陵，宫中多效吴言，因有侬语也。帝昏湎滋深，往往为妖祟所惑，尝游吴公宅鸡台，恍惚间与陈后主相遇，尚唤帝为殿下。后主戴轻纱皂帻，青绰袖，长裾，绿锦纯缘紫纹方平履。舞女数十许，罗侍左右。中一人迥美，帝屡目之。后主云："殿下不识此人耶？即丽华也。每忆桃叶山前乘战舰与此子北渡。尔时丽华最恨，方倚临春阁试东郭毚紫毫笔，书小砑红绡作答江令'璧月'句。诗词未终，见韩擒虎跃青骢驹，拥万甲直来冲人，都不存去就，便至今日。"俄以绿文测海蠡，酌红粱新醖劝帝。帝饮之甚欢，因请丽华舞《玉树后庭花》。丽华辞以抛掷岁久，自井中出来，腰肢依拒，无复往时姿态。帝再三索之，乃徐起，终一曲。后主问帝："萧妃何如此人?"帝曰："春兰秋菊，各一时之秀也。"后主复诗十数篇，帝不记之，独爱《小窗》诗及《寄侍儿碧玉》诗。《小窗》云："午睡醒来晚，无人梦自惊。夕阳如有意，偏傍小窗明。"《寄碧玉》云："离别肠犹断，相思骨合销。愁云若飞散，凭仗一相招。"丽华拜帝，求一章。帝辞以不能。丽华笑曰："尝闻'此处不留侬，会有留侬处。'安可言不能？"帝强为之操觚曰："见面无多事，闻名亦许时。坐来生百媚，实个好相知。"丽华捧诗，颦然不怿。后主问帝："龙舟之游乐乎？始谓殿下致治在尧舜之上，今日复此逸游。大抵人生各图快乐，曩时何见罪之深耶？三十六封书，至今使人怏怏不悦。"帝忽悟，叱之云："何今日尚目我为殿下，复以往事讯我邪？"随叱声恍然不见。

隋遗录下

颜师古

帝幸月观，烟景清朗。中夜，独与萧妃起临前轩。帘掩不开，左右方寝。帝凭妃肩，说东宫时事。适有小黄门映蔷薇丛调宫婢，衣带为蔷薇结，笑声吃吃不止。帝望见腰肢纤弱，意为宝儿有私。帝披单衣亟行擒之，乃宫婢雅娘也，回入寝殿，萧妃诮笑不知止。帝问曰："往年私幸妥娘时，情态正如此。此时虽有性命，不复惜矣。后得月宾，被伊作意态不彻。是时侬怜心，不减今日对萧娘情态。曾效刘孝绰为《杂忆》诗，常念与妃。妃记之否？"萧妃承问，即念云："忆睡时，待来刚不来。卸妆仍索伴，解更相催。博山思结梦，沉水未成灰。"又云："忆起时，投签初报晓。被惹香黛残，枕隐金钗袅。笑动上林中，除却司晨鸟。"帝听之，咨嗟云："日月遄逝，今来已是几年事矣。"妃因言："闻说外方群盗不少，幸帝图之。"帝曰："侬家事，一切已托杨素了。人生能几何？纵有他变，侬终不失作长城公。汝无言外事也！"帝尝幸昭明文选楼，车驾未至，先命宫娥数千人升楼迎侍。微风东来，宫娥衣被风绰，直拍肩项。帝观之，色荒愈炽。因此乃建迷楼，择下俚稚女居之，使衣轻罗单裳，倚槛望之，势若飞举。又名香于四隅，烟气霏霏，常若朝雾未散，谓为神仙境不我多也。楼上张四宝帐，帐各异名：一名散春愁，二曰醉忘归，三曰夜酣香，四曰延秋月。妆奁寝衣，帐各异制。帝自达广陵，沉湎失度，每睡，须摇顿四体，或歌吹齐鼓，方就一梦。侍儿韩俊娥尤得帝意，每寝必召，命振耸支节，然后成寝，别赐名为"来梦儿"。萧妃尝密讯俊娥曰："帝常不舒，汝能安之，岂有他媚？"俊娥畏戚，进言："妾从帝自都城来，见帝常在何妥车。车行高下不等，女态自摇。帝就摇怡悦。妾今幸承皇后恩德，侍寝帐下，私效车中之态以安帝耳，非他媚也。"他日，萧后诬罪去之，帝不能止。暇日登迷楼，忆之，题东南柱二篇云："黯黯愁侵骨，绵绵病欲成。须知潘岳鬓，强半为多情。”又云：“不信长相忆，丝从鬓里生。闲来倚楼立，相望几含情。”殿脚女自至广陵，悉命备月观行宫，由是绛仙等亦不得亲侍寝殿。有郎将自瓜州宣事回，进合欢水果一器。帝命小黄门以一双驰骑赐绛仙，遇马急摇解。绛仙拜赐私恩，附红笺小简上进曰：“驿骑传双果，君王宠念深。宁知辞帝里，无复合欢心。”帝省章不悦，顾黄门曰：“绛仙如何？何来辞怨之深也？”黄门惧，拜而言曰：“适走马摇动，及月观，果已离解，不复连理。”帝意不解，因言曰：“绛仙不独貌可观，诗意深切，乃女相如也。亦何谢左贵嫔乎？”帝于宫中尝小会，为拆字令，取左右离合之意。时杳娘侍侧。帝曰：“我取杳字为十八日。”杳娘复解罗字为四维。帝顾萧妃曰：“尔能拆朕字乎？不能当醉一杯。”妃徐曰：“移左画居右，岂非渊字乎？”时人望多归唐公，帝闻之不怿，乃言：“吾不知此事，岂为非圣人耶？”于是奸蠹起于内，盗贼生于外，值阁裴虔通，虎贲郎将司马德勤等，引左右屯卫将军宇文化及将谋乱，因请放官奴分直上下。帝可奏，即宣诏云：“门下！寒暑迭用，所以成岁功也。日月代明，所以均劳逸也。故士子有游息之谈，农夫有休劳之节。咨尔髠众，服役甚勤，执劳无怠。埃壒溢于爪发，虮虱结于兜鍪。朕甚悯之，俾尔休翻从便。噫戏！无烦方朔滑稽之请，而从卫士递上之文。朕于侍从之间，可谓恩矣。可依前件事！”是有焚草之变。

右《大业拾遗记》者，上元县南朝故都，梁建瓦棺寺阁。阁南隅有双阁，闭之，忘记岁月。会昌中，诏拆浮图，因开之。得荀笔千余头，中藏书一帙，虽皆随手靡溃，而文字可纪者，乃隋书遗藁也。中有生白藤纸数幅，题为《南部烟花录》，僧志彻得之。及焚释氏群经，僧人惜其香轴，争取纸尾拆去。视轴，皆有鲁郡文忠颜公名，题云手写。是录即前之荀笔，可不举而知也。志彻得录前事，及取隋书校之，多隐文，特有符会，而事颇简脱。岂不以国初将相，争以王道辅政，颜公不欲华靡前迹，因而削乎？今尧风已还，德车斯驾。独惜斯文湮没，不得为辞人才子谈柄，故编云《大业拾遗记》。此文缺落，凡十七八，悉从而补之矣。

隋炀帝海山记上

佚　名

余家世好蓄古书器，惟炀帝事详备，皆他书不载之文。乃编以成记，传诸好事者，使闻其所未闻故也。

炀帝生于仁寿二年，有红光竟天，宫中甚惊，是时牛马皆鸣。帝母先是梦龙出身中，飞高十余里，龙堕地，尾辄断。以其事奏于帝，帝沉吟默塞不答。帝名勇，三岁，戏于文帝前。文帝抱之临轩爱玩，亲之甚久，曰："是儿极贵，恐破吾家。"文帝自兹虽爱而不意于勇。帝十岁，好观书，古今书传，至于药方天文地理伎艺术数，无不通晓。然而性偏忍，阴默疑忌，好用钩赜人情深浅焉。时杨素有战功，方贵用，帝倾意结之。文帝得疾，内外莫有知者。时后亦不安，旬余日不通两宫安否。帝坐便室，召素谋曰："君国之元老。能了吾家事者君也。"乃私执素手曰："使我得志，我亦终身报公。"素曰："待之。当自有谋。"素入问疾，文帝见素，起坐，谓素曰："吾常亲锋刃，冒矢石，出入死生，与子同之，方享今日之贵。吾自惟不免此疾，不能临天下。倘吾不讳，汝立吾儿勇为帝。汝背吾言，吾去世亦杀汝。此事吾不语人，汝立吾族中人，吾之死目不合。"帝因愤懑，乃大呼左右曰："召吾儿勇来！"力气哽塞，回面向内不言。素乃出语帝曰："事未可，更待之。"有顷，左右出报素曰："帝呼不应，喉中呦呦有不足。"帝拜素："愿以终身累公。"素急入，帝已崩已，乃不发。明日，素袖遗诏立帝。时百官犹未知，素执圭谓百官曰："文帝遗诏立帝。有不从者，戮于此！"左右扶帝上殿，帝足弱，欲倒者数四，不能上。素下，去左右，以手扶接帝。帝执之，乃上。百官莫不嗟叹。素归，谓家人辈曰："小儿子吾已提起，教作大家。即不知了当得否？"素恃有功，见帝多呼为郎君。侍宴内殿，宫人偶覆酒污素衣，素怒，叱左右引下殿，加挞焉。帝颇恶之，隐忍不发。一日，帝与素钓鱼于池，与素并坐，左右张伞以遮日色。帝起如厕，回见素坐赭伞下，风骨秀异，堂堂然。帝大疑忌。帝多欲，有所不谐，为素请而抑之，由是愈有害素意。会素死，帝曰："使素不死，夷其九族。"先，素欲入朝，出，见文帝执金钺，逐之曰："此贼！吾不欲立勇，汝竟不从吾言。今必杀汝!"素惊呼入室，召子弟二人而语之曰："吾必死，以见文帝出语也。"不移时，素死。帝自素死，益无惮，乃辟地，周二百里，为西苑，役民力常百万数。苑内为十六院，聚土石为山，凿池为五湖四海。诏天下境内所有鸟兽草木，驿至京师。

铜台进梨十六种：

黄色梨　紫色梨　玉乳梨　脸色梨　甘棠梨
轻消梨　蜜味梨　堕水梨　圆　梨　木唐梨
坐国梨　天下梨　水全梨　玉沙梨　沙昧梨
火色梨

陈留进十色桃：

金色桃　油光桃　银　桃　乌蜜桃　饼　桃
粉红桃　胭脂桃　迎冬桃　昆仑桃　脱核锦
纹　桃

青州进十色枣：

三心枣　紫纹枣　圆爱枣　三寸枣　金槌枣
牙美枣　凤眼枣　酸味枣　蜜波枣　缺

南留进五色樱桃：

粉樱桃　蜡樱桃　紫樱桃　朱樱桃　大小木
樱　桃

蔡州进三种栗：

巨　栗　紫　栗　小　栗

酸枣进十色李：

玉　李　横枝李　蜜甘李　牛心李　绿纹李
半斤李　红垂李　麦熟李　紫色李　不知熟
李

扬州进：

杨　梅　枇　杷

江南进：

银　杏　　榧　子

湖南进三色梅：

红纹梅　　弄黄悔　　二圆成梅

闽中进五色荔枝：

绿荔枝　　紫纹荔枝　　赭色荔枝　　丁香荔枝

浅黄荔枝

广南进八般木：

龙眼木　　梭　木　　榕　木　　橘　木　　胭脂木

桂　木　　枨　木　　柑　木

易州进二十四相牡丹：

赭　红　　赭　木　　鞓　红　　坏　红　　浅　红

飞来红　　袁家红　　起州红　　醉妃红　　起台红

云　红　　天外黄　　一拂黄　　软条黄　　冠子黄

延安黄　　先春红　　颤风娇

天下共进花卉草木鸟兽鱼虫，莫知其数，此不具载。诏起四苑十六院：

景明一　　迎晖二　　栖鸾三　　晨光四　　明霞五

翠华六　　文安七　　积珍八　　影纹九　　仪风十

仁智十一　　清修十二　　宝林十三　　和明十四　　绮阴十五

绛阳十六

皆帝自制名。院有二十人，皆择宫中嫔丽谨厚有容色美人实之。每一院，选帝常幸御者为之首。每院有宦者，主出入市易。又凿五湖，每湖方四十里。

南曰迎阳湖　　东曰翠光湖　　西曰金明湖

北曰洁水湖　　中曰广明湖

湖中积土石为山，构亭殿，曲屈盘旋广袤数千间，皆穷极人间华丽。又凿北海，周环四十里。中有三山，效蓬莱方丈瀛州，上皆台榭回廊。水深数丈，开沟通五湖四海。沟尽通行龙凤舸。帝常泛东湖。帝因制《湖上曲望江南》八阕：

湖上月，偏照列仙家。水浸寒光铺象簟，浪摇晴影走金蛇。偏称泛灵槎。　　光景好，轻彩望中斜。清露冷侵银兔影，西风吹落桂枝花。开宴思无涯。

湖上柳，烟里不胜垂。宿露洗开明媚眼，东风摇弄好腰肢。烟雨更相宜。　　环曲岸，阴覆画桥低。线拂行人春晚后，絮飞晴雪暖风时。幽意更依依。

湖上雪，风急堕还多。轻片有时敲竹户，素华无韵入澄波。烟水玉相磨。　　湖水远，天地色相和。仰面莫思梁苑赋，朝尊且听玉人歌。不醉拟如何?

湖上草，碧翠浪通津。修带不为歌舞绶，浓铺堪作醉人茵。无意衬香衾。　　晴霁后，颜色一般新。游子不归生满地，佳人远意寄青春。留咏卒难伸。

湖上花，天水浸灵葩。浸蓓水边匀玉粉，浓苞天外剪明霞。只在列仙家。　　开烂熳，插鬓若相遮。水殿春寒微冷艳，玉轩清照暖添华，清赏思何赊。

湖上女，精选正宜身。轻恨昨离金殿侣，相将今是采莲人。清唱满频频。　　轩内好，嬉戏下龙津。玉琯朱弦闻昼夜，踏青斗草事青春。玉辇是群真。

湖上酒，终日助清欢。檀板轻声银线暖，醅浮春米玉蛆寒。醉眼暗相看。　　春殿晓，仙艳奉杯盘。湖上风烟光可爱，醉乡天地就中宽，帝主正清安。

湖上水，流绕禁园中。斜日暖摇清翠动，落花香缓众纹红。苹末起清风。　　闲纵目，鱼跃小莲东。泛泛轻摇兰棹稳，沉沉寒影上仙宫，远意更重重。

帝常游湖上，多令宫中美人歌此曲。

隋炀帝海山记下

佚　名

大业六年，后苑草木鸟兽繁息茂盛。桃蹊李径，翠荫交合，金猿青鹿，动辄成群。自大内开为御道，通两苑，夹道植长松高柳。帝多幸苑中，无时，宿御多夹道而宿，帝往往中夜即幸焉。一夕，帝泛舟游北海，惟宫人数十辈。帝升海山殿，是时月初朦胧，晚风轻软，浮浪无声，万籁俱息。俄水上有一小舟，只容两人。帝谓十六院中美人。洎至，有一人先登赞道，唱："陈后主谒帝。"帝意恍惚，亦忘其死。帝幼年于后主甚善，乃起迎之。后主再拜，帝亦鞠躬劳谢。既坐，后主曰："忆昔与帝同队戏，情爱甚于同气。今陛下富有四海，令人钦服。始者谓帝将致理于三王之上，今乃甚取当时乐以快平生，亦甚美事。闻陛下已开隋渠，引洪河之水，东游维扬，因作诗来奏。"乃探怀出诗，上帝。诗曰：

隋室开兹水，初心谋太奢。一千里力役，百万民吁嗟。
水殿不复反，龙舟兴已遐。鹢流催白浪，触浪喷黄沙。
两人迎客逆，三月柳飞花。日脚沉云外，榆梢噪暝鸦。
如今投子欲，异日便无家。且乐人间景，休寻汉上槎。
东喧舟舣岸，风细锦帆斜。莫言无后利，千古壮京华。

帝观书，拂然愠曰："死生，命也。兴亡，数也。尔安知吾开河为后人之利?"帝怒叱之。后主曰："子之壮气，能得几日？其终始更不若吾。"帝乃起而逐之。后主走，曰："且去且去。后一年，吴公台下相见。"乃投于水际。帝方悟其死。帝兀坐不自知，惊悸移时。一日，明霞院美人杨夫人喜报帝曰："酸枣邑所进玉李，一夕忽长，阴横数亩。"帝沉默甚久，曰："何故而忽茂?"夫人云："是夕，院中闻空中若有千百人，语言切切，云'李木当茂'。洎晓看之，已茂盛如此。"帝欲伐去。左右或奏曰："木德来助之应也。"又一夕，晨光院周夫人来奏云："杨梅一夕忽尔繁盛。"帝喜，问曰："杨梅之茂，能如玉李乎?"或曰："杨梅虽茂，终不敌玉李之盛。”帝自于两院观之，亦自见玉李至繁茂。后梅李同时结实，院妃来献。帝问二果孰胜。院妃曰：“杨梅虽好，味清酸，终不若玉李之甘。苑中人多好玉李。”帝叹曰“恶杨好李，岂人情哉，天意乎！”后帝将崩扬州，一日，院妃报杨梅已枯死。帝果崩于扬州。异乎！一日，洛水渔者获生鲤一尾，金鳞赤尾，鲜明可爱。帝问渔者之姓。姓解，未有名。帝以朱笔于鱼额书“解生”字以记之，乃放之北海中。后帝幸北海，其鲤已长丈余，浮水见帝，其鱼不没。帝时与萧院妃同看，鱼之额朱字犹存，惟解字无半，尚隐隐角字存焉。萧后曰：“鲤有角，乃龙也。”帝曰：“朕为人主，岂不知此意?”遂引弓射之。鱼乃沉。大业四年，道州贡矮民王义，眉目浓秀，应对甚敏。帝尤爱之。常从帝游，终不得入宫。帝曰：“尔非宫中物。”义乃自宫。帝由是愈加怜爱，得出入。帝卧内寝，义多卧榻下；帝游湖海回，义多宿十六院。一夕，帝中夜潜入栖鸾院。时夏气暄烦，院妃牛庆儿卧于帘下。初月照轩，颇明朗。庆儿睡中惊魇，若不救者。帝使义呼庆儿，帝自扶起，久方清醒。帝曰：“汝梦中何苦如此?”庆儿曰：“妾梦中如常时。帝握妾臂，游十六院。至第十院，帝入坐殿上。俄而火发，妾乃奔走。回视帝坐烈焰中。妾惊呼人救帝。久方睡觉。”帝性自强，解曰：“梦死得生。火有威烈之势，吾居其中，得威者也。”大业十年，隋乃亡。入第十院，帝居火中，此其应也。龙舟为杨玄感所烧。后敕扬州刺史再造，制度又华丽，仍长广于前舟。舟初来进，帝东幸维扬，后宫十六院皆随行。西苑令马守忠别帝曰：“愿陛下早还都辇，臣整顿西苑以待乘舆之来。西苑风景台殿如此，陛下岂不思恋，舍之而远游也?”又泣下。帝亦怆然，谓守忠曰：“为吾好看西苑，无令后人笑吾不解装景趣也！”左右亦疑讶。帝御龙舟，中道，夜半，闻歌者甚悲。其歌曰：

我兄征辽东，饿死青山下。今我挽龙舟，又困隋堤道。
方今天下饥，路粮无些少。前去三十程，此身安可保。
寒骨惋荒沙，幽魂泣烟草。悲损闺内妻，望断吾家老。
安得义男儿，悯此无主尸。引其孤魂回，负其白骨归。

帝闻其歌，遂遣人求其歌者，至晓不得其人。帝颇徊徨，通夕不寝。扬州朝百官，天下朝贡使无一人至。有来者在路，乃兵夺其贡物。帝犹与群臣议，诏十三道起兵，诛不朝贡者。帝知世祚已去，意欲遂幸永嘉，群臣皆不愿从。帝未遇害前数日，帝亦微识玄象，多夜起观天。乃召太史令袁充，问曰："天象如何?"充伏地泣涕曰："星文太恶，贼星逼帝坐甚急。恐祸起旦夕，愿陛下遽修德灭之。"帝不乐，乃起，入便殿挽膝俯首不语。乃顾王义曰："汝知天下将乱乎？汝何故省言而不告我也?"义泣对曰："臣远方废民，得蒙上恩，自入深宫，久膺圣泽。又常自宫，以近陛下。天下大乱，固非今日，履霜坚冰，其来久矣。臣料大祸，事在不救。"帝曰："子何不早教我也?"义曰："臣不早言。言，即臣死久矣。"帝乃泣下，曰："卿为我陈成败之理。朕贵知也。"翌日，义上书云："臣本出南楚卑薄之地，逢圣明为治之时。不爱此身，愿从入贡。臣本侏儒，性尤蒙滞。出入金马，积有岁华，浓被圣私，皆逾素望，侍从乘舆，周旋台阁，臣虽至鄙，酷好穷经，颇知善恶之本源，少识兴亡之所自。还往民间，颇知利害。深蒙顾问，方敢敷陈。自陛下嗣守元符，体临大器，圣神独断，谏诤莫从，独发睿谋，不容人献。大兴西苑，两至辽东，龙舟逾于万艘，宫阙遍于天下，兵甲常役百万，士民穷乎山谷。征辽者百不存十，没葬者十未有一。帑藏全虚，谷粟踊贵。乘舆竟往，行幸无时，兵士时从，常逾万人。遂令四方失望，天下为墟。方今百姓之赋，存者可计。子弟死于兵役，老弱困于蓬蒿，兵尸如岳，饿殍盈郊，狗彘厌人之肉，鸟鸢食人之余。臭闻千里，骨积高山，膏血野草，狐鼠尽肥，阴风无人之墟，鬼哭寒草之下。目断平野，千里无烟。残民削落，莫保朝昏，父遗幼子，妻号故夫。孤苦何多，饥荒尤甚，乱罹方始，生死孰知。人主爱人，一何如此？陛下情性毅然，孰敢上谏。或有鲠言，又令赐死，臣下相顾，钤结自全。龙逢复生，安敢议奏？上位近臣，阿谀顺旨，迎合帝意，造作拒谏。皆出此途，乃逢富贵。陛下过恶，从何得闻？方今又败辽师，再幸东土，社稷危于春雪，干戈遍于四方，生民方入涂炭，官吏犹未敢言。陛下自惟，若何为计？陛下欲幸永嘉，坐延岁月。神武威严，一何消烁？陛下欲兴师则兵吏不顺，欲行幸则侍卫莫从。帝当此时，如何自处？陛下虽欲发愤修德，特加爱民。圣慈虽切救时，天下不可复得。大势已去，时不再来。巨厦将颠，一木不能支，洪河已决，掬壤不能救。臣本远人，不知忌讳。事忽至此，安敢不言？臣今不死，后必死兵，敢献此书，延颈待尽。”帝省义奏，曰：“自古安有不亡之国，不死之主乎？”义曰：“陛下尚犹蔽饰己过。陛下平日，常言吾当跨三皇，超五帝，下视商周，使万世不可及。今日其势如何？能自复回都辇乎？”帝乃泣下，再三加叹。义曰：“臣昔不言，诚爱生也。今既具奏，愿以死谢也。天下方乱，陛下自爱。”少选，报云：“义已自刎矣。”帝不胜悲伤，特命厚葬焉。不数日，帝遇害。时中夜，闻外切切有声。帝急起，衣冠御内殿。坐未久，左右伏兵俱起，司马戡携刀向帝。帝叱之曰：“吾终年重禄养汝。吾无负汝，汝何负我！”帝常所幸朱贵儿在帝旁，谓戡曰：“三日前，帝虑侍卫薄衣小寒，有诏：宫人悉絮袍裤。帝自临视之。数千袍两日毕工。前日赐公。第岂不知也？尔等何敢逼协乘舆？”乃大骂戡。戡曰：“臣实负陛下。但目今二京已为贼据，陛下归亦无路，臣死亦无门。臣已萌逆节，虽欲复已，不可得也。愿得陛下首以谢天下。”乃携剑上殿。帝复叱曰：“汝岂不知诸侯之血入地尚大旱，况人主乎？”戡进帛。帝入内阁自绝。贵儿犹大骂不息，为乱兵所杀耳。

迷楼记

佚　名

炀帝晚年，尤沉迷女色。他日，顾谓近侍曰："人主享天地之富，亦欲极当年之乐，自快其意。今天下安富无外事，此吾得以遂其乐也。今宫殿虽壮丽显敞，苦无曲房小室，幽轩短槛。若得此，则吾期老于其中也。"近侍高昌奏曰："臣有友项升，浙人也，自言能构宫室。"翌日，召而问之。升曰："臣先乞奏图。"后数日，进图。帝披览，大悦。即日诏有司，供其材木。凡役夫数万，经岁而成。楼阁高下，轩窗掩映。幽房曲室，玉栏朱楯，互相连属，回环四合，曲屋自通。千门万户，上下金碧。金虬伏于栋下，玉兽蹲乎户旁，壁砌生光，琐窗射日。工巧云极，自古无有也。费用金玉，帑库为之一虚。人误入者，虽终日不能出。帝幸之，大喜，顾左右曰："使真仙游其中，亦当自迷也。可目之曰迷楼。"诏以五品官赐升，仍给内库帛千匹赏之。诏选后宫良家女数千，以居楼中。每一幸，有经月不出。是月，大夫何稠进御童女车。车之制度绝小，只容一人，有机处于其中，以机碍女子手足，纤毫不能动。帝以处女试之，极喜。召何稠语之曰："卿之巧思，一何神妙如此?"以千金赠之，旌其巧也。何稠出，为人言车之机巧。有识者曰："此非盛德之器也。"稠又进转关车，用挽之，可以升楼阁如行平地。车中御女则自摇动，帝尤喜悦。帝语稠曰："此车何名也?"稠曰："臣任意造成，未有名也。愿帝赐佳名。"帝曰："卿任其巧意以成车，朕得之，任其意以自乐，可名任意车也。"何稠再拜而去。帝令画工绘士女会合之图数十幅，悬于阁中。上官时自江外得替回。铸乌铜扉八面，其高五尺而阔三尺，磨以成鉴，为屏，可环于寝所，诣阙投进。帝以屏内迷楼，而御女于其中，纤毫皆入于鉴中。帝大喜曰："绘画得其像耳。此得人之真容也，胜绘画万倍矣。"又以千金赐上官时。帝日夕沉荒于迷楼，罄竭其力，亦多倦怠。顾谓近侍曰："朕忆初登极日，多辛苦无睡，得妇人枕而藉之，方能合目。才似梦，则又觉。今睡则冥冥不知返，近女色则惫，何也?”它日，矮民王义上奏曰：“臣田野废民，作事皆不胜人。生于恩薄绝远之域，幸因入贡，得备后宫扫除之役。陛下特加爱遇，臣尝一自宫以侍陛下。自兹出入卧内，周旋宫室，方今亲信，无如臣者。臣由是窃览殿中简编，反复玩味，微有所得。臣闻精气为人之聪明。陛下当龙潜日，先帝勤俭，陛下鲜亲声色，日近善人。陛下精实于内，神清于外，故日夕无寝。陛下自数年声色无数，盈满后宫，陛下日夕游宴于其中。非元日大辰，陛下何尝御前殿。其余多不受朝。设或引见远人，非时庆贺，亦日宴坐朝，曾未移刻，则圣躬起入后宫。夫以有限之体而投无尽之欲，臣固知其惫也。臣闻古者有野叟独歌舞于盘石之上。人询之曰：‘子何独乐之多也?’叟曰：‘吾有三乐，子知之乎?“何也?’叟曰：‘人生难遇太平世。吾今不见兵革，此一乐也。人生难得支体全完。吾今不残疾，此二乐也。人生难得老寿。吾今年八十矣，此三乐也。’其人叹赏而去。陛下享天下之富贵，圣貌轩逸，章龙姿凤，而不自爱重，其思虑固出于野叟之外。臣蕞尔微躯，难图报效，罔知忌讳，上逆天颜。”因俯伏泣涕。帝乃命引起。翌日，召义语之曰：“朕昨夜思汝言，极有深理。汝真爱我者也。”乃命义后宫择一静室，而帝居其中，宫女皆不得入。居二日，帝忿然而出曰：“安能悒悒居此乎？若此，虽寿千万岁，将安用也。”乃复入迷楼。宫女无数，后宫不得进御者亦极众。后宫女侯夫人有美色，一日，自经于栋下。臂悬锦囊，中有文。左右取以进帝，乃诗也。《自感》三首云：“庭绝玉辇迹，芳草渐成科。隐隐闻箫鼓，君恩何处多?”“欲泣不成泪，悲来翻强歌。庭花方烂熳，无计奈春何。”“春阴正无际，独步意如何？不及闲花柳，翻承雨露多。”《看梅》二首云：“砌雪无消日，卷帘时自颦。庭梅对我有怜意，先露枝头一点春。”“香清寒艳好，谁识是天真。玉梅谢后阳和至，散与群芳自在春。”《妆成》云：“妆成多自惜，梦好却成悲。不及杨花意，春来到处飞。”《遣意》云：“秘洞扃仙卉，雕窗锁玉人。毛君真可戮，不肯写昭君。”《自伤》云：“初入承明日，深深报未央。长门七八载，无复见君王。春寒入骨清，独卧愁空房。飒履步庭下，幽怀空感伤。平日新爱惜，自待聊非常。色美反成弃，命薄何可量？君恩实疏远，妾意徒彷徨。家岂无骨肉，偏亲老北堂。此身无羽翼，何计出高墙？性命诚所重，弃割良可伤。悬帛朱栋上，肝肠如沸汤。引颈又自惜，有若丝牵肠。毅然就死地，从此归冥乡！”帝见其诗，反复伤感。帝往视其尸，曰：“此已死，颜色犹美如桃李。”乃急召中使许廷辅曰：“朕向遣汝入后宫择女入迷楼，何故独弃此人也？”乃令廷辅就狱，赐自尽，厚礼葬侯夫人。帝日诵诗，酷好其文，乃令乐府歌之。帝又于后宫亲择女百人入迷楼。大业八年，方士千进大丹，帝服之，荡思愈不可制，日夕御女数十人。入夏，帝烦躁，日引饮数百杯，而渴不止。医丞莫君锡上奏曰：“帝心脉烦盛，真元太虚，多引饮，即大疾生焉。”因进剂治之。仍乞置冰盘于前，俾帝日夕朝望之，亦治烦躁之一术也。自兹诸院美人各市冰以为盘，望行幸，京师冰为之踊贵，藏冰之家，皆获千金。大业九年，帝将再幸江都。有迷楼宫人静夜抗歌云：“河南杨柳谢，河北李花荣。杨花飞去去何处？李花结果自然成。”帝闻其歌，披衣起听，召宫女问之云：“孰使汝歌也？汝自歌之耶？”宫女曰：“臣有弟，民间得此歌，曰‘道余儿童多唱此歌’。”帝默然久之，曰：“天启之也，人启之也！”帝因索酒，自歌云：“宫木阴浓燕子飞，兴衰自古漫成悲。它日迷楼更好景，宫中吐艳变红辉。”歌竟，不胜其悲。近侍奏“无故而悲，又歌，臣皆不晓。”帝曰：“休问。它日自知也。”后帝幸江都。唐帝提兵号令入京，见迷楼，大惊曰：“此皆民膏血所为也！”乃命焚之。经月火不灭，前谣前诗皆见矣。方知世代兴亡，非偶然也。

开河记

佚　名

睢阳有王气出，占天耿纯臣奏后五百年当有天子兴。炀帝已昏淫，不以为信。时游木兰庭，命袁宝儿歌《柳枝词》。因观殿壁上有《广陵图》，帝瞪目视之，移时不能举步。时萧后在侧，谓帝曰："知他是甚图画，何消皇帝如此挂意。"帝曰："朕不爱此画，只为思旧游之处。"于是帝以左手凭后肩，右手指图上山水及人烟村落寺宇，历历皆如目前。谓后曰："朕为陈王时，守镇广陵，旦夕游赏。当此之时，以云烟为美景，视荣贵若深冤。岂期久有临轩，万机在务，使不得豁于怀抱也。"言讫，圣容惨然。后曰："帝意欲在广陵，何如一幸?"帝闻，心中豁然。翌日与大臣议，欲泛巨舟自洛入河，自河达海入淮，方至广陵。群臣皆言似此程途，不啻万里，又孟津水紧，沧海波深，若泛巨舟，事有不测。时有谏议大夫萧怀静（乃萧后弟）奏曰："臣闻秦始皇时，金陵有王气，始皇使人凿断砥柱，王气遂绝。今睢阳有王气，又陛下意在东南，欲泛孟津，又虑危险。况大梁西北有故河道，乃是秦将王离畎水灌大梁之处。欲乞陛下广集兵夫，于大梁起首开掘，西自河阴，引孟津水入，东至淮口，放孟津水出。此间地不过千里，况于睢阳境内过，一则路达广陵，二则凿穿王气。"帝闻奏大喜，群臣皆默。帝乃出敕，朝堂如有谏朕不开河者，斩之。诏以征北大总管麻叔谋为开河都护，以荡寇将军李渊为副使。渊称疾不赴，即以左屯卫将军令狐辛达代李渊为开渠副使都督。自大梁起首，于乐台之北建修渠新所署，命之为卞渠（古只有此卞字，开封城乃卞邑）因名其府署为卞渠上源传舍也。（传舍，古驿名。因卞渠此处起首，故号卞渠上源也。）诏发天下丁夫，男年十五已上者至，如有隐匿者斩三族。帝以河水经于卞，乃赐卞字加水。丁夫计三百六十万人。乃更五家出一人，或老，或少，或妇人等供馈饭食。又令少年骁卒五万人，各执杖为督工吏，如节级队长之类，共五百四十三万余人。叔谋乃令三分中取一分人，自上源而西至河阴，通连古河道(乃王离浸城处)，迤逦趋愁思台而至北去。又令二分丁夫，自上源驿而东去。其年乃隋大业五年，八月上旬建功。畚锸既集，东西横布数千里。才开断未及丈余，得古堂室，可数间，莹然肃净。漆灯晶煌，照耀如画。四壁皆有彩画花竹龙鬼之像。中有棺柩，如豪家之葬。其促工史闻于叔谋。命启棺，一人容貌如生，肌肤洁白如玉而肥。其发自头而出，覆其面，过腹胸下裹其足，倒生而上，及其背下而方止。搜得一石铭，上有字如苍颉鸟迹之篆。乃召夫中有识者免其役。有一下邳民，读曰："我是大金仙，死来一千年。数满一千年，背下有流泉。得逢麻叔谋，葬我在高原。发长至泥丸。更候一千年，方登兜率天。"叔谋乃自备棺榇，葬于城西隅之地(今大佛寺是也)。次开掘陈留。帝遣使持御署玉祝，并白璧一双，具少牢之奠，祭于留侯庙以假道。祭讫，忽有大风，出于殿内窗牖间，吹乐人面。使者退。自陈留果开掘东去，往来负担拖锹者，风驰电激。远近之人，蹂践如蜂屯蚁聚。数日，达雍邱。时有一夫，乃中牟人，偶患伛偻之疾，不能前进，堕于队后，伶仃而行。是夜月色澄静，闻呵殿声甚严。夫鞠躬俟道左，良久，见清道继至，仪卫莫述。一贵人戴侯冠，衣王者衣，乘白马。命左右呼夫至前，谓曰："与吾言你十二郎，还白璧一双。尔当宾于天（炀帝有天下十二年)。"言毕，取璧以授。夫跪受讫，欲再拜，贵人跃马西去。届雍邱，以献于麻都护，熟视，乃帝献留侯物也。诘其夫，夫具道。叔谋性贪，乃匿璧。又不晓其言，虑夫泄于外，乃斩以灭口。然后于雍邱起工。至大林，林中有小祠庙。叔谋访问村叟。曰："古老相传，呼为隐士墓，其神甚灵。"叔谋不以为信，将茔域发掘。数尺，忽凿一窍嵌空，群夫下窥，有灯火荧荧。无人敢入者。乃指使将官武平郎将狄去邪者，请入探之。叔谋喜曰："真荆聂之辈也。"命系去邪腰，下钓，约数十丈，方及地。去邪解其索，行约百步，入一石室。东北各有四石柱，铁索二条系一兽，大如牛。孰视之，一巨鼠也。须臾，石室之西有一石门洞开。一童子出，曰："子非狄去邪乎?"曰："然也。"童子曰："皇甫君坐来已久。”乃引入。见一人朱衣，顶云冠，居高堂之上。去邪再拜。其人不言，亦不答拜。绿衣吏引去邪立于堂之西阶下。良久，堂上人呼力士牵取阿麽来（阿麽，炀帝小字）。武夫数人，形貌丑异魁奇，控所见大鼠至。去邪本乃廷臣，知帝小字，莫究其事，但屏气而立。堂上人责鼠曰：“吾遣尔暂脱毛皮，为国中主。何虐民害物，不遵天道?”鼠但点头摇尾而已。堂上人益怒，令武士以大棒挝其脑。一击，捽然有声如墙崩，其鼠大叫若雷吼。方欲举杖再击，俄一童子捧天符而下。堂上惊跃，降阶俯伏听命。童子乃宣言曰：“阿麽数本一纪，今已七年。更候五年，当以练巾系颈死。”童子去，堂上人复令系鼠于旧室中。堂上人谓去邪曰：“与吾语麻叔谋：‘谢你不伐吾域，来岁奉尔二金刀，勿谓轻酬也。’”言讫，绿衣吏引去邪于他门出。约行十数里，入一林，蹑石攀藤而行。回顾，已失使者。又行三里余，见草舍，一老父坐土榻上。去邪访其处。老父曰：“此乃嵩阳少室山下也。”老父问去邪所至之处。去邪一一具言。老父遂细解去邪。去邪知炀帝不永之事。且曰：“子能免官，即脱身于虎口也。”去邪东行，回视茅屋，已失所在。时麻都护已至宁阳县。去邪见叔谋，具言其事。元来去邪入墓后，其墓自崩。将谓去邪已死，今日却来。叔谋不信，将谓狂人。去邪乃托狂疾，隐终南山。时炀帝以患脑痛，月余不视朝。访其因，皆言帝梦中为人挝其脑，遂发痛数日。乃是去邪见鼠之日也。叔谋既至宁陵县，患风痒，起坐不得。帝令太医令巢元方往治之。曰：“风人腠理，病在胸臆。须用嫩羊肥者蒸熟，糁药食之，则瘥。”叔谋取半年羊羔，杀而取腔，以和药，药未尽而病已痊。自后每令杀羊羔，日数枚。同杏酪五味蒸之，置其腔盘中，自以手脔擘而食之，谓曰含酥脔。乡村献羊羔者日数千人，皆厚酬其直。宁陵下马村民陶郎儿，家中巨富，兄弟皆凶很。以祖父茔域傍河道二丈余，虑其发掘。乃盗他人孩儿年三四岁者，杀之，去头足，蒸熟，献叔谋。咀嚼香美，迥异于羊羔，爱慕不已。召诘郎儿，郎儿乘醉泄其事。及醒，叔谋乃以金十两与郎儿，又令役夫置一河曲以护其茔域。郎儿兄弟自后每盗以献，所获甚厚。贫民有知者，竞窃人家子以献，求赐。襄邑宁陵睢阳所失孩儿数百，冤痛哀声，旦夕不辍。虎贲郎将段达为中门使，掌四方表奏事，叔谋令家奴黄金窟将金一埒赠与。凡有上表及讼食子者，不讯其词理，并令笞背四十，押出洛阳。道中死者，十有七八。时令狐辛达知之，潜令人收孩骨，未及数日，已盈车。于是城市村坊之民有孩儿者，家做木柜，铁裹其缝。每夜，置母子于柜中，锁之，全家秉烛围守。至天明，开柜见子，即长幼皆贺。既达睢阳界，有濠寨使陈伯恭言此河道若取直路，径穿透睢阳城，如要回护，即取令旨。叔谋怒其言回护，令推出腰斩。令狐辛达救之。时睢阳坊市豪民一百八十户，皆恐掘穿其宅并茔域，乃以醵金三千两，将献叔谋，未有梯媒可达。忽穿至一大林，中有墓，故老相传云宋司马华元墓。掘透一石室，室中漆灯棺柩帐幕之类，遇风皆化为灰烬。得一石铭，曰："睢阳土地高，汴水可为濠。若也不回避，奉赠二金刀。"叔谋曰："此乃诈也。不足信。"是日，叔谋梦使者召至一宫殿上，一人衣绛绡，戴进贤冠。叔谋再拜，王亦答拜。拜毕，曰："寡人宋襄公也。上帝命镇此方，二千年矣。倘将军借其方便，回护此城，即一城老幼皆荷恩德也。"叔谋不允。又曰："适来护城之事，盖非寡人之意。况奉上帝之命，言此地候五百年间，当有王者建万世之基。岂可偶为逸游，致使掘穿王气。"叔谋亦不允。良久，有使者入奏云："大司马华元至矣。"左右引一人，紫衣，戴进贤冠，拜觐于王前。王乃叙护城之事。其人勃然大怒曰："上帝有命，臣等无心。叔谋愚昧之夫，不晓天命。"大呼左右，令置拷讯之物。王曰："拷讯之事，何法最苦?"紫衣人曰："铜汁灌之口，烂其肠胃，此为第一。"王许之。乃有数武夫拽叔谋，脱去其衣，惟留犊鼻，缚铁柱上，欲以铜汁灌之。叔谋魂胆俱丧。殿上人连止之曰："护城之事如何?"叔谋连声言："谨依上命。"遂令解缚。与本衣冠。王令引去，将行，紫衣人曰："上帝赐叔谋金三千两，取于民间。"叔谋性贪，谓使者曰：上帝赐金，此何言也?"使者曰："有睢阳百姓献与将军，此阴注阳受也。"忽如梦觉，但觉神不住体。睢阳民果赂黄金窟而献金三千两。叔谋思梦中事，乃收之。立召陈伯恭，令自睢阳西穿渠，南北回屈，东行过刘赵村，连延而去。令狐辛达知之，累上表，亦为段达抑而不献。至彭城，路经大林中，有偃王墓。掘数尺，不可掘，乃铜铁也。四面掘去其土，唯见铁。墓旁安石门，扃锁甚严。用酂阳民计，撞开墓门。叔谋自入墓中，行百余步，二童子当前云："偃王颙候久矣。"乃随而入。见宫殿，一人戴通天冠，衣绛绡衣，坐殿上。叔谋拜，王亦拜，曰："寡人茔域，当于河道。今奉与将军玉宝，遣君当有天下。倘然护之，丘山之幸也。"叔谋许之。王乃令使者持一玉印与叔谋。又视之，印文乃"百代帝王受命玉印"也。叔谋大喜。王又曰："再三保惜，乃刀刀之兆也。"（刀刀者，隐语，亦二金刀之意也。）叔谋出，令兵夫日护其墓。时炀帝在洛阳，忽失国宝，搜访宫闱，莫知所在，隐而不宣。帝督功甚急。叔谋乃自徐州，朝夕无暇，所役之夫已少一百五十余万，下寨之处，死尸满野。帝在观文殿读书，因览《史记》，见秦始皇筑长城之事，谓宰相宇文述曰："始皇时至此已及千年，料长城已应摧毁。"宇文述顺帝意，奏曰："陛下偶然续秦皇之事，建万世之业，莫若修其城，坚其壁。"帝大喜。乃诏以舒国公贺若弼为修城都护，以谏议大夫高为副使，以江淮吴楚襄邓陈蔡并开拓诸州丁夫一百二十万修长城。诏下，弼谏曰："臣闻始皇筑长城于绝塞，连延一万里，男死女旷，妇寡子孤，其城未就，父子俱死。陛下欲听狂夫之言，学亡秦之事，但恐社稷崩离，有同秦世。"帝大怒，未发其言。宇文述在侧，乃掇曰："尔武夫狂卒，有何知，而乱其大谋?"弼怒，以象简击宇文述。帝怒，令囚若弼于家，是夜饮酖死。高颎亦不行。宇文述乃举司农卿宇文弼为修城都护，以民部侍郎宇文恺为副使。时叔谋开汴渠盈灌口，点检丁夫，约折二百五十万人。其部役兵士旧五万人，折二万三千人。工既毕，上言于帝。遣决汴口，注水入汴渠。帝自洛阳迁驾大渠。诏江淮诸州造大船五百只。使命至，急如星火。民间有配盖造船一只者，家产破用皆尽，犹有不足，枷项笞背，然后鬻货男女，以供官用。龙舟既成，泛江沿淮而下。至大梁，又别加修饰，砌以七宝金玉之类。于吴越间取民间女年十五六岁者五百人，谓之殿脚女。至于龙舟御艤，即每船用彩缆十条，每条用殿脚女十人，嫩羊十口，令殿脚女与羊相间而行，牵之。时恐盛暑，翰林学士虞世基献计，请用垂柳栽于汴渠两堤上。一则树根四散，鞠护河堤；二乃牵船之人，护其阴凉；三则牵舟之羊食其叶。上大喜，诏民间有柳一株，赏一缣。百姓竞献之。又令亲种，帝自种一株，群臣次第种，方及百姓。时有谣言曰："天子先栽，然后万姓栽。"栽毕，帝御笔写赐垂杨柳姓杨，曰杨柳也。时舳舻相继，连接千里，自大梁至淮口，联绵不绝。锦帆过处，香闻千里。既过雍邱，渐达宁陵界。水势渐紧，龙舟阻碍，牵驾之人，费用转甚。时有虎贲郎将鲜于俱罗为护缆使，上言水浅河窄，行舟甚难。上以问虞世基。曰："请为铁脚木鹅，长一丈二尺，上流放下。如木鹅住，即是浅。"帝依其言，乃令右翊将军刘岑验其水浅之处。自雍邱至灌口，得一百二十九处。帝大怒，令根究本处人吏姓名。应是木鹅住处，两岸地分之人皆缚之，倒埋于岸下，曰："令教生为开河夫，死作抱沙鬼。"又埋却五万余人。既达睢阳，帝问叔谋曰："坊市人烟，所掘几何？"叔谋曰："睢阳地灵，不可干犯。若掘之，必有不祥。臣已回护其城。"帝怒，令刘岑乘小舟根访屈曲之处，比直路较二十里。帝益怒，乃令擒出叔谋，囚于后狱。急使宣令狐辛达询问其由，辛达奏：自宁陵便为不法，初食羊脔，后啖婴儿；养贼陶郎儿，盗人之子；受金三千两，于睢阳擅易河道。乃取小儿骨进呈。帝曰："何不达奏？"辛达曰："表章数上，为段达扼而不进。"帝令人搜叔谋囊橐间，得睢阳民所献金，又得留侯所还白璧及受命宝玉印。上惊异，谓宇文述曰："金与璧皆微物。寡人之宝，何自而得乎？"文述曰："必是遣贼窃取之矣。"帝瞪目而言曰："叔谋今日窃吾宝，明日盗吾首矣。"辛达在侧，奏曰："叔谋常遣陶郎儿盗人之子，恐国宝郎儿所盗也。"上益怒，遣荣国公来护儿，内使李百药，太仆卿杨义臣推鞠叔谋，置台署于睢阳。并收陶郎儿全家，令郎儿具招入内盗宝事。郎儿不胜其苦，乃具事招款。又责段达所收令狐辛达奏章即不奏之罪。案成进上，帝问丞相宇文述。述曰："叔谋有大罪四条：食人之子，受人之金，遣贼盗宝，擅移开河道。请用峻法诛之。其子孙取圣旨。”帝曰：“叔谋有大罪。为开河有功，免其子孙。”只令腰斩叔谋于河侧。时来护儿受敕未至间，叔谋梦一童子自天而降，谓曰：“宋襄公与大司马华元遣我来，感将军护城之惠意，往年所许二金刀，今日奉还。”叔谋觉，曰：“据此先兆，不祥。我腰领难存矣。”言未毕，护儿至，驱于河之北岸，斩为三段。郎儿兄弟五人，并家奴黄金窟并鞭死。中门使段达免死，降官为洛阳监门令。

卷七

绿珠传

乐　史

绿珠者，姓梁，白州博白县人也。州则南昌郡，古越地，秦象郡，汉合浦县地。唐武德初，削平萧铣，于此置南州；寻改为白州，取白江为名。州境有博白山，博白江，盘龙洞，房山，双角山，大荒山。山上有池，池中有婢妾鱼。绿珠生双角山下，美而艳。越俗以珠为上宝，生女为珠娘，生男为珠儿。绿珠之字，由此而称。晋石崇为交趾采访使，以真珠三斛致之。崇有别庐在河南金谷涧。涧中有金水，自太白源来。崇即川阜置园馆。绿珠能吹笛，又善舞《明君》。（明君，昭君也。避晋文帝讳，改昭为明。）明君者，汉妃也，汉元帝时，匈奴单于入朝，诏王嫱配之，即昭君也。及将去，入辞，光彩射人，天子悔焉，重难改更，汉人怜其远嫁，为作此歌。崇以此曲教之，而自制新歌曰："我本良家子，将适单于庭。辞别未及终，前驱已抗旌。仆御流涕别，辕马悲且鸣。哀郁伤五内，涕泣沾珠缨。行行日已远，遂造匈奴城。延伫于穹庐，加我阏（于连切）氏（音支）名。殊类非所安，虽贵非所荣。父子见陵辱，对之惭且惊。杀身良不易，默默以苟生。苟生亦何聊，积思常愤盈。愿假飞鸿翼，乘之以遐征。飞鸿不我顾，伫立以屏营。昔为匣中玉，今为粪上英。朝华不足欢，甘与秋草并。传语后世人：远嫁难为情。"崇又制《懊恼曲》以赠绿珠。崇之美艳者千余人，择数十人，妆饰一等，使忽视之，不相分别。刻玉为倒龙佩，萦金为凤凰钗，结袖绕楹而舞。欲有所召者，不呼姓名，悉听佩声，视钗色。佩声轻者居前，钗色艳者居后，以为行次而进。赵王伦乱常，贼类孙秀使人求绿珠。崇方登凉观，临清水，妇人侍侧。

使者以告，崇出侍婢数百人以示之，皆蕴兰麝而披罗縠。曰：“任所择。”使者曰：“君侯服御，丽矣。然受命指索绿珠。不知孰是?”崇勃然曰：“吾所爱，不可得也。”秀因是谮伦族之。收兵忽至，崇谓绿珠曰：“我今为尔获罪。”绿珠泣曰：“愿效死于君前。”崇因止之，于是坠楼而死。崇弃东市。时人名其楼曰绿珠楼。楼在步庚里，近狄泉。狄泉在王城之东。绿珠有弟子宋祎，有国色，善吹笛。后入晋明帝宫中。今白州有一派水，自双角山出，合容州江，呼为绿珠江。亦犹归州有昭君滩，昭君村，昭君场；吴有西施谷，脂粉塘，盖取美人出处为名。又有绿珠井，在双角山下。耆老传云：“汲此井饮者，诞女必多美丽。里闾有识者以美色无益于时，因以巨石镇之。尔后虽有产女端妍者，而七窍四肢多不完具。”异哉！山水之使然。昭君村生女皆炙破其面，故白居易诗曰：“不取往者戒，恐贻来者冤。至今村女面，烧灼成瘢痕。”又以不完具而惜焉。牛僧孺《周秦行记》云：“夜宿薄太后庙，见戚夫人，王嫱，太真妃，潘淑妃，各赋诗言志。别有善笛女子，短鬟窄衫具带，貌甚美，与潘氏偕来。太后以接坐居之，令吹笛，往往亦及酒。太后顾而谓曰：‘识此否?石家绿珠也。潘妃养作妹。’太后曰：‘绿珠岂能无诗乎?’绿珠拜谢，作曰：‘此日人非昔日人，笛声空怨赵王伦。红残钿碎花楼下，金谷千年更不春。’太后曰：‘牛秀才远来，今日谁人与伴?’绿珠曰：‘石卫尉性严忌。今有死，不可及乱。’”然事虽诡怪，聊以解颐。噫，石崇之败，虽自绿珠始，亦其来有渐矣。崇常刺荆州，劫夺远使，沈杀客商，以致巨富。又遗王恺鸩鸟，共为鸩毒之事。有此阴谋，加以每邀客宴集，令美人行酒，客饮不尽者，使黄门斩美人。王丞相与大将军尝共访崇，丞相素不能饮，辄自勉强，至于沉醉。至大将军，故不饮以观其变，已斩三人。君子曰：“祸福无门，惟人所召。”崇心不义，举动杀人，乌得无报也。非绿珠无以速石崇之诛，非石崇无以显绿珠之名。绿珠之坠楼，侍儿之有贞节者也。比之于古，则有曰六出。六出者，王进贤侍儿也。进贤，晋愍太子妃。洛阳乱，石勒掠进贤渡孟津，欲妻之。进贤骂曰：“我皇太子妇，司徒公女。胡羌小子，敢干我乎?”言毕投河。六出曰：“大既有之，小亦宜然。”复投河中。又有窈娘者，武周时乔知之宠婢也。盛有姿色，特善歌舞。知之教读书，善属文，深所爱幸。时武承嗣骄贵，内宴酒酣，迫知之将金玉赌窈娘。知之不胜，便使人就家强载以归。知之怨悔，作《绿珠篇》以叙其怨。词曰：“石家金谷重新声，明珠十斛买娉婷。此日可怜无复比，此时可爱得人情。君家闺阁未曾难，尝持歌舞使人看。富贵雄豪非分理，骄矜势力横相干。辞君去君终不忍，徒劳掩面伤红粉。百年离别在高楼，一日红颜为君尽。”知之私属承嗣家阉奴传诗于窈娘。窈娘得诗悲泣，投井而死。承嗣令汲出，于衣中得诗，鞭杀阉奴。讽吏罗织知之，以至杀焉。悲夫，二子以爱姬示人，掇丧身之祸。所谓倒持太阿，授人以柄。《易》曰：“慢藏诲盗，冶容诲淫，”其此之谓乎。其后诗人题歌舞妓者，皆以绿珠为名。庾肩吾曰：“兰堂上客至，绮席清弦抚。自作《明君辞》，还教绿珠舞。”李元操云：“绛树摇歌扇，金谷舞筵开。罗袖拂归客，留欢醉玉杯。”江总云：绿珠含泪舞，孙秀强相邀。”绿珠之没已数百年矣，诗人尚咏之不已，其故何哉?盖一婢子，不知书，而能感主恩，奋不顾身，其志烈懔懔，诚足使后人仰慕歌咏也。至有享厚禄，盗高位，亡仁义之性，怀反复之情，暮四朝三，惟利是务，节操反不若一妇人，岂不愧哉。今为此传，非徒述美丽，窒祸源，且欲惩戒辜恩背义之类也。季伦死后十日，赵王伦败。左卫将军赵泉斩孙秀于中书，军士赵骏剖秀心食之。伦囚金墉城，赐金屑酒。伦惭，以巾覆面曰：“孙秀误我也。”饮金屑而卒。皆夷家族。南阳生曰：“此乃假天之报怨。不然，何枭夷之立见乎!”

杨太真外传

乐　史

杨贵妃小字玉环，弘农华阴人也。后徙居蒲州永乐之独头村。高祖令本，金州刺史；父玄琰，蜀司户。贵妃生于蜀。尝误坠池中，后人呼为落妃池。池在导江县前。（亦如王昭君生于峡州，今有昭君村；绿珠生于白州，今有绿珠江。）妃早孤，养于父河南府士曹玄璬家。开元二十二年十一月，归于寿邸。二十八年十月，玄宗幸温泉宫，（自天宝六载十月，复改为华清宫。）使高力士取杨氏女于寿邸，度为女道士，号太真，住内太真宫。天宝四载七月，册左卫中郎将韦昭训女配寿邸。是月，于凤凰园册太真宫女道士杨氏为贵妃，半后服用。进见之日，奏《霓裳羽衣曲》。（《霓裳羽衣曲》者，是玄宗登三乡驿，望女几山所作也。故刘禹锡诗有云："伏睹玄宗皇帝《望女几山诗》，小臣斐然有感：开元天子万事足，惟惜当时光景促，三乡驿上望仙山，归作《霓裳羽衣曲》。仙心从此在瑶池，三清八景相追随。天上忽乘白云去，世间空有《秋风词》。"又《逸史》云："罗公远天宝初侍玄宗，八月十五日夜，宫中玩月，曰："陛下能从臣月中游乎？"乃取一枝桂，向空掷之，化为一桥，其色如银。请上同登，约行数十里，遂至大城阙。公远曰：'此月宫也。'有仙女数百，素练宽衣，舞于广庭。上前问曰：'此何曲也？'曰：'《霓裳羽衣》也。'上密记其声调，遂回桥，却顾，随步而灭。旦谕伶官，象其声调，作《霓裳羽衣曲》。"以二说不同，乃备录于此。）是夕，授金钗钿合。上又自执丽水镇库紫磨金琢成步摇，至妆阁，亲与插鬓。上喜甚，谓后宫人曰："朕得杨贵妃，如得至宝也。"乃制曲子曰《得宝子》，又曰《得鞛（方孔反）子》。先是，开元初，玄宗有武惠妃王皇后。后无子。妃生子，又美丽，宠倾后宫。至十三年，皇后废，妃嫔无得与惠妃比。二十一年十一月，惠妃即世。后庭虽有良家子，无悦上目者，上心凄然。至是得贵妃，又宠甚于惠妃。有姊三人，皆丰硕修整，工于谑浪，巧会旨趣，每入宫中，移晷方出。宫中呼贵妃为娘子，礼数同于皇后。册妃日赠其父玄琰济阴太守，母李氏陇西郡夫人。又赠玄琰兵部尚书，李氏凉国夫人。叔玄珪为光禄卿银青光禄大夫。再从兄钊拜为侍郎，兼数使。兄铦又居朝列。堂弟锜尚太华公主。是武惠妃生，以母，见遇过于诸女，赐第连于宫禁。自此杨氏权倾天下，每有嘱请，台省府县，若奉诏敕。四方奇货，僮仆，驼马，日输其门。时安禄山为范阳节度，恩遇最深，上呼之为儿。尝于便殿与贵妃同宴乐，禄山每就坐，不拜上而拜贵妃。上顾而问之："胡不拜我而拜妃子，意者何也?"禄山奏云："胡家不知其父，只知其母。"上笑而赦之。又命杨铦以下，约禄山为兄弟姊妹，往来必相宴饯，初虽结义颇深，后亦权敌，不叶。五载七月，妃子以妒悍忤旨。乘单车，令高力士送还杨铦宅。及亭午，上思之不食，举动发怒。力士探旨，奏请载还，送院中宫人衣物及司农米面酒馔百余车。诸姊及铦初则惧祸聚哭，及恩赐浸广，御馔兼至，乃稍宽慰。妃初出，上无聊，中官趋过者，或笞挞之。至有惊怖而亡者。力士因请就召，既夜，遂开安兴坊，从太华宅以入。及晓，玄宗见之内殿，大悦。贵妃拜泣谢过。因召两市杂戏以娱贵妃。贵妃诸姊进食作乐。自兹恩遇日深，后宫无得进幸矣。七载，加钊御史大夫，权京兆尹，赐名国忠。封大姨为韩国夫人，三姨为虢国夫人，八姨为秦国夫人。同日拜命，皆月给钱十万，为脂粉之资。然虢国不施妆粉，自炫美艳，常素面朝天。当时杜甫有诗云："虢国夫人承主恩，平明上马入宫门，却嫌脂粉涴颜色，淡扫蛾眉朝至尊。"又赐虢国照夜玑，秦国七叶冠，国忠锁子帐，盖希代之珍，其恩宠如此。铦授银青光禄大夫鸿胪卿，列棨戟，特授上柱国，一日三诏。与国忠五家于宣阳里，甲第洞开，僭拟宫掖，车马仆从，照耀京邑。递相夸尚，每造一堂，费逾千万计，见制度宏壮于己者，则毁之复造，土木之工，不舍昼夜。上赐御食，及外方进献，皆颁赐五宅。开元已来，豪贵荣盛，未之比也。上起动必与贵妃同行，将乘马，则力士执辔授鞭。宫中掌贵妃刺绣织锦七百人，雕镂器物又数百人。供生日及时节庆。续命杨益往岭南。长吏日求新奇以进奉。岭南节度张九章，广陵长史王翼，以端午进贵妃珍玩衣服，异于他郡，九章加银青光禄大夫，翼擢为户部侍郎。九载二月，上旧置五王帐，长枕大被，与兄弟共处其间。妃子无何窃宁王紫玉笛吹。故诗人张祜诗云："梨花静院无人见，闲把宁王玉笛吹。"因此又忤旨，放出。时吉温多与中贵人善，国忠惧，请计于温。遂入奏曰："妃，妇人，无智识。有忤圣颜，罪当死。既尝蒙恩宠，只合死于宫中。陛下何惜一席之地，使其就戮？安忍取辱于外乎？"上曰："朕用卿，盖不缘妃也。"初，令中使张韬光送妃至宅，妃泣谓韬光曰："请奏：妾罪合万死。衣服之外，皆圣恩所赐。唯发肤是父母所生。今当即死，无以谢上。"乃引刀剪其发一缭，附韬光以献。妃既出，上怃然。至是，韬光以发搭于肩上以奏。上大惊惋，遽使力士就召以归，自后益嬖焉。又加国忠遥领剑南节度使。十载上元节，杨氏五宅夜游，遂与广宁公主骑从争西市门。杨氏奴挥鞭误及公主衣，公主堕马。驸马程昌裔扶公主，因及数挞。公主泣奏之，上令决杀杨家奴一人，昌裔停官，不许朝谒。于是杨家转横，出入禁门不问，京师长吏，为之侧目。故当时谣曰："生女勿悲酸，生男勿喜欢。"又曰："男不封侯女作妃，君看女却是门楣。"其天下人心羡慕如此。上一旦御勤政楼，大张声乐。时教坊有王大娘，善戴百尺竿，上施木山，状瀛州方丈，令小儿持绛节，出入其间，而舞不辍。时刘晏以神童为秘书省正字，十岁，惠悟过人。上召于楼中，贵妃坐于膝上，为施粉黛，与之巾栉。贵妃令咏王大娘戴竿，晏应声曰："楼前百戏竞争新，唯有长竿妙入神，谁谓绮罗翻有力，犹自嫌轻更着人。"上与妃及嫔御皆欢笑移时，声闻于外，因命牙笏黄纹袍赐之。上又宴诸王于木兰殿，时木兰花发，皇情不悦。妃醉中舞《霓裳羽衣》一曲，天颜大悦，方知回雪流风，可以回天转地。上尝梦十仙子，乃制《紫云回》（玄宗尝梦仙子十余辈，御卿云而下，各执乐器，悬奏之。曲度清越，真仙府之音。有一仙人曰："此神仙《紫云回》。今传授陛下，为正始之音。"上喜而传受。寤后，余音犹在。旦，命玉笛习之，尽得其节奏也。）并《梦龙女》，又制《凌波曲》。（玄宗在东都，梦一女，容貌艳异，梳交心髻，大袖宽衣，拜于床前。上问："汝何人?"曰："妾是陛下凌波池中龙女。卫宫护驾，妾实有功，今陛下洞晓钧天之音，乞赐一曲以光族类。"上于梦中为鼓胡琴，拾新旧之曲声，为《凌波曲》。龙女再拜而去。及觉，尽记之。会禁乐，自御琵琶，习而翻之。与文武臣僚，于凌波宫临池奏新曲，池中波涛涌起，复有神女出池心，乃所梦之女也。上大悦，语于宰相，因于池上置庙，每岁命祀之。）二曲既成，遂赐宜春院及梨园弟子并诸王。时新丰初进女伶谢阿蛮，善舞。上与妃子钟念，因而受焉。就按于清元小殿，宁王吹玉笛，上羯鼓，妃琵琶，马仙期方音，李龟年觱篥，张野狐箜篌，贺怀智拍。自旦至午，欢洽异常。时唯妃女弟秦国夫人端坐观之。曲罢，上戏曰："阿瞒（上在禁中，多自称也。）乐籍，今日幸得供养夫人。请一缠头!"秦国曰："岂有大唐天子阿姨，无钱用耶?"遂出三百万为一局焉。乐器皆非世有者，才奏而清风习习，声出天表。妃子琵琶逻逤檀，寺人白季贞使蜀还献。其木温润如玉，光耀可鉴，有金镂红文，蹙成双凤。弦乃末诃弥罗国永泰元年所贡者，渌水蚕丝也，光莹如贯珠瑟瑟。紫玉笛乃姮娥所得也。禄山进三百事管色。俱用媚玉为之。诸王，郡主，妃之姊妹，皆师妃，为琵琶弟子。每一曲彻，广有献遗。妃子是日问阿蛮曰："尔贫，无可献师长，待我与尔为。"命侍儿红桃娘取红粟玉臂支赐阿蛮。妃善击磬，拊搏之音泠泠然，多新声，虽太常梨园之妓，莫能及之。上命采蓝田绿玉，琢成磬；上方造簴，流苏之属，以金钿珠翠饰之，铸金为二狮子，以为趺，彩绘缛丽，一时无比。先，开元中，禁中重木芍药，即今牡丹，（《开元天宝花木记》云："禁中呼木芍药为牡丹"也。）得数本红紫浅红通白者，上因移植于兴庆池东沉香亭前。会花方繁开，上乘照夜白，妃以步辇从。诏选梨园弟子中尤者，得乐十六色。李龟年以歌擅一时之名，手捧檀板，押众乐前，将欲歌之。上曰："赏名花，对妃子，焉用旧乐词为。"遽命龟年持金花笺，宣赐翰林学士李白立进《清平乐词》三篇。承旨，犹苦宿酲，因援笔赋之。第一首："云想衣裳花想容，春风拂槛露华浓。若非群玉山头见，会向瑶台月下逢。”第二首：“一枝红艳露凝香，云雨巫山枉断肠。借问汉宫谁得似？可怜飞燕倚新妆。”第三首：“名花倾国两相欢，长得君王带笑看。解释春风无限恨，沉香亭北倚栏干。”龟年捧词进，上命梨园弟子略约词调，抚丝竹，遂促龟年以歌。妃持玻璃七宝杯，酌西凉州葡萄酒，笑领歌，意甚厚。上因调玉笛以倚曲。每曲遍将换，则迟其声以媚之。妃饮罢，敛绣巾再拜。上自是顾李翰林尤异于他学士。会力士终以脱靴为耻，异日，妃重吟前词，力士戏曰：“始为妃子怨李白深入骨髓，何翻拳拳如是耶？”妃子惊曰：“何学士能辱人如斯？”力士曰：“以飞燕指妃子，贱之甚矣。”妃深然之。上尝三欲命李白官，卒为宫中所捍而止。上在百花院便殿，因览《汉成帝内传》，时妃子后至，以手整上衣领，曰：“看何文书？”上笑曰：“莫问。知则又殢人。”觅去，乃是“汉成帝获飞燕，身轻欲不胜风。恐其飘翥，帝为造水晶盘，令宫人掌之而歌舞。又制七宝避风台，间以诸香，安于上，恐其四肢不禁”也。上又曰：“尔则任吹多少。”盖妃微有肌也，故上有此语戏妃。妃曰：“《霓裳羽衣》一曲，可掩前古。”上曰：“我才弄，尔便欲嗔乎？忆有一屏风，合在，待访得，以赐尔。”屏风乃虹霓为名，雕刻前代美人之形，可长三寸许。其间服玩之器，衣服，皆用众宝杂厕而成，水精为地，外以玳瑁水犀为押，络以珍珠瑟瑟。间缀精妙，迨非人力所制。此乃隋文帝所造，赐义成公主，随在北胡。贞观初，灭胡，与萧后同归中国，因而赐焉。（妃归卫公家，遂持去。安于高楼上，未及将归。国忠日午偃息楼上，至床，睹屏风在焉。才就枕，而屏风诸女悉皆下床前，各通所号，曰：“裂缯人也。”“定陶人也。”“穹庐人也。”“当垆人也。”“亡吴人也。”“步莲人也。”“桃源人也。”“斑竹人也。”“奉五官人也。”“温肌人也。”“曹氏投波人也。”“吴宫无双返香人也。”“拾翠人也。”“窃香人也。”“金屋人也。”“解佩人也。”“为云人也。”“董双成也。”“为烟人也。”“画眉人也。”“吹箫人也。”“笑躄人也。”“垓中人也。”“许飞琼也。”“赵飞燕也。”“金谷人也。”“小鬟人也。”“光发人也。”“薛夜来也。”“结绮人也。”“临春阁人也。”“扶风女也。”国忠虽开目，历历见之，而身体不能动，口不能发声。诸女各以物列坐。俄有纤腰妓人近十余辈，曰：“楚章华踏谣娘也。”乃连臂而歌之，曰：“三朵芙蓉是我流，大杨造得小杨收。”复有二三妓，又曰：“楚宫弓腰也。何不见《楚辞别序》云：‘绰约花态，弓身玉肌?’”俄而递为本艺。将呈讫，一一复归屏上。国忠方醒，惶惧甚，遽走下楼，急令封锁之。贵妃知之，亦不欲见焉。禄山乱后，其物犹存。在宰相元载家，自后不知所在。）

初，开元末，江陵进乳柑橘，上以十枚种于蓬莱宫。至天宝十载九月秋，结实。宣赐宰臣，曰：“朕近于宫内种柑子树数株，今秋结实一百五十余颗，乃与江南及蜀道所进无别，亦可谓稍异者。”宰臣表贺曰：“伏以自天所育者，不能改有常之性，旷古所无者，乃可谓非常之感。是知圣人御物，以元气布和，大道乘时，则殊方叶致。且橘柚所植，南北异名，实造化之有初，匪阴阳之有革。陛下玄风真纪，六合一家，雨露所均，混天区而齐被，草木有性，凭地气以潜通。故兹江外之珍果，为禁中之佳实。绿蒂含霜，芳流绮殿，金衣烂日，色丽彤庭。云云。”乃颁赐大臣，外有一合欢实，上与妃子互相持玩。上曰：“此果似知人意，联与卿固同一体，所以合欢。”于是促坐，同食焉。因令画图，传之于后。妃子既生于蜀，嗜荔枝。南海荔枝，胜于蜀者，故每岁驰驿以进。然方暑热而熟，经宿则无味。后人不能知也。上与妃采戏，将北，唯重四转败为胜。连叱之，骰子宛转而成重四，遂命高力士赐绯，风俗因而不易。广南进白鹦鹉，洞晓言词，呼为雪衣女。一朝飞上妃镜台上，自语：“雪衣女昨夜梦为鸷鸟所搏。”上令妃授以《多心经》，记诵精熟。后上与妃游别殿，置雪衣女于步辇竿上同去。瞥有鹰至，搏之而毙。上与妃叹息久之，遂瘗于苑中，呼为鹦鹉冢。交趾贡龙脑香，有蝉蚕之状，五十枚。波斯言老龙脑树节方有。禁中呼为瑞龙脑，上赐妃十枚。妃私发明驼使，（明驼使腹下有毛，夜能明，日驰五百里。）持三枚遗禄山。妃又常遗禄山金平脱装具，玉合，金平脱铁面碗。十一载，李林甫死。又以国忠为相，带四十余使。十二载，加国忠司空。长男暄，先尚延和郡主，又拜银青光禄大夫，太常卿，兼户部侍郎。小男朏，尚万春公主。贵妃堂弟秘书少监鉴，尚承荣郡主。一门一贵妃，二公主，三郡主，三夫人。十三载，重赠玄琰太尉，齐国公。母重封梁国夫人。官为造庙；御制碑，及书。叔玄珪又拜工部尚书。韩国婿秘书少监崔珣女为代宗妃；虢国男裴徽尚代宗女延光公主，女为让帝男妻；秦国婿柳澄男钧尚长清县主，澄弟潭尚肃宗女和政公主。上每年冬十月，幸华清宫，常经冬还宫阙，去即与妃同辇。华清宫有端正楼，即贵妃梳洗之所；有莲花汤，即贵妃澡沐之室。国忠赐第在宫东门之南，虢国相对。韩国秦国，甍栋相接。天子幸其第，必过五家，赏赐燕乐。扈从之时，每家为一队，队着一色衣。五家合队相映，如百花之焕发。遗钿，坠舄，瑟瑟，珠翠，灿于路岐，可掬。曾有人俯身一窥其车，香气数日不绝。驼马千余头匹。以剑南旌节器仗前驱。出有钱饮，还有软脚。远近饷遗珍玩狗马，阉侍歌儿，相望于道。及秦国先死，独虢国韩国国忠转盛。虢国又与国忠乱焉。略无仪检，每人朝谒，国忠与韩虢连辔，挥鞭骤马，以为谐谑。从官嫱妪百余骑。秉烛如昼，鲜装袨服而行，亦无蒙蔽。衢路观者如堵，无不骇叹。十宅诸王男女婚嫁，皆资韩虢绍介；每一人约一千贯，上乃许之。十四载六月一日，上幸华清宫，乃贵妃生日。上命小部音声，（小部者，梨园法部所置，凡三十人，皆十五已下。）于长生殿奏新曲，未有名，会南海进荔枝，因以曲名《荔枝香》。左右欢呼，声动山谷。其年十一月，禄山反幽陵，（禄山本名轧荦山，杂种胡人也。母本巫师。禄山晚年益肥，垂肚过膝，自秤得三百五十斤。于上前胡旋舞，疾如风焉。上尝于勤政楼东间设大金鸡障，施一大榻，卷去帘，令禄山坐。其下设百戏，与禄山看焉。肃宗谏曰："历观今古，未闻臣下与君上同坐阅戏。"上私曰："渠有异相，我禳之故耳。"又尝与夜燕，禄山醉卧，化为一猪而龙首。左右遽告帝。帝曰："此猪龙，无能为。"终不杀。卒乱中国。）以诛国忠为名。咸言国忠虢国贵妃三罪，莫敢上闻。上欲以皇太子监国，盖欲传位，自亲征。谋于国忠，国忠大惧，归谓姊妹曰："我等死在旦夕。今东宫监国，当与娘子等并命矣。"姊妹哭诉于贵妃。妃衔土请命，事乃寝。十五载六月，潼关失守，上幸巴蜀，贵妃从。至马嵬，右龙武将军陈玄礼惧兵乱，乃谓军士曰："今天下崩离，万乘震荡。岂不由杨国忠割剥甿庶，以至于此。若不诛之，何以谢天下。"众曰："念之久矣。"会吐蕃和好使在驿门遮国忠诉事。军士呼曰："杨国忠与蕃人谋叛！"诸军乃围驿四合，杀国忠，并男暄等。（国忠旧名钊，本张易之子也。天授中，易之恩幸莫比。每归私第，诏令居楼，仍去其梯，围以束棘，无复女奴侍立。母恐张氏绝嗣，乃置女奴蠙姝于楼复壁中。遂有娠，而生国忠。后嫁于杨氏。）上乃出驿门劳六军。六军不解围，上顾左右责其故。高力士对曰："国忠负罪，诸将讨之。贵妃即国忠之妹，犹在陛下左右，群臣能无忧怖？伏乞圣虑裁断。"（一本云："贼根犹在，何敢散乎？"盖斥贵妃也。）上回入驿，驿门内傍有小巷，上不忍归行宫，于巷中倚杖欹首而立。圣情昏默，久而不进。京兆司录韦锷（见素男也）进曰："乞陛下割恩忍断，以宁国家。"逡巡，上入行宫。抚妃子出于厅门，至马道北墙口而别之，使力士赐死。妃泣涕呜咽，语不胜情，乃曰："愿大家好住。妾诚负国恩，死无恨矣。乞容礼佛。"帝曰："愿妃子善地受生。"力士遂缢于佛堂前之梨树下。才绝，而南方进荔枝至。上睹之，长号数息，使力士曰："与我祭之。"祭后，六军尚未解围。以绣衾覆床，置驿庭中，敕玄礼等人驿视之。玄礼抬其首，知其死，曰："是矣。"而围解。瘗于西郭之外一里许道北坎下。妃时年三十八。上持荔枝于马上谓张野狐曰："此去剑门，鸟啼花落，水绿山青，无非助朕悲悼妃子之由也。"初，上在华清宫日，乘马出宫门，欲幸虢国夫人之宅。玄礼曰："未宣敕报臣，天子不可轻去就。"上为之回辔。他年，在华清宫，逼上元，欲夜游。玄礼奏曰："宫外即是旷野，须有预备，若欲夜游，愿归城阙。"上又不能违谏。及此马嵬之诛，皆是敢言之有便也。先是，术士李遐周有诗曰："燕市人皆去，函关马不归。若逢山下鬼，环上系罗衣。"燕市人皆去，禄山即蓟门之士而来。函关马不归，哥舒翰之败潼关也。若逢山下鬼，嵬字，即马嵬驿也。环上系罗衣，贵妃小字玉环，及其死也，力士以罗巾缢焉。

又妃常以假髻为首饰，而好服黄裙。天宝末，京师童谣曰："义髻抛河里，黄裙逐水流。"至此应矣。初，禄山尝于上前应对，杂以谐谑。妃常在座，禄山心动。及闻马嵬之死，数日叹惋。虽林甫养育之，国忠激怒之，然其有所自也。是时虢国夫人先至陈仓之官店。国忠诛问至，县令薛景仙率吏人追之。走入竹林下，以为贼军至，虢国先杀其男徽，次杀其女。国忠妻裴柔曰："娘子何不借我方便乎？"遂并其女杀之。已而自刎，不死。载于狱中，犹问人曰："国家乎？贼乎？"狱吏曰："互有之。"血凝其喉而死。遂并坎于东郭十余步道北杨树下。上发马嵬，行至扶风道。道傍有花，寺畔见石楠树团圆，爱玩之，因呼为端正树，盖有所思也。又至斜谷口，属霖雨涉旬，于栈道雨中闻铃声隔山相应。上既悼念贵妃，因采其声为《雨霖铃》曲，以寄恨焉。至德二年，既收复西京。十一月，上自成都还，使祭之。后欲改葬，李辅国等不从。时礼部侍郎李揆奏曰："龙武将士以杨国忠反，故诛之。今改葬故妃，恐龙武将士疑惧。"肃宗遂止之。上皇密令中官潜移葬之于他所。妃之初瘗，以紫褥裹之。及移葬，肌肤已消释矣。胸前犹有锦香囊在焉。中官葬毕以献，上皇置之怀袖。又令画工写妃形于别殿，朝夕视之而歔欷焉。上皇既居南内，夜阑登勤政楼，凭栏南望，烟月满目。上因自歌曰："庭前琪树已堪攀，塞外征人殊未还。"歌歇，闻里中隐隐如有歌声者。顾力士曰："得非梨园旧人乎？迟明，为我访来。"翌日，力士潜求于里中，因召与同去，果梨园弟子也。其后，上复与妃侍者红桃在焉。歌《凉州》之词，贵妃所制也。上亲御玉笛，为之倚曲。曲罢相视，无不掩泣。上因广其曲。今《凉州》留传者益加焉。至德中，复幸华清宫。从官嫔御，多非旧人。上于望京楼下命张野狐奏《雨霖铃》曲。曲半，上四顾凄凉，不觉流涕。左右亦为感伤。新丰有女伶谢阿蛮，善舞《凌波曲》，旧出入宫禁，贵妃厚焉。是日，诏令舞。舞罢，阿蛮因进金粟装臂环，曰："此贵妃所赐。"上持之，凄然垂涕曰："此我祖大帝破高丽，获二宝：一紫金带，一红玉支。朕以岐王所进《龙池篇》，赐之金带。红玉支赐妃子。后高丽知此宝归我，乃上言'本国因失此宝，风雨偧时，民离兵弱’。朕寻以为得此不足为贵，乃命还其紫金带。唯此不还。汝既得之于妃子，朕今再睹之，但兴悲念矣。”言讫，又涕零。至乾元元年，贺怀智又上言，曰：“昔上夏日与亲王棋，令臣独弹琵琶，（其琵琶以石为槽，鹍鸡筋为弦，用铁拨弹之。）贵妃立于局前观之。上数抨子将输，贵妃放康国猧子上局乱之，上大悦。时风吹贵妃领巾于臣巾上，良久，回身方落。及归，觉满身香气。乃卸头帻，贮于锦囊中。今辄进所贮幞头。”上皇发囊，且曰：“此瑞龙脑香也。吾曾施于暖池玉莲朵，再幸尚有香气宛然。况乎丝缕润腻之物哉。”遂凄怆不已。自是圣怀耿耿，但吟：“刻木牵丝作老翁，鸡皮鹤发与真同。须臾舞罢寂无事，还似人生一世中。”有道士杨通幽自蜀来，知上皇念杨贵妃，自云：“有李少君之术。”上皇大喜，命致其神。方士乃竭其术以索之，不至。又能游神驭气，出天界，入地府求之，竟不见。又旁求四虚上下，东极，绝大海，跨蓬壶。忽见最高山，上多楼阁。洎至，西厢下有洞户，东向，阖其门，额署曰“玉妃太真院”。方士抽簪叩扉，有双鬟童女出应门。方士造次未及言，双鬟复入。俄有碧衣侍女至，诘其所从来。方士因称天子使者，且致其命。碧衣云：“玉妃方寝，请少待之。”逾时，碧衣延入，且引曰：“玉妃出。”冠金莲，帔紫绡，佩红玉，拽凤舄。左右侍女七八人。揖方士，问皇帝安否，次问天宝十四载以还。言讫悯然，指碧衣女取金钗钿合，折其半授使者曰：“为我谢太上皇，谨献是物，寻旧好也。”方士将行，色有不足，玉妃因征其意，乃复前跪致词：“请当时一事，不闻于他人者，验于太上皇。不然，恐金钗钿合，负新垣平之诈也。”玉妃茫然退立，若有所思，徐而言曰：“昔天宝十载，侍辇避暑骊山宫。秋七月，牵牛织女相见之夕，上凭肩而望。因仰天感牛女事，密相誓心。‘愿世世为夫妇。’言毕，执手各呜咽。此独君王知之耳。”因悲曰：“由此一念，又不得居此，复堕下界，且结后缘。或为天，或为人，决再相见，好合如旧。”因言：“太上皇亦不久人间，幸唯自爱，无自苦耳。”使者还，具奏太上皇。皇心震悼。及至移入大内甘露殿，悲悼妃子，无日无之。

遂辟谷服气，张皇后进樱桃蔗浆，圣皇并不食。常玩一紫玉笛，因吹数声，有双鹤下于庭，徘徊而去。圣皇语侍儿宫爱曰："吾奉上帝所命，为元始孔升真人，此期可再会妃子耳，笛非尔所宝，可送大收。"（大收，代宗小字。）即令具汤沐。"我若就枕，慎勿惊我。"宫爱闻睡中有声，骇而视之，已崩矣。妃子死日，马嵬媪得锦袎袜一只。相传过客一玩百钱，前后获钱无数。悲夫，玄宗在位久，倦于万机，常以大臣接对拘检，难徇私欲。自得李林甫，一以委成。故绝逆耳之言，恣行燕乐。衽席无别，不以为耻，由林甫之赞成矣。乘舆迁播，朝廷陷没，百僚系颈，妃王被戮，兵满天下，毒流四海，皆国忠之召祸也。

史臣曰：夫礼者，定尊卑，理家国。君不君，何以享国？父不父，何以正家？有一于此，未或不亡。唐明皇之一误，贻天下之羞，所以禄山叛乱，指罪三人。今为外传，非徒拾杨妃之故事，且惩祸阶而已。

卷八

流红记

张　实

唐僖宗时，有儒士于祐，晚步禁衢间。于时万物摇落，悲风素秋，颓阳西倾，羁怀增感。视御沟，浮叶续续而下。祐临流浣手。久之，有一脱叶，差大于他叶，远视之，若有墨迹载于其上。浮红泛泛，远意绵绵。祐取而视之，果有四句题于其上。其诗曰：

流水何太急，深宫尽日闲。
殷勤谢红叶，好去到人间。

祐得之，蓄于书笥，终日咏味，喜其句意新美，然莫知何人作而书于叶也。因念御沟水出禁掖，此必宫中美人所作也。祐但宝之，以为念耳，亦时时对好事者说之。祐自此思念，精神俱耗。一日，友人见之，曰："子何清削如此？必有故，为吾言之。"祐曰："吾数月来，眠食俱废。"因以红叶句言之。友人大笑曰："子何愚如是也，彼书之者，无意于子。子偶得之，何置念如此。子虽思爱之勤，帝禁深宫，子虽有羽翼，莫敢往也。子之愚，又可笑也。"祐曰："天虽高而听卑，人苟有志，天必从人愿耳。吾闻牛仙客遇无双之事，卒得古生之奇计。但患无志耳，事固未可知也。"祐终不废思虑，复题二句，书于红叶上云：

曾闻叶上题红怨，叶上题诗寄阿谁？

置御沟上流水中，俾其流入宫中。人为笑之，亦为好事者称道。有赠之诗者，曰：

君恩不禁东流水，流出宫情是此沟。

祐后累举不捷，迹颇羁倦，乃依河中贵人韩泳门馆，得钱帛稍稍自给，亦无意进取。久之，韩泳召祐谓之曰："帝禁宫人三十余得罪，使各适人。有韩夫人者，吾同姓，久在宫。今出禁庭，来居吾舍。子今未娶，年又逾壮，困苦一身，无所成就，孤生独处，吾甚怜汝。今韩夫人箧中不下千缗，本良家女，年才三十，姿色甚丽。吾言之，使聘子，何如?”祐避席伏地曰：“穷困书生，寄食门下，昼饱夜温，受赐甚久。恨无一长，不能图报，早暮愧惧，莫知所为。安敢复望如此。”泳令人通媒妁，助祐进羔雁，尽六礼之数，交二姓之欢。祐就吉之夕，乐甚。明日，见韩氏装橐甚厚，姿色绝艳。祐本不敢有此望，自以为误入仙源，神魂飞越。既而韩氏于祐书笥中见红叶，大惊曰：“此吾所作之句，君何故得之?”祐以实告。韩氏复曰：“吾于水中亦得红叶，不知何人作也。”乃开笥取之，乃祐所题之诗。相对惊叹感泣久之。曰：“事岂偶然哉?莫非前定也。”韩氏曰：“吾得叶之初，尝有诗，今尚藏箧中。”取以示祐。诗云：

独步天沟岸，临流得叶时。
此情谁会得，肠断一联诗。

闻者莫不叹异惊骇。一日，韩泳开宴召祐洎韩氏。泳曰：“子二人今日可谢媒人也。”韩氏笑答曰：“吾为祐之合，乃天也。非媒氏之力也。”泳曰：“何以言之?”韩氏索笔为诗，曰：

一联佳句题流水，十载幽思满素怀。
今日却成鸾凤友，方知红叶是良媒。

泳曰：“吾今知天下事无偶然者也。”僖宗之幸蜀，韩泳令祐将家僮百人前导。韩以宫人得见帝，具言适祐事。帝曰：“吾亦微闻之。”召祐，笑曰：“卿乃朕门下旧客也。”祐伏地拜，谢罪。帝还西都，以从驾得官，为神策军虞候。韩氏生五子三女。子以力学俱有官，女配名家。韩氏治家有法度，终身为命妇。宰相张浚作诗曰：

长安百万户，御水日东注。水上有红叶，子独得佳句。
子复题脱叶，流入宫中去。深宫千万人，叶归韩氏处。
出宫三十人，韩氏籍中数。回首谢君恩，泪洒胭脂雨。
寓居贵人家，方与子相遇。通媒六礼具，百岁为夫妇。

儿女满眼前，青紫盈门户。兹事自古无，可以传千古。

议曰：流水，无情也。红叶，无情也。以无情寓无情而求有情，终为有情者得之，复与有情者合，信前世所未闻也。夫在天理可合，虽胡越之远，亦可合也。天理不可，则虽比屋邻居，不可得也。悦于得，好于求者，观此，可以为诫也。

赵飞燕别传

秦　醇

余里有李生，世业儒术。一日，家事零替。余往见之。墙角破筐中有古文数册，其间有《赵后别传》，虽编次脱落，尚可观览。余就李生乞其文以归，补正编次以成传，传诸好事者。

赵后腰骨尤纤细，善踽步行。若人手执花枝，颤颤然，它人莫可学也。生在主家时，号为飞燕。入宫复引援其妹，得幸，为昭仪。昭仪尤善笑语，肌骨秀滑。二人皆天下第一，色倾后宫。自昭仪入宫，帝亦希幸东宫。昭仪居西宫，太后居中宫。后日夜欲求子，为自固久远计，多用小犊车载年少子与通。帝一日惟从三四人往后宫。后方与人乱，不知。左右急报，后遽惊出迎帝。后冠发散乱，言语失度，帝固亦疑焉。帝坐未久，复闻壁衣中有人嗽声，帝乃出。由是帝有害后意，以昭仪隐忍未发。一日，帝与昭仪方饮，帝忽攘袖瞋目，直视昭仪，怒气怫然不可犯。昭仪遽起，避席伏地，谢曰："臣妾族孤寒下，无强近之爱。一旦得备后庭驱使之列，不意独承幸御。浓被圣私，立于众人之上。恃宠邀爱，众谤来集。加以不识忌讳，冒触威怒。臣妾愿赐速死以宽圣抱。"因泪交下。帝自引昭仪曰："汝复坐，吾语汝。"帝曰："汝无罪。汝之姊，吾欲枭其首，断其手足，置于溷中，乃快吾意。"昭仪曰："何缘而得罪？"帝言壁衣中事。昭仪曰："臣妾缘后得备后宫。后死，则妾安能独生？陛下无故而杀一后，天下有以窥陛下也。愿得身实鼎镬，体膏斧钺。"因大恸，以身投地。帝惊，遽起持昭仪曰："吾以汝之故，固不害后，第言之耳。汝何自恨若是。"久之，昭仪方就坐。问壁衣中人，帝阴穷其迹，乃宿卫陈崇子也。帝使人就其家杀之，而废陈崇。昭仪往见后，言帝所言，且曰："姊曾忆家贫饥寒无聊，姊使我与邻家女为草履，入市货履市米。一日得米归，遇风雨无火可炊。饥寒甚，不能成寐，使我拥姊背，同泣。此事姊岂不忆也？今日幸富贵，无他人次我，而自毁如此。脱或再有过，帝复怒，事不可救，身首异地，为天下笑。今日，妾能拯救也。存没无定。或尔。妾死，姊尚谁攀乎？”乃涕泣不已，后亦泣焉。自是帝不复往后宫，承幸御者，昭仪一人而已。昭仪方浴，帝私视。侍者报昭仪，昭仪急趋烛后避。帝瞥见之，心愈眩惑。他日昭仪浴，帝默赐侍者，特令不言。帝自屏罅觇，兰汤滟滟，昭仪坐其中，若三尺寒泉浸明玉。帝意思飞荡，若无所主。帝语近侍曰："自古人主无二后，若有，则吾立昭仪为后矣。”赵后知帝见昭仪浴，益加宠幸，乃具汤浴，请帝以观。既往，后入浴。后裸体，以水沃帝，愈亲近而帝愈不乐，不终幸而去。后泣曰："爱在一身，无可奈何。”后生日，昭仪为贺，帝亦同往。酒半酣，后欲感动帝意，乃泣数行。帝曰："它人对酒而乐，子独悲，岂不足耶？”后曰："妾昔在后宫时，帝幸其第。妾立主后，帝时视妾不移目，甚久。主知帝意，遣妾侍帝，竟承更衣之幸。下体尝污御服，妾欲为帝浣去。帝曰："留以为忆。”不数日，备后宫。时帝齿痕犹在妾颈。今日思之，不觉感泣。”帝恻然怀旧，有爱后意，顾视嗟叹。昭仪知帝欲留，昭仪先辞去。帝逼暮方离后宫。后因帝幸，心为奸利，上器主受，经三月，乃诈托有孕，上笺奏云："臣妾久备掖庭，先承幸御，遗赐大号，积有岁时，近因始生之日，复加善祝之私，特屈乘舆，俯临东掖，久侍宴私，再承幸御。臣妾数月来，内宫盈实，月脉不流，饮食甘美，不异常日。知圣躬之在体，辨天日之入怀。虹初贯日，应是珍符，龙据妾胸，兹为佳瑞。更期蕃育神嗣，抱日趋庭，瞻望圣明，踊跃临贺。谨此以闻。”帝时在西宫，得奏，喜动颜色，答云："因阅来奏，喜庆交集。夫妇之私，义均一体，社稷之重，嗣续其先，妊体方初，保绥宜厚。药有性者勿举，食无毒者可亲。有恳来上，无烦笺奏，口授宫使可矣。”两宫候问。宫使交至，后虑帝幸，见其诈，乃与宫使王盛谋自为之计。盛谓后曰："莫若辞以有妊者不可近人，近人则有所触焉，触则孕或败。”后乃遣王盛奏帝。帝不复见后，第遣使问安否。而甫及诞月，帝具浴子之仪。后召王盛及宫中人曰："汝自黄衣郎出入禁掖，吾引汝父子俱富贵。吾欲为自利长久计，托孕乃吾之私意，实非也。言已及期。子能为我谋焉？若事成，子万世有后利。"盛曰："臣为后取民间才生子，携入宫为后子。但事密不泄，亦无害。"后曰："可。"盛于都城外有生子者，才数日，以百金售之。以物囊之，入宫见后。既发器，则子死。后惊曰："子死，安用也？"盛曰："臣今知矣。载子之器气不泄，此子所以死也。臣今求子，载之器，穴其上，使气可出入，则子不死。"盛得子，趋宫门欲入，则子惊啼尤甚，盛不敢入。少选，复携之趋门，子复如此，盛终不敢入宫。（后宫守门吏严密。因向壁衣事。故帝令加严之甚。）盛来见后，具言惊啼事。后泣曰："为之奈何？"时已逾十二月矣。帝颇疑讶。或奏帝曰："尧之母十四月而生尧。后所妊当是圣人。"后终无计，乃遣人奏帝云："臣妾昨梦龙卧，不幸圣嗣不育。"帝但叹惋而已。昭仪知其诈，乃遣人谢后曰："圣嗣不育，岂日月不满也？三尺童子尚不可欺，况人主乎？一日手足俱见，妾不知姊之死所也。"时后庭掌茶宫女朱氏生子。宦者李守光奏帝。帝方与昭仪共食，昭仪怒，言于帝曰："前者帝言自中宫来。今朱氏生子，从何而得也？"乃以身投地，大恸。帝自持昭仪起坐。昭仪呼宫吏祭规曰："急为取子来！"规取子上。昭仪语规曰："为我杀之。"规疑虑。昭仪怒骂曰："吾重禄养汝，将安用也？不然，吾并录汝！"规以子击殿础死，投之后宫。宫人孕子者尽杀之。后帝行步迟涩，颇气惫，不能御昭仪。有方士献大丹。其丹养于火百日，乃成。先以瓮贮水，满，即置丹于水中，即沸，又易去，复以新水。如是十日，不沸，方可服。帝日服一粒，颇能幸昭仪。一夕，在大庆殿，昭仪醉进十粒，初夜，绛帐中拥昭仪，帝笑声吃吃不止。及中夜，帝昏昏，知不可，将起坐，夜或仆卧。昭仪急起，秉烛自视帝，精出如泉溢。有顷，帝崩。太后遣人理昭仪且急，穷帝得疾之端。昭仪乃自绝。后居东宫，久失御。一夕后寝，惊啼甚久，侍者呼问，方觉。乃言曰："适吾梦中见帝。帝自云中赐吾坐。帝命进茶。左右奏帝：'后向日侍帝不谨，不合啜此茶。’吾意既不足。吾又问：‘昭仪安在?’帝曰：‘以数杀吾子，今罚为巨鼋，居北海之阴水穴间，受千岁冰寒之苦。’”乃大恸。后北鄙大月王猎于海，见一巨出于穴上，首犹贯玉钗，颙望波上，惓惓有恋人之意。大月王遣使问梁武帝，武帝以昭仪事答之。

谭意歌传

秦　醇

谭意歌小字英奴，随亲生于英州。丧亲，流落长沙，今潭州也。年八岁，母又死，寄养小工张文家。文造竹器自给。一日，官妓丁婉卿过之，私念苟得之，必丰吾屋。乃召文饮，不言而去。异日复以财帛贶文，遗颇稠叠。文告婉卿曰："文廛市贱工，深荷厚意。家贫，无以为报。不识子欲何图也？子必有告。幸请言之。愿尽愚图报，少答厚意。"婉卿曰："吾久不言，诚恐激君子之怒。今君恳言，吾方敢发。窃知意哥非君之子。我爱其容色。子能以此售我，不惟今日重酬子，异日亦获厚利。无使其居子家，徒受寒饥。子意若何？"文曰："文揣知君意久矣，方欲先白。如是，敢不从命。"是时方十岁，知文与婉卿之意，怒诘文曰："我非君之子，安忍弃于娼家乎？子能嫁我，虽贫穷家，所愿也。"文竟以意归婉卿。过门，意哥大号泣曰："我孤苦一身，流落万里，势力微弱，年龄幼小。无人怜救，不得从良人。"闻者莫不嗟恸。婉卿日以百计诱之。以珠翠饰其首，轻暖披其体，甘鲜足其口，既久益勤，若慈母之待婴儿。辰夕浸没，则心自爱夺，情由利迁。意哥忘其初志，未及笄，为择佳配。肌清骨秀，发绀眸长，荑手纤纤，宫腰搦搦，独步于一时。车马骈溢，门馆如市。加之性明敏慧，解音律，尤工诗笔。年少千金买笑，春风惟恐居后，郡官宴聚，控骑迎之。时运使周公权府会客，意先至府，医博士及有故至府，升厅拜公。及美髯可爱，公因笑曰："有句，子能对乎？"及曰："愿闻之。"公曰："医士拜时须拂地。"及未暇对答，意从旁曰："愿代博士对。"公曰："可。"意曰："郡侯宴处幕侵天。"公大喜。意疾既愈，庭见府官，多自称诗酒于刺。蒋田见其言，颇笑之。因令其对句，指其面曰："冬瓜霜后频添粉。"意乃执其公裳袂，对曰："木枣秋来也着绯。"公且惭且喜，众口嗡然称赏。魏谏议之镇长沙，游岳麓时，意随轩。公知意能诗，呼意曰："子可对吾句否？"

公曰："朱衣吏，引登青障。"意对曰："红袖人，扶下白云。"公喜，因为之立名文婉，字才姬。意再拜曰："某，微品也。而公为之名字，荣逾万金之赐。"刘相之镇长沙，云一日登碧湘门纳凉，幕官从焉。公呼意对。意曰："某，贱品也，安敢敌公之才。公有命，不敢拒。"尔时迤逦望江外湘渚间，竹屋茅舍，有渔者携双鱼入修巷。公相曰："双鱼入深巷。"意对曰："尺素寄谁家。"公喜，赞美久之。他日，又从公轩游岳麓，历抱黄洞望山亭吟诗，坐客毕和。意为诗以献曰：

真仙去后已千载，此构危亭四望赊。
灵迹几迷三岛路，凭高空想五云车。
清猿啸月千岩晓，古木吟风一径斜。
鹤驾何时还古里，江城应少旧人家。

公见诗愈惊叹，坐客传观，莫不心服。公曰："此诗之妖也。"公问所从来，意哥以实对。公怆然悯之。意乃告曰："意入籍驱使迎候之列有年矣，不敢告劳。今幸遇公，倘得脱籍为良人箕帚之役，虽死必谢。"公许其脱。异日，诣投牒，公诺其请。意乃求良匹，久而未遇。会汝州民张正字为潭茶官，意一见谓人曰："吾得婿矣。"人询之，意曰："彼风调才学，皆中吾意。"张闻之，亦有意。一日，张约意会于江亭。于时亭高风怪，江空月明。陡帐垂丝，清风射牖，疏帘透月，银鸭喷香。玉枕相连，绣衾低覆，密语调簧，春心飞絮。如仙葩之并蒂，若双鱼之同泉，相得之欢，虽死未已。翌日，意尽挈其装囊归张。有情者赠之以诗曰：

才识相逢方得意，风流相遇事尤佳。
牡丹移入仙都去，从此湘东无好花。

后二年，张调官，复来见。意乃治行，饯之郊外。张登途，意把臂嘱曰："子本名家，我乃娼类，以贱偶贵，诚非佳婚。况室无主祭之妇，堂有垂白之亲。今之分袂，决无后期。"张曰："盟誓之言，皎如日月，苟或背此，神明非欺。"意曰："我腹有君之息数月矣。此君之体也，君宜念之。"相与极恸，乃舍去。意闭户不出，虽比屋莫见意面，既久，意为书与张云：

阴老春回，坐移岁月。羽伏鳞潜，音问两绝。首春气候寒热，切宜保爱。逆旅都辇，所见甚多。但幽远之人，摇心左右，企望回辕，度日如岁。因成小诗，裁寄所思。兹外千万珍重。

其诗曰：

潇湘江上探春回，消尽寒冰落尽梅。
愿得儿夫似春色，一年一度一归来。

逾岁，张尚未回，亦不闻张娶妻。意复有书曰：

相别人此新岁，湘东地暖，得春尤多。溪梅堕玉，栏杏吐红，旧燕初归，暖莺已啭。对物如旧，感事自伤。或勉为笑语，不觉泪泠，数月来颇不喜食，似病非病，不能自愈。孺子无恙（意子年二岁），无烦流念。向尝面告，固匪自欺。君子不能违亲之言，又不能废己之好，仰结高援，其无□焉。或俯就微下，曲为始终，百岁之恩，没齿何报。虽亡若存，摩顶至足，犹不足答君意。反覆其心，虽秃十兔毫，磬三江楮，亦不能□兹稠叠，上浼君听。执笔不觉堕泪几砚中。郁郁之意，不能自已。千万对时善育，无或以此为至念也。短唱二阕，固非君子齿牙间可吟，盖欲摅情耳。

曲名《极相思令》一首：

湘东最是得春先，和气暖如绵。清明过了，残花巷陌，犹见秋千。　　对景感时情绪乱，这密意，翠羽空传。风前月下，花时永昼，洒泪何言。

又作《长相思令》一首：

旧燕初归，梨花满院，迤逦天气融和。新晴巷陌，是处轻车轿马，禊饮笙歌。旧赏人非，对佳时，一向乐少愁多。远意沉沉，幽闺独自颦蛾。　　正消黯无言，自感凭高远意，空寄烟波。从来美事。因甚天教两处多磨？开怀强笑，向新来宽却衣罗。似恁地人怀憔悴，甘心总为伊呵。

张得意书辞，情悰久不快，亦私以意书示其所亲，有情者莫不嗟叹。张内逼慈亲之教，外为物议之非，更期月，亲已约孙贯殿丞女为姻。定问已行，媒妁素定，促其吉期，不日佳赴。张回肠危结，感泪自零。好天美景，对乐成悲，凭高怅望，默然自已。终不敢为记报意。逾岁，意方知，为书云：

妾之鄙陋，自知甚明。事由君子，安敢深扣。一入闺帏，克勤妇道，晨昏恭顺，岂敢告劳。自执箕帚，三改岁□。苟有未至，固当垂诲。遽此见弃，致我失图。求之人情，似伤薄恶，揆之天理，亦所不容。业已许君，不可贻咎。有义则企，常风服于前书，无故见离，深自伤于微弱。盟顾可欺，则不复道。稚子今已三岁；方能移步。期于成人，此犹可待。妾囊中尚有数百缗，当售附郭之田亩，日与老农耕耨别穰，卧漏复毳，凿井灌园。教其子知诗书之训，礼义之重。愿其有成，终身休庇妾之此身，如此而已。其他清风馆宇，明月亭轩，赏心乐事，不致如心久矣。今有此言，君固未信，俟在他日，乃知所怀。燕尔方初，宜君子之多喜，拔葵在地，徒向日之有心。自兹弃废，莫敢凭高。思入白云，魂游天末。幽怀蕴积，不能穷极。得官何地，因风寄声。固无他意，贵知动止。饮泣为书，意绪无极。千万自爱。

张得意书，日夕叹怅。后三年，张之妻孙氏谢世，湖外莫通信耗。会有客自长沙替归，遇于南省书理间。张询客意哥行没。客抚掌大骂曰："张生乃木人石心也。使有情者见之，罪不容诛。"张曰："何以言之?"客曰："意自张之去，则掩户不出，虽比屋莫见其面。闻张已别娶，意之心愈坚，方买郭外田百亩以自给。治家清肃，异议纤毫不可入。亲教其子。吾谓古之李住满女，不能远过此。吾或见张，当唾其面而非之。"张惭忸久之，召客饮于肆，云："吾乃张生。予责我皆是。但子不知吾家有亲，势不得已。"客曰："吾不知子乃张君也。"久乃散。张生乃如长沙。数日，既至，则微服游于肆，询意之所为。言意之美者不容刺口。默询其邻，莫有见者。门户潇洒，庭宇清肃。张固已恻然。意见张，急闭户不出。张曰："吾无故涉重河，跨大岭，行数千里之地，心固在子。子何见拒之深也，岂昔相待之薄欤?"意云："子已有室，我方端洁以全其素志。君宜去，无浼我。”张云：“吾妻已亡矣。曩者之事，君勿复为念，以理推之可也。吾不得子，誓死于此矣。”意云：“我向慕君，忽遽入君之门，则弃之也容易。君若不弃焉，君当通媒妁，为行吉礼，然后妾敢闻命。不然，无相见之期。”竟不出。张乃如其请，纳彩问名，一如秦晋之礼焉。事已，乃挈意归京师。意治闺门，深有礼法，处亲族皆有恩意，内外和睦，家道已成。意后又生一子，以进士登科，终身为命妇。夫妇偕老，子孙繁茂。呜呼，贤哉！

王幼玉记

柳师尹

王生名真姬，小字幼玉，一字仙才，本京师人。随父流落于湖外，与衡州女弟女兄三人皆为名娼，而其颜色歌舞，甲于伦辈之上。群妓亦不敢与之争高下。幼玉更出于二人之上，所与往还皆衣冠士大夫。舍此，虽巨商富贾，不能动其意。夏公酉（夏贤良名噩字公酉）游衡阳，郡侯开宴召之。公酉曰："闻衡阳有歌妓名王幼玉，妙歌舞，美颜色，孰是也?"郡侯张郎中公起乃命幼玉出拜。公酉见之，嗟吁曰："使汝居东西二京，未必在名妓之下。今居于此，其名不得闻于天下。"顾左右取笺，为诗赠幼玉。其诗曰：

真宰无私心，万物逞殊形。嗟尔兰蕙质，远离幽谷青。

清风暗助秀，雨露濡其泠。一朝居上苑，桃李让芳馨。

由是益有光，但幼玉暇日，常幽艳愁寂，寒芳未吐。人或询之。则曰："此道非吾志也。"又询其故。曰："今之或工或商或农或贾或道或僧，皆足以自养。惟我侪涂脂抹粉，巧言令色，以取其财。我思之愧赧无限。逼于父母姊弟，莫得脱此。倘从良人，留事舅姑，主祭祀，俾人回指曰：'彼人妇也。'死有埋骨之地。"会东都人柳富字润卿，豪俊之士。幼玉一见曰："兹吾夫也。"富亦有意室之。富方倦游，凡于风前月下，执手恋恋，两不相舍。既久，其妹窃知之。一日，诟富以语曰："子若复为向时事，吾不舍子，即讼子于官府。"富从是不复往。一日，遇幼玉于江上。幼玉泣曰："过非我造也。君宜以理推之。异时幸有终身之约，无为今日之恨。"相与饮于江上，幼玉云："吾之骨，异日当附子之先陇。"又谓富曰："我平生所知，离而复合者甚众。虽言爱勤勤，不过取其财帛，未尝以身许之也。我发委地，宝之若金玉，他人无敢窥觇，于子无所惜。"乃自解鬟，剪一缕以遗富。富感悦深至，去又羁思不得会为恨，因而伏枕。幼玉日夜怀思，遣人侍病。既愈，富为长歌赠之云：

紫府楼阁高相倚，金碧户牖红晖起。其间燕息皆仙子，绝世妖姿妙难比。偶然思念起尘心，几年谪向衡阳市。阳娇飞下九天来，长在娼家偶然耳。天姿才色拟绝伦，压到花衢众罗绮。绀发浓堆巫峡云，翠眸横剪秋江水。素手纤长细细圆，春笋脱向青云里。纹履鲜花窄窄弓，凤头翘起红裙底。有时笑倚小栏杆，桃花无言乱红委。王孙逆目似劳魂，东邻一见还羞死。自此城中豪富儿，呼僮控马相追随。千金买得歌一曲，暮雨朝云镇相续。皇都年少是柳君，体段风流万事足。幼玉一见苦留心，殷勤厚遣行人祝。青羽飞来洞户前，惟郎苦恨多拘束。偷身不使父母知，江亭暗共才郎宿。犹恐恩情未甚坚，解开鬟髻对郎前。一缕云随金剪断，两心浓更密如绵。自古美事多磨隔，无时两意空悬悬。清宵长叹明月下，花时洒泪东风前。怨人朱弦危更断，泪如珠颗自相连。危楼独倚无人会，新书写恨托谁传。奈何幼玉家有母，知此端倪蓄嗔怒。千金买醉嘱佣人，密约幽欢镇相误。将刃欲加连理枝，引弓欲弹鹣鹣羽。仙山只在海中心，风逆波紧无船渡。桃源去路隔烟霞，咫尺尘埃无觅处。郎心玉意共殷勤，同指松筠情愈固。愿郎誓死莫改移，人事有时自相遇。他日得郎归来时，携手同上烟霞路。

富因久游，亲促其归。幼玉潜往别，共饮野店中。玉曰："子有清才，我有丽质。才色相得，誓不相舍，自然之理。我之心，子之意，质诸神明，结之松筠久矣。子必异日有潇湘之游，我亦待君之来。"于是二人共盟，焚香，致其灰于酒中，共饮之。是夕同宿江上。翌日，富作词别幼玉，名《醉高楼》，词曰：

人间最苦，最苦是分离。伊爱我，我怜伊。青草岸头人独立，画船东去橹声迟。楚天低，回望处，两依依。　后会也知俱有愿，未知何日是佳期。心下事，乱如丝。好天良夜还虚过，辜负我，两心知。愿伊家，衷肠在，一双飞。

富唱其曲以沽酒，音调辞意悲惋，不能终曲。乃饮酒，相与大恸。富乃登舟。富至辇下，以亲年老，家又多故，不得如约，但对镜洒涕。会有客自衡阳来，出幼玉书，但言幼玉近多病卧。富遽开其书疾读，尾有二句云：

春蚕到死丝方尽，蜡烛成灰泪始干。

富大伤感，遗书以见其意，云：

忆昔潇湘之逢，令人怆然。尝欲拿舟，泛江一往。复其前盟，叙其旧契。以副子念切之心，适我生平之乐。奈因亲老族重，心为事夺，倾风结想，徒自潇然，风月佳时，文酒胜处，他人怡怡，我独惚惚如有所失。凭酒自释，酒醒，情思愈彷徨，几无生理。古之两有情者，或一如意，一不如意，则求合也易。今子与吾，两不如意，则求偶也难。君更待焉，事不易知，当如所愿。不然，天理人事，果不谐，则天外神姬，海中仙客，犹能相遇，吾二人独不得遂，岂非命也。子宜勉强饮食，无使真元耗散，自残其体，则子不吾见，吾何望焉。子书尾有二句，吾为子终其篇。云：

临流对月暗悲酸，瘦立东风自怯寒。
湘水佳人方告疾，帝都才子亦非安。
春蚕到死丝方尽，蜡烛成灰泪始干。
万里云山无路去，虚劳魂梦过湘滩。

一日，残阳沉西，疏帘不卷。富独立庭帏，见有半面出于屏间。富视之，乃幼玉也。玉曰："吾以思君得疾，今已化去。欲得一见，故有是行。我以平生无恶，不陷幽狱。后日当生兖州西门张遂家，复为女子。彼家卖饼。君子不忘昔日之旧，可过见我焉。我虽不省前世事，然君之情当如是。我有遗物在侍儿处，君求之以为验。千万珍重。"忽不见。富惊愕，但终叹惋。异日有过客自衡阳来，言幼玉已死，闻未死前嘱侍儿曰："我不得见郎，死为恨。郎平日爱我手发眉眼。他皆不可寄附，吾今剪发一缕，手指甲数个，郎来访我，子与之。"后数日，幼玉果死。

议曰：今之娼，去就狗利，其他不能动其心。求潇女霍生事，未尝闻也。今幼玉之爱柳郎，一何厚耶？有情者观之，莫不怆然。善谐音律者广以为曲，俾行于世，使系于牙齿之间，则幼玉虽死不死也。吾故叙述之。

王榭传

佚　名

唐王榭，金陵人，家巨富，祖以航海为业。一日，榭具大舶，欲之大食国。行逾月，海风大作，惊涛际天，阴云如墨，巨浪走山。鲸鳌出没，鱼龙隐现，吹波鼓浪，莫知其数。然风势益壮，巨浪一来，身若上于九天，大浪既回，舟如堕于海底。举舟之人，兴而复颠，颠而又仆。不久，舟破，独榭一板之附，又为风涛飘荡。开目则鱼怪出其左，海兽浮其右，张目呀口，欲相吞噬。榭闭目待死而已。三日，抵一洲。舍板登岸。行及百步，见一翁媪，皆皂衣服，年七十余，喜曰："此吾主人郎也。何由至此?"榭以实对，乃引到其家。坐未久，曰："主人远来，必甚馁。"进食勇，肴皆水族。月余，榭方平复，饮食如故。翁曰："至吾国者，必先见君。向以郎□倦，未可往。今可矣。"榭诺。翁乃引行三里，过阛阓民居，亦甚烦会。又过了一长桥，方见宫室，台榭，连延相接，若王公大人之居。至大殿门，阍者入报。不久，一妇人出，服颇美丽，传言曰："王召君入见。"王坐大殿，左右皆女人立。王衣皂袍，乌冠。榭即殿阶。王曰："君北渡人也，礼无统制，无拜也。"榭曰："既至其国，岂有不拜乎?"王亦折躬劳谢。王喜，召榭上殿，赐坐，曰："卑远之国，贤者何由及此?"榭以风涛破舟，不意及此，惟祈王见矜。曰："君舍何处?"榭曰："见居翁家。"王令急召来。翁至，□曰："此本乡主人也，凡百无令其不如意。"王曰："有所须，但论。"乃引去，复寓翁家。翁有一女甚美色。或进茶饵，帘牖间偷视私顾，亦无避忌。翁一日召榭饮。半酣，白翁曰："某身居异地，赖翁母存活，旅况如不失家，为德甚厚。然万里一身，怜悯孤苦，寝不成寐，食不成甘，使人郁郁。但恐成疾伏枕，以累翁也。"翁曰："方欲发言，又恐轻冒。家有小女，年十七，此主人家所生也。欲以结好，少适旅怀，如何?"榭答："甚善。"翁乃择日备礼。王亦遗酒肴彩礼，助结姻好。成亲，榭细视女，俊目狭腰，杏脸绀鬓，体轻欲飞，妖姿多态。榭询其国名。曰：“乌衣国也。”榭曰：“翁常目我为主人郎。我亦不识者，所不役使，何主人云也?”女曰：“君久即自知也。”后常饮燕，荏席之间，女多泪眼畏人，愁眉蹙黛。榭曰：“何故?”女曰：“恐不久睽别。”榭曰：“吾虽萍寄，得子亦忘归。子何言离意?”女曰：“事由阴数，不由人也。”王召榭宴于宝墨殿，器皿陈设俱黑，亭下之乐亦然。杯行乐作，亦甚清婉，但不晓其曲耳。王命玄玉杯劝酒，曰：“至吾国者，古今止两人，汉有梅成，今有足下。愿得一篇，为异日佳话。”给笺。榭为诗曰：

基业祖来兴大舶，万里梯航惯为客。今年岁运顿衰零，中道偶然罹此厄。巨风迅急若追兵，千叠云阴如墨色。鱼龙吹浪洒面腥，全舟尽葬鱼龙宅。阴火连空紫焰飞，直疑浪与天相拍。鲸目光连半海红，鳌头波涌掀天白。桅樯倒折海底开，声若雷霆以分别。随我神助不沉沦，一板漂来此岸侧。君恩虽重赐宴频，无奈旅人自凄恻。引领乡原涕泪零，恨不此身生羽翼。

王览诗欣然，曰：“君诗甚好。无苦怀家，不久令归。虽不能羽翼，亦令君跨烟雾。”宴回，各人作□诗。女曰：“末句何相讥也?”榭亦不晓。不久，海上风和日暖。女泣曰：“君归有日矣。”王遣人谓曰：“君某日当回，宜与家人叙别。”女置酒，但悲泣不能发言，雨洗娇花，露沾弱柳，绿惨红愁，香消腻瘦。榭亦悲感。女作别诗曰：

从来欢会惟忧少，自古恩情到底稀。
此夕孤帏千载恨，梦魂应逐北风飞。

又曰：“我自此不复北渡矣。使君见我非今形容，且将憎恶之，何暇怜爱。我见君亦有疾妒之情。今不复北渡，愿老死于故乡。此中所有之物，郎俱不可持去。非所惜也。”令侍中取丸灵丹来，曰：“此丹可以召人之神魂，死未逾月者，皆可使之更生。其法用一明镜致死者胸上。以丹安于项，以东南艾枝作柱炙之，立活。此丹海神秘惜，若不以昆仑玉盒盛之，即不可逾海。”适有玉盒，并付以系榭左臂，大恸而别。王曰：“吾国无以为赠。”取笺，诗曰：

昔向南溟浮大舶，漂流偶作吾乡客。
从兹相见不复期，万里风烟云水隔。

榭辞拜。王命取飞云轩来。既至，乃一乌毡兜子耳。命榭入其中，复命取化羽池水，洒之其毡乘。又召翁妪，扶持榭回。王戒榭曰：“当闭目，少息即至君家。不尔，即堕大海矣。”榭合目，但闻风声怒涛。即久，开目，已至其家，坐堂上。四顾无人，惟梁上有双燕呢喃。榭仰视，乃知所止之国，燕子国也。须臾，家人出相劳问，俱曰：“闻为风涛破舟，死矣。何故遽归？”榭曰：“独我附板而生。”亦不告所居之国。榭惟一子，去时方三岁。不见，乃问家人。曰：“死已半月矣。”榭感泣，因思灵丹之言，命开棺取尸，如法灸之，果生。至秋，二燕将去，悲鸣庭户之间。榭招之，飞集于臂。乃取纸细书一绝，系于尾，云：

误到华胥国里来，玉人终日重怜才。
云轩飘去无消息，泪洒临风几百回。

来春燕来，径泊榭臂，尾有小柬。取视，乃诗也。□有一绝，云：

昔日相逢真数合，而来睽隔是生离。
来春纵有相思字，三月天南无燕飞。

榭深自恨。明年，亦不来。其事流传众人口，因目榭所居处为乌衣巷。刘禹锡《金陵五咏》有《乌衣巷》诗云：

朱雀桥边野草花，乌衣巷口夕阳斜。
旧时王榭堂前燕，飞入寻常百姓家。

即知王榭之事非虚矣。

梅妃传

佚 名

梅妃，姓江氏，莆田人。父仲逊，世为医。妃年九岁，能诵《二南》，语父曰："我虽女子，期以此为志。"父奇之，名之曰采苹。开元中，高力士使闽粤，妃笄矣。见其少丽，选归，侍明皇，大见宠幸。长安大内大明兴庆三宫，东都大内上阳两宫，几四万人，自得妃，视如尘土。宫中亦自以为不及。妃善属文，自比谢女。淡汝雅服，而姿态明秀，笔不可描画。性喜梅，所居阑槛，悉植数株，上榜曰梅亭。梅开赋赏，至夜分尚顾恋花下不能去。上以其所好，戏名曰梅妃。妃有《萧兰》《梨园》《梅花》《凤笛》《玻杯》《剪刀》《绮窗》七赋。是时承平岁久，海内无事，上于兄弟间极友爱，日从燕间，必妃侍侧。上命破橙往赐诸王，至汉邸，潜以足蹑妃履，妃登时退阁。上命连宣，报言："适履珠脱缀，缀竟当来。"久之，上亲往命妃。妃拽衣迓上，言胸腹疾作，不果前也。卒不至，其恃宠如此。后上与妃斗茶，顾诸王戏曰："此梅精也。吹白玉笛，作惊鸿舞，一座光辉。斗茶今又胜我矣。"妃应声曰："草木之戏，误胜陛下。设使调和四海，烹饪鼎鼐，万乘自有宪法，贱妾何能较胜负也。"上大喜。会太真杨氏入侍，宠爱日夺，上无疏意。而二人相嫉，避路而行。上方之英皇，议者谓广狭不类，窃笑之。太真忌而智，妃性柔缓，亡以胜。后竟为杨氏迁于上阳东宫。后上忆妃，夜遣小黄门灭烛，密以戏马召妃至翠华西阁，叙旧爱，悲不自胜。继而上失寤，侍御惊报曰："妃子已届前，当奈何?"上披衣，抱妃藏夹幕间。太真既至，问："梅精安在?"上曰："在东宫。"太真曰："乞宣至，今日同浴温泉。"上曰："此女已放屏，无并往也。"太真语益坚，上顾左右不答。太真大怒曰："肴核狼藉，御榻下有妇人遗舄，夜来何人侍陛下寝，欢醉至于日出不视朝?陛下可出见群臣。妾止此阁俟驾回。"上愧甚，拽衾向屏假寐曰："今日有疾，不可临朝。"太真怒甚，径归私第。上顷觅妃所在，已为小黄门送令步归东宫。上怒斩之。遗舄并翠钿命封赐妃。妃谓使者曰："上弃我之深乎？"使曰："上非弃妃，诚恐太真恶情耳。"妃笑曰："恐怜我则动肥婢情，岂非弃也？"妃以千金寿高力士，求词人拟司马相如为《长门赋》，欲邀上意。力士方奉太真，且畏其势，报曰："无人解赋。"妃乃自作《楼东赋》，略曰：

玉鉴尘生，凤奁香殄，懒蝉鬓之巧梳，闲缕衣之轻练。苦寂寞于蕙宫，但凝思乎兰殿。信摽落之梅花，隔长门而不见。况乃花心扬恨，柳眼弄愁，暖风习习，春鸟啾啾。楼上黄昏兮，听凤吹而回首，碧云日暮兮，对素月而凝眸。温泉不到，忆拾翠之旧游，长门深闭，嗟青鸾之信修。忆昔太液清波，水光荡浮，笙歌赏燕，陪从宸旒。奏舞鸾之妙曲，乘画鹢之仙舟。君情缱绻，深叙绸缪。誓山海而常在，似日月而无休。奈何嫉色庸庸，妒气冲冲，夺我之爱幸，斥我乎幽宫。思旧欢之莫得，想梦着乎朦胧。度花朝与月夕，羞懒对乎春风。欲相如之奏赋，奈世才之不工。属愁吟之未尽，已响动乎疏钟。空长叹而掩袂，踌躇步于楼东。

太真闻之，谓明皇曰："江妃庸贱，以廋词宣言怨望，愿赐死。"上默然。会岭表使归，妃问左右："何处驿使来，非梅使耶？"对曰："庶邦贡杨妃荔实使来。"妃悲咽泣下。上在花萼楼，会夷使至，命封珍珠一斛密赐妃。妃不受，以诗付使者，曰："为我进御前也。"曰：

柳叶双眉久不描，残妆和泪湿红绡。长门自是无梳洗，何必珍珠慰寂寥。

上览诗，怅然不乐。令乐府以新声度之，号《一斛珠》，曲名始此也。后禄山犯阙，上西幸，太真死。及东归，寻妃所在，不可得。上悲谓兵火之后，流落他处。诏有得之，官二秩，钱百万。搜访不知所在。上又命方士飞神御气，潜经天地，亦不可得。有宦者进其画真，上言似甚，但不活耳。诗题于上，曰：

忆昔娇妃在紫宸，铅华不御得天真。霜绡虽似当时态，争奈娇波不顾人。

读之泣下，命模像刊石。后上暑月昼寝，仿佛见妃隔竹间泣，含涕障袂，如花朦雾露状，妃曰："昔陛下蒙尘，妾死乱兵之手，哀妾者埋骨池东梅株傍。"上骇然流汗而寤。登时令往太液池发视之，不获。上益不乐，忽悟温泉池侧有梅十余株，岂在是乎？上自命驾，令发视。才数株，得尸，裹以锦裀，盛以酒槽，附土三尺许。上大恸，左右莫能仰视。视其所伤，胁下有刀痕。上自制文诔之，以妃礼易葬焉。

赞曰："明皇自为潞州别驾，以豪伟闻，驰骋犬马鄠杜之间，与侠少游。用此起支庶，践尊位，五十余年，享天下之奉，穷极奢侈，子孙百数，其阅万方美色众矣，晚得杨氏，变易三纲，浊乱四海，身废国辱，思之不少悔。是固有以中其心，满其欲矣。江妃者，后先其间，以色为所深嫉，则其当人主者，又可知矣。议者谓或覆宗，或非命，均其娼忌自取。殊不知明皇耄而忮忍，至一日杀三子，如轻断蝼蚁之命。奔窜而归，受制昏逆，四顾嫔嫱，斩亡俱尽，穷独苟活，天下哀之。《传》曰：'以其所不爱及其所爱。'盖天所以酬之也。报复之理，毫发不差，是岂特两女子之罪哉？"

汉兴，尊《春秋》，诸儒持《公》《谷》角胜负，《左传》独隐而不宣，最后乃出。盖古书历久始传者极众。今世图画美人把梅者，号《梅妃》，泛言唐明皇时人，而莫详所自也。盖明皇失邦，咎归杨氏，故词人喜传之。梅妃特嫔御擅美，显晦不同，理应尔也。此传得自万卷朱遵度家，大中二年七月所书，字亦媚好。其言时有涉俗者。惜乎史逸其说。略加修润而曲循旧语，惧没其实也。惟叶少蕴与余得之，后世之传，或在此本。又记其所从来如此。

李师师外传

佚　名

李师师者，汴京东二厢永庆坊染局匠王寅之女也。寅妻既产女而卒，寅以菽浆代乳乳之，得不死，在襁褓未尝啼。汴俗，凡男女生，父母爱之，必为舍身佛寺。寅怜其女，乃为舍身宝光寺。女时方知孩笑。一老僧目之曰："此何地，尔乃来耶?"女至是忽啼。僧为摩其顶，啼乃止，寅窃喜，曰："是女真佛弟子。"为佛弟子者，俗呼为师，故名之曰师师。师师方四岁，寅犯罪系狱死。师师无所归，有倡籍李姥者收养之。比长，色艺绝伦，遂名冠诸坊曲。徽宗帝即位，好事奢华，而蔡京章惇王黼之徒，遂假绍述为名，劝帝复行青苗诸法。长安中粉饰为饶乐气象。市肆酒税，日计万缗，金玉缯帛，充溢府库。于是童贯朱勔辈复导以声色狗马宫室苑囿之乐。凡海内奇花异石，搜采殆遍。筑离宫于汴城之北，名曰艮岳。帝般乐其中，久而厌之。更思微行，为狎邪游。内押班张迪者，帝所亲幸之寺人也。未宫时为长安狎客，往来诸坊曲，故与李姥善。为帝言陇西氏色艺双绝，帝艳心焉。翼日，命迪出内府紫茸二匹，霞氎二端，瑟瑟珠二颗，白金廿镒，诡云大贾赵乙，愿过庐一顾。姥利金币，喜诺。暮夜，帝易服杂内寺四十余人中，出东华门，二里许，至镇安坊。镇安坊者，李姥所居之里也。帝麾止余人，独与迪翔步而入。堂户卑庳。姥出迎，分庭抗礼，慰问周至。进以时果数种，中有香雪藕，水晶苹婆，而鲜枣大如卵，皆大官所未供者。帝为各尝一枚。姥复款洽良久，独未见师师出拜，帝延伫以待。时迪已辞退，姥乃引帝至一小轩。棐几临窗，缥缃数帙，窗外新篁，参差弄影。帝翛然兀坐，意兴闲适，独未见师师出侍。少顷，姥引帝到后堂。陈列鹿炙、鸡酢、鱼脍、羊签等肴，饭以香子稻米，帝为进一餐。姥侍旁，款语移时，而师师终未出见。帝方疑异，而姥忽复请浴，帝辞之。姥至帝前，耳语曰："儿性好洁，勿忤。"帝不得已，随姥至一小楼下湢室中浴竟。姥复引帝坐后堂，肴核水陆，杯盏新洁，劝帝欢饮，而师师终未一见。良久，姥才执烛引帝至房，帝搴帷而入，一灯荧然，亦绝无师师在。帝益异之，为倚徙几榻间。又良久，见姥拥一姬珊珊而来。淡妆不施脂粉，衣绢素，无艳服。新浴方罢，娇艳如出水芙蓉。见帝意似不屑，貌殊倨，不为礼。姥与帝耳语曰："儿性颇愎，勿怪。"帝于灯下凝睇物色之，幽姿逸韵，闪烁惊眸。问其年，不答。复强之，乃迁坐于他所。姥复附帝耳曰："儿性好静坐。唐突勿罪。"遂为下帷而出，师师乃起，解玄绢褐袄，衣轻绨，卷右袂，援壁间琴，隐几端坐而鼓《平沙落雁》之曲。轻拢慢捻，流韵淡远。帝不觉为之倾耳，遂忘倦。比曲三终，鸡唱矣。帝亟披帷出。姥闻，亦起，为进杏酥饮，枣糕，饦饦诸点品。帝饮杏酥杯许，旋起去。内侍从行者皆潜候于外，即拥卫还宫。时大观三年八月十七日事也。姥私语师师曰："赵人礼意不薄，汝何落落乃尔？"师师怒曰："彼贾奴耳。我何为者？"姥笑曰："儿强项，可令御史里行也。"而长安人言籍籍，皆知驾幸陇西氏。姥闻大恐，日夕惟涕泣。泣语师师曰："洵是，夷吾族矣。"师师曰："无恐，上肯顾我。岂忍杀我？且畴昔之夜，幸不见逼，上意必怜我。惟是我所窃自悼者，实命不犹，流落下贱，使不洁之名，上累至尊，此则死有余辜耳。若夫天威震怒，横被诛戮，事起佚游，上所深讳，必不至此，可无虑也。"次年正月，帝遣迪赐师师蛇跗琴。蛇跗琴者，琴占而漆黝，则有纹如蛇之跗，盖大内珍藏宝器也。又赐白金五十两。三月，帝复微行如陇西氏。师师仍淡妆素服，俯伏门阶迎驾。帝喜，为执其手令起。帝见其堂户忽华敞，前所御处，皆以蟠龙锦绣覆其上。又小轩改造杰阁，画栋朱阑，都无幽趣。而李姥见帝至，亦匿避，宣至，则体颤不能起，无复向时调寒送暖情态。帝意不悦，为霁颜，以老娘呼之，谕以一家子无拘畏。姥拜谢，乃引帝至大楼。楼初成，师师伏地叩帝赐额。时楼前杏花盛放，帝为书"醉杏楼"三字赐之。少顷置酒，师师侍侧，姥匍匐传樽为帝寿。帝赐师师隅坐，命鼓所赐蛇跗琴，为弄《梅花三叠》。帝衔杯饮听，称善者再。然帝见所供肴馔皆龙凤形，或镂或绘，悉如宫中式。因问之，知出自尚食房厨夫手，姥出金钱倩制者。帝亦不怿，谕姥今后悉如前，无矜张显著。遂不终席，驾返。帝尝御画院，出诗句试诸画工，中式者岁间得一二。是年九月，以“金勒马嘶芳草地，玉楼人醉杏花天”名画一幅赐陇西氏。又赐藕丝灯、暖雪灯、芳苡灯、火凤衔珠灯各十盏；鸬鹚杯、琥珀杯、梳璃盏、镂金偏提各十事；月团、凤团、蒙顶等茶百斤；怀饦、寒具、银馁饼数盒。又赐黄白金各千两。时宫中已盛传其事，郑后闻而谏曰：“妓流下贱，不宜上接圣躬。且暮夜微行，亦恐事生叵测。愿陛下自爱。”帝颔之。阅岁者再，不复出。然通问赏赐，未尝绝也。宣和二年，帝复幸陇西氏。见悬所赐画于醉杏楼，观玩久之。忽回顾见师师，戏语曰：“画中人乃呼之竟出耶?”即日赐师师辟寒金钿，映月珠环，舞鸾青镜，金虬香鼎。次日，又赐师师端溪凤咮砚，李廷珪墨，玉管宣毫笔，剡溪绫纹纸。又赐李姥钱百千缗。迪私言于上曰：“帝幸陇西，必易服夜行，故不能常继。今艮岳离宫东偏有官地袤延二三里，直接镇安坊。若于此处为潜道，帝驾往还殊便。”帝曰：“汝图之。”于是迪等疏言：“离宫宿卫人向多露处。臣等愿捐赀若干，于官地营室数百楹，广筑围墙，以便宿卫。”帝可其奏。于是羽林巡军等，布列至镇安坊止，而行人为之屏迹矣。四年三月，帝始从潜道幸陇西，赐藏阄双陆等具。又赐片玉棋盘，碧白二色玉棋子，画院宫扇，九折五花之簟，鳞文蓐叶之席，湘竹绮帘，五采珊瑚钩。是日，帝与师师双陆不胜，围棋又不胜，赐白金二千两。嗣后师师生辰，又赐珠钿金条脱各二事，玑琲一箧，毳锦数端，鹭毛缯翠羽缎百匹，白金千两。后又以灭辽庆贺，大赉州郡，加恩宫府。乃赐师师紫绡绢幕，五采流苏，冰蚕神锦被，却尘锦褥，麸金千两，良酝则有桂露流霞香蜜等名。又赐李姥大府钱万缗。计前后赐金银钱、缯帛、器用、食物等，不下十万。帝尝于宫中集宫眷等宴坐，韦妃私问曰：“何物李家儿，陛下悦之如此?”帝曰：“无他，但令尔等百人，改艳妆，服玄素，令此娃杂处其中，迥然自别。其一种幽姿逸韵，要在色容之外耳。”无何，帝禅位，自号为道君教主，退处太乙宫。佚游之兴，于是衰矣。师师语姥曰：“吾母子嘻嘻，不知祸之将及。”姥曰：“然则奈何?”师师曰：“汝第勿与知，唯我所欲。”时金人方启衅，河北告急。师师乃集前后所赐金钱，呈牒开封尹，愿入官，助河北饷。复赂迪等代请于上皇，愿弃家为女冠。上皇许之，赐北郭慈云观居之，未几，金人破汴。主帅闼懒索师师，云：“金主知其名，必欲生得之。”乃索之累日不得。张邦昌等为踪迹之，以献金营。师师骂曰：“吾以贱妓，蒙皇帝眷，宁一死无他志。若辈高爵厚禄，朝庭何负于汝，乃事事为斩灭宗社计?今又北面事丑虏，冀得一当，为呈身之地。吾岂作若辈羔雁贽耶?”乃脱金簪自刺其喉，不死；折而吞之，乃死。道君帝在五国城，知师师死状，犹不自禁其涕泣之泛澜也。

论曰：李师师以娼妓下流，猥蒙异数，所谓处非其据矣。然观其晚节，烈烈有侠士风，不可谓非庸中佼佼者也。道君奢侈无度，卒召北辕之祸，宜哉。

卷末

稗边小缀

鲁 迅

《古镜记》见《太平广记》卷二百三十，改题《王度》，注云：出《异闻集》。《太平御览》（九百十二）引其程雄家婢一事，作隋王度《古镜记》，盖缘所记皆隋时事而误。《文苑英华》（七百三十七）顾况《戴氏广异记》序云："国朝燕公《梁四公记》，唐临《冥报记》，王度《古镜记》，孔慎言《神怪志》，赵自勤《定命录》，至如李庾成张孝举之徒，互相传说。"则度实已入唐，故当为唐人。惟《唐书》及《新唐书》皆无度名。其事迹之可借本文考见者，如下：

大业七年五月，自御史罢归河东；六月，归长安。　八年四月，在台；冬，兼著作郎，奉诏撰国史。　九年秋，出兼芮城令；冬，以御史带芮城令，持节河北道，开仓赈给陕东。　十年，弟勣自六合丞弃官归，复出游。　十三年六月，勣归长安。

由隋入唐者有王绩，降州龙门人，《新唐书》（一九六）《隐逸传》云："大业中，举孝悌廉洁，不乐在朝，求为六合丞。以嗜酒不任事，时天下亦大乱，因劾，遂解去。叹曰：'罗网在天下，吾且安之！'乃还乡里……初，兄凝为隋著作郎，撰《隋书》，未成，死，绩续余功，亦不能成。"则《唐书》之绩及凝，即此文之勣及度，或度一名凝，或《唐书》字误，未能详也。《唐书》（一九二）亦有绩传，云："贞观十八年卒。"时度已先殁，然不知在何年。宋晁公武《郡斋读书志》（十四）类书类有《古镜记》一卷，云："右未详撰人，纂古镜故事。"或即此。《御览》所引一节，文字小有不同。如"为下邽陈思恭义女"下有"思恭妻郑氏"五字，

“遂将鹦鹉”之“将”作“劫”，皆较《广记》为胜。

《补江总白猿传》据明长洲顾氏《文房小说》覆刊宋本录，校以《太平广记》四百四十四所引，改正数字。《广记》题曰《欧阳纥》，注云：出《续江氏传》，是亦据宋初单行本也。此传在唐宋时盖颇流行，故史志屡见著录：

《新唐书·艺文志》子部小说家类：《补江总白猿传》一卷。

《郡斋读书志》史部传记类：《补江总白猿传》一卷。右不详何人撰。述梁大同末欧阳纥妻为猿所窃，后生子询。《崇文目》以为唐人恶询者为之。

《直斋书录解题》子部小说家类：《补江总白猿传》一卷。无名氏。欧阳纥者，询之父也。询貌狝猿，盖常与长孙无忌互相嘲谑矣。此传遂因其嘲广之，以实其事。托言江总，必无名子所为也。《宋史·艺文志》子部小说类：《集补江总白猿传》一卷。

长孙无忌嘲欧阳询事，见刘悚《隋唐嘉话》（中）。其诗云：“耸膊成山字，埋肩不出头。谁家麟阁上，画此一猕猴！”盖询耸肩缩项，状类猕猴。而老玃窃人妇生子，本旧来传说。汉焦延寿《易林》（坤之剥）已云：“南山大玃，盗我媚妾。”晋张华作《博物志》，说之甚详（见卷三《异兽》）。唐人或妒询名重，遂牵合以成此传。其曰“补江总”者，谓总为欧阳纥之友，又尝留养询，具知其本末，而未为作传，因补之也。

《离魂记》见《广记》三百五十八，原题《王宙》，注云出《离魂记》，即据以改题。“二男并孝廉擢第，至丞尉”句下，原有“事出陈玄佑《离魂记》云”九字，当是羡文，今删。玄佑，大历时人，余未知其审。

《枕中记》今所传有两本，一在《广记》八十二，题作《吕翁》，注云出《异闻集》；一见于《文苑英华》八百三十三，篇名撰人名毕具。而《唐人说荟》竟改称李泌作，莫喻其故也。沈既济，苏州吴人（《元和姓纂》云吴兴武康人），经学该博，以杨炎荐，召拜右拾遗史馆修撰。贞元时，炎得罪，既济亦贬处州司户参军。后入朝，位吏部员外郎，卒。撰《建中实录》十卷，人称其能。《新唐书》（百三十二）有传。既济为史家，笔殊简质，又多规诲，故当时虽薄传奇文者，仍极推许。如李肇，即拟以庄生寓言，与韩愈之《毛颖传》并举（《国史补》下）。《文苑英华》不收传奇文，而独录此篇及陈鸿《长恨传》，殆亦以意主箴规，足为世戒矣。

在梦寐中忽历一世，亦本旧传。晋干宝《搜神记》中即有相类之事。云："焦湖庙有一玉枕，枕有小坼，时单父县人杨林为贾客，至庙祈求。庙巫谓曰：君欲好婚否？林曰：幸甚。巫即遣林近枕边，因入坼中。遂见朱楼琼室，有赵太尉在其中。即嫁女与林，生六子，皆为秘书郎。历数十年，并无思归之志。忽如梦觉，犹在枕旁，林怆然久之。"（见宋乐史《太平寰宇记》百二十六引。现行本《搜神记》乃后人抄合，失收此条。）盖即《枕中记》所本。明汤显祖又本《枕中记》以作《邯郸记传奇》，其事遂大显于世。原文吕翁无名，《邯郸记》实以吕洞宾，殊误。洞宾以开成年下第入山，在开元后，不应先已得神仙术，且称翁也。然宋时固已溷为一谈，吴曾《能改斋漫录》赵与时《宾退录》皆尝辨之。明胡应麟亦有考正，见《少室山房笔丛》中之《玉壶遐览》。

《太平广记》所收唐人传奇文，多本《异闻集》。其书十卷，唐末屯田员外郎陈翰撰，见《新唐书·艺文志》，今已不传。据《郡斋读书志》（十三）云，"以传记所载唐朝奇怪事，类为一书"，及见收于《广记》者察之，则为撰集前人旧文而成。然照以他书所引，乃同是一文，而字句又颇有违异。或所据乃别本，或翰所改定，未能详也。此集之《枕中记》，即据《文苑英华》录，与《广记》之采自《异闻集》者多不同。尤甚者如首七句《广记》作"开元十九年，道者吕翁经邯郸道上，邸舍中设榻，施担囊而坐。""主人方蒸黍"作"主人蒸黄粱为馔"。后来凡言"黄粱梦"者，皆本《广记》也。此外尚多，今不悉举。

《任氏传》见《广记》四百五十二，题曰《任氏》，不著所出，盖尝单行。"天宝九年"上原有"唐"字。案《广记》取前代书，凡年号上著国号者，大抵编录时所加，非本有，今删。他篇皆仿此。

右第一分

李吉甫《编次郑钦说辨大同古铭论》，清赵钺及劳格撰之《唐御史台精舍题名考》（三）云，见于《文苑英华》。先未写出，适又无《文苑英华》可借，因据《广记》三百九十一录其文，本题《郑钦悦》，则复依赵钺劳格说改也。文亦原非传奇；而《广记》注云出《异闻记》，盖其事奥异，唐宋人固已以小说视之，因编于集。李吉甫字弘宪，赵人，贞元初，为太常博士；累仕至翰林学士中书舍人。元和二年，以中书侍郎同中书门下平章事，出为淮南节度使，旋复入相。九年十月，暴疾卒，年五十七。赠司空，谥忠懿。两《唐书》（旧一四八新一四六）皆有传。郑钦说则《新唐书》（二百）附见《儒学·赵冬曦传》中。云开元初繇新津丞请试五经擢第，授巩县尉，集贤院校理，右补阙，内供奉。雅为李林甫所恶。韦坚死，钦说时位殿中侍御史，尝为坚判官，贬夜郎尉，卒。

《柳氏传》出《广记》四百八十五，题下注云许尧佐撰。《新唐书》（二百）《儒学·许康佐传》云："贞元中，举进士宏辞，连中之。……其诸弟皆擢进士第，而尧佐最先进；又举宏辞，为太子校书郎八年，康佐继之。尧佐位谏议大夫。"柳氏事亦见于孟棨《本事诗》（《情感第一》），自云开成中在梧州闻之大梁夙将赵唯，乃其目击。所记与尧佐传并同，盖事实也。而述翃复得柳氏后事较详审，录之：后罢府闲居，将十年。李相勉镇夷门，又署为幕史。时韩已迟暮，同列皆新进后生，不能知韩，举目为"恶诗"。韩邑邑不得意，多辞疾在家。唯末职韦巡官者，亦知名士，与韩独善。一日，夜将半，韦叩门急。韩出见之，贺曰："员外除驾部郎中，知制诰。"韩大愕然曰："必无此事，定误矣。"韦就座曰："留邸状报制诰阙人。中书两进名，御笔不点出。又请之，且求圣旨所与。德宗批曰：'与韩翃。'时有与翃同姓名者，为江淮刺史。又具二人同进。御笔复批曰：'春城无处不飞花，寒食东风御柳斜。日暮汉宫传蜡烛，轻烟散入五侯家。'又批曰：'与此韩翃。'"韦又贺曰："此非员外诗耶？"韩曰："是也。是知不误矣。"质明，而李与僚属皆至。时建中初也。

后来取其事以作剧曲者，明有吴长儒《练囊记》，清有张国寿《章台柳》。

《柳毅传》见《广记》四百十九卷，注云出《异闻集》。原题无传字，今增。据本文，知为陇西李朝威作，然作者之生平不可考。柳毅事则颇为后人采用，金人已摭以作杂剧（语见董解元《弦索西厢》）；元尚仲贤有《柳毅传书》，翻案而为《张生煮海》；李好古亦有《张生煮海》；明黄说仲有《龙箫记》。用于诗篇，亦复时有，而胡应麟深恶之，曾云："唐人小说如柳毅传书洞庭事，极鄙诞不根，文士亟当唾去，而诗人往往好用之。夫诗中用事，本不论虚实，然此事特诳而不情。造言者至此，亦横议可诛者也。何仲默每戒人用唐、宋事，而有'旧井潮深柳毅祠'之句，亦大卤莽。今特拈出，为学诗之鉴。"（《笔丛》三十六）申绎此意，则为凡汉晋人语，倘或近情，虽诳可用。古人欺以其方，即明知而乐受，亦未得为笃论也。

《李章武传》出《广记》卷三百四十。原题无传字，篇末注云出李景亮为作传，今据以加。景亮，贞元十年详明政术可以理人科擢第，见《唐会要》，余未详。

《霍小玉传》出《广记》四百八十七，题下注云蒋防撰。防字子徵（《全唐文》作微），义兴人，澄之后。年十八，父诫令作《秋河赋》，援笔即成。于简遂妻以子。李绅即席命赋《鞲上鹰》诗。绅荐之。后历翰林学士中书舍人（明凌迪知《古今万姓统谱》八十六）。长庆中，绅得罪，防亦自尚书司封员外郎知制诰贬汀州刺史（《旧唐书敬宗纪》），寻改连州。李益者，字君虞，系出陇西，累官右散骑常侍。太和中，以礼部尚书致仕。时又有一李益官太子庶子，世因称君虞为"义章李益"以别之，见《新唐书》（二百三）《李华传》。益当时大有诗名，而今遗集苓落，清张澍曾裒集为一卷，刻《二酉堂丛书》中，前有事辑，收罗李事甚备。《霍小玉传》虽小说，而所记盖殊有因，杜甫《少年行》有句云："黄衫年少宜来数，不见堂前东逝波，"即指此事。时甫在蜀，殆亦从传闻得之。益之友韦夏卿，字云客，京兆万年人，亦两《唐书》（旧一六五新一六二）皆有传。李肇（《国史补》中）云：“散骑常侍李益少有疑病”，而传谓小玉死后，李益乃大猜忌，则或出于附会，以成异闻者也。明汤海若尝取其事作《紫箫记》。

右第二分

李公佐所作小说，今有四篇在《太平广记》中，其影响于后来者甚巨，而作者之生平顾不易详。从文中所自述，得以考见者如次：

> 贞元十三年，泛潇湘苍梧。（《古岳渎经》）十八年秋，自吴之洛，暂泊淮浦。（《南柯太守传》）
>
> 元和六年五月，以江淮从事受使至京，回次汉南。（《冯媪传》）八年春，罢江西从事，扁舟东下，淹泊建业。（《谢小娥传》）冬，在常州。（《经》）九年春，访古东吴，泛洞庭，登包山。（《经》）十三年夏月，始归长安，经泗滨。（《谢传》）

《全唐诗》末卷有李公佐仆诗。其本事略谓公佐举进士后，为钟陵从事。有仆夫执役勤瘁，迨三十年。一旦，留诗一章，距跃凌空而去。诗有“颛蒙事可亲”之语，注云：“公佐字颛蒙”，疑即此公佐也。然未知《全唐诗》采自何书，度必出唐人杂说，而寻检未获。《唐书》（七十）《宗室世系表》有千牛备身公佐，为河东节度使说子，灵盐朔方节度使公度弟，则别一人也。《唐书宣宗纪》载有李公佐，会昌初，为杨府录事，大中二年，坐累削两任官，却似颛蒙。然则此李公佐盖生于代宗时，至宣宗初犹在，年几八十矣。惟所见仅孤证单文，亦未可遽定。

《古岳渎经》出《广记》四百六十七，题为《李汤》，注云出《戎幕闲谈》，《戎幕闲谈》乃韦绚作，而此篇是公佐之笔甚明。元陶宗仪《辍耕录》（二十九）云：“东坡《濠州涂山》诗‘川锁支祁水尚浑’注，‘程演曰：《异闻集》载《古岳渎经》：禹治水，至桐柏山，获淮涡水神名曰巫支祁。’”其出处及篇名皆具，今即据以改题，且正《广记》所注之误。经盖公佐拟作，而当时已被其淆惑。李肇《国史补》（上）即云："楚州有渔人，忽于淮中钓得古铁锁，挽之不绝。以告官。刺史李汤大集人力，引之。锁穷，有青猕猴跃出水，复没而逝。后有验《山海经》云，水兽好为害，禹锁于军山之下，其名曰无支祁。"验今本《山海经》无此语，亦不似逸文。肇殆为公佐此作所误，又误记书名耳。且亦非公佐据《山海经》逸文，以造《岳渎经》也。至明，遂有人径收之《古逸书》中。胡应麟（《笔丛》三十二）亦有说，以为"盖即六朝人踵《山海经》体而赝作者。或唐文士滑稽玩世之文，命名《岳渎》可见。以其说颇诡异，故后世或喜道之。宋太史景濂亦稍隐括集中，总之以文为戏耳。罗泌《路史》辩有《无支祁》；世又讹禹事为泗州大圣，皆可笑。"所引文亦与《广记》殊有异同：禹理水作禹治淮水；走雷作迅雷；石号作水号；五伯作土伯；搜命作授命；千作等山；白首作白面；奔轻二字无；闻字无；章律作童律，下重有童律二字；鸟木由作乌木由，下亦重有三字；庚辰下亦重有庚辰字；桓下有胡字；聚作丛；以数千载作以千数；大索作大械；末四字无。颇较顺利可诵识。然未审元瑞所据者为善本，抑但以意更定也，故不据改。

朱熹《楚辞辩证》（下）云："《天问》，鲧窃帝之息壤以堙洪水，特战国时俚俗相传之语，如今世俗僧伽降无之祁，许逊斩蛟蜃精之类。本无依据，而好事者遂假托撰造以实之。"是宋时先讹禹为僧伽。王象之《舆地纪胜》（四十四淮南东路盱眙军）云："水母洞在龟山寺，俗传泗州僧伽降水母于此。"则复讹巫支祁为水母。褚人获《坚瓠续集》（二）云："《水经》载禹治水至淮，淮神出见。形一猕猴，爪地成水。禹命庚辰执之。遂锁于龟山之下，淮水乃平。至明，高皇帝过龟山，命力士起而视之。因拽铁索盈两舟，而千人拔之起。仅一老猿，毛长盖体，大吼一声，突入水底。高皇帝急令羊豕祭之，亦无他患。"是又讹此文为《水经》，且坚嫁李汤事于明太祖矣。

《南柯太守传》出《广记》四百七十五，题《淳于棼》，注云出《异闻录》。传是贞元十八年作，李肇为之赞，即缀篇末。而元和中肇作《国史补》，乃云："近代有造谤而著者，《鸡眼》《苗登》二文；有传蚁穴而称者，李公佐南柯太守，有乐伎而工篇什者，成都薛涛，有家僮而善章句者，郭氏奴（不记名）。皆文之妖也。"（卷下）约越十年，遂诋之至此，亦可异矣。《梦》事亦颇流传，宋时，扬州已有南柯太守墓，见《舆地纪胜》（三十七淮南东路）引《广陵行录》。明汤显祖据以作《南柯记》，遂益广传至今。

《庐江冯媪传》出《广记》三百四十三，注云出《异闻传》，事极简略，与公佐他文不类。然以其可考见作者踪迹，聊复存之。《广记》旧题无传字，今加。

《谢小娥传》出《广记》四百九十一，题李公佐撰。不著所从出，或尝单行欤，然史志皆不载。唐李复言作《续玄怪录》，亦详载此事，盖当时已为人所艳称。至宋，遂稍伪异，《舆地纪胜》（三十四江南西路）记临江军人物，有谢小娥，云："父自广州部金银纲，携家入京，舟过霸滩，遇盗，全家遇害。小娥溺水，不死，行乞于市。后佣于盐商李氏家，见其所用酒器，皆其父物，始悟向盗乃李也。心衔之，乃置刀藏之，一夕，李生置酒，举室酣醉。娥尽杀其家人，而闻于官。事闻诸朝，特命以官。娥不愿，曰：'已报父仇，他无所事，求小庵修道。'朝廷乃建尼寺，使居之，今金地坊尼寺是也。"事迹与此传似是而非，且列之李邈与傅雱之间，殆已以小娥为北宋末人矣。明凌濛初作通俗小说（《拍案惊奇》十九），则据《广记》。

贞元十一年，太原白行简作《李娃传》，亦应李公佐之命也。是公佐不特自制传奇，且亦促侪辈作之矣。《传》今在《广记》卷四百八十四，注云出《异闻集》。元石君宝作《李亚仙花酒曲江池》，明薛近兖作《绣襦记》，皆本此。胡应麟（《笔丛》四十一）论之曰："娃晚收李子，仅足赎其弃背之罪，传者亟称其贤，大可哂也。"以《春秋》决传奇狱，失之。行简字知退（《新唐书宰相世系表》云字退之），居易弟也。贞元末，登进士第。元和十五年，授左拾遗，累迁司门员外郎主客郎中。宝历二年冬，病卒。两《唐书》皆附见居易传（旧一六六新一一九）。有集二十卷，今不存。传奇则尚有《三梦记》一篇，见原本《说郛》卷四。其刘幽求一事尤广传，胡应麟（《笔丛》三十六）又云："《太平广记》梦类数事皆类此。此盖实录，余悉祖此假托也。"案清蒲松龄《聊斋志异》中之《凤阳士人》，盖亦本此。

《说郛》于《三梦记》后，尚缀《纪梦》一篇，亦称行简作。而所记年月为会昌二年六月，时行简卒已十七年矣。疑伪造，或题名误也。附存以备检：

行简云：长安西市帛肆有贩粥求利而为之平者，姓张，不得名。家富于财，居光德里。其女，国色也。尝因昼寝，梦至一处，朱门大户，棨戟森然。由门而入，望其中堂，若设燕张乐之为，左右廊皆施帏幄。有紫衣吏引张氏于西廊幕次，见少女如张等辈十许人，花容绰约，钗钿照耀。既至，吏促张妆饰，诸女迭助之理泽傅粉。有顷，自外传呼："侍郎来！"自隙间窥之，见一紫绶大官。张氏之兄尝为其小吏，识之，乃言曰："吏部沈公也。"俄又呼曰："尚书来！"又有识者，并帅王公也。逡巡，复连呼曰："某来！""某来！"皆郎官以上，六七个坐厅前。紫衣吏曰："可出矣。"群女旋进，金石丝竹铿锵，震响中署。酒酣，并州见张氏而视之，尤属意。谓之曰："汝习何艺能？"对曰："未尝学声音。"使与之琴，辞不能。曰："第操之！"乃抚之而成曲。予之筝，亦然；琵琶，亦然。皆平生所不习也。王公曰："恐汝或遗。"乃令口受诗："鬟梳闹埽学宫妆，独立闲庭纳夜凉。手把玉簪敲砌竹，清歌一曲月如霜。"张曰："且归辞父母，异日复来。"忽惊啼，寤，手扪衣带，谓母曰："尚书诗遗矣！"索笔录之。问其故，泣对以所梦，且曰："殆将死乎？"母怒曰："汝作魇耳。何以为辞？乃出不祥言如是。"因卧病累日。外亲有持酒肴者，又有将食味者。女曰："且须膏沐澡瀹。"母听，良久，艳妆盛色而至。食毕，乃遍拜父母及坐客，曰："时不留，某今往矣。"自授衾而寝。父母环伺之，俄尔遂卒。会昌二年六月十五日也。

二十年前，读书人家之稍豁达者，偶亦教稚子诵白居易《长恨歌》。陈鸿所作传因连类而显，忆《唐诗三百首》中似即有之。

而鸿之事迹颇晦，惟《新唐书·艺文志》小说类有陈鸿《开元升平源》一卷，注云："字大亮，贞元主客郎中。"又《唐文粹》（九十五）有陈鸿《大统纪序》云："少学乎史氏，志在编年。贞元丁（案当作乙）酉岁，登太常第，始闲居遂志，乃修《大统纪》三十卷……七年，书始成，故绝笔于元和六年辛卯。"《文苑英华》（三九二）有元稹撰《授丘纾陈鸿员外郎制》，云："朝议郎行太常博士上柱国陈鸿，坚于讨论，可以事举，可虞部员外郎。"可略知其仕历。《长恨传》则有三本。一见于《文苑英华》七百九十四；明人又附刊一篇于后，云出《丽情集》及《京本大曲》，文句甚异，疑经张君房辈增改以便观览，不足据。一在《广记》四百八十六卷中，明人掇以实丛刊者皆此本，最为广传。而与《文苑》本亦颇有异同，尤甚者如"其年夏四月"至篇末一百七十二字，《广记》止作"至宪宗元和元年，盩厔尉白居易为歌以言其事。并前秀才陈鸿作传，冠于歌之前，目为《长恨歌传》"而已。自称前秀才陈鸿，为《文苑》本所无，后人亦决难臆造，岂当时固有详略两本欤，所未详也。今以《文苑英华》较不易见，故据以入录。然无诗，则以载于《白氏长庆集》者足之。

《五色线》（下）引陈鸿《长恨传》云："贵妃赐浴华清池，清澜三尺中洗明玉，既出水，力微不胜罗绮。"今三本中均无第二三语。惟《青琐高议》（七）中《赵飞燕别传》有云："兰汤滟滟，昭仪坐其中，若三尺寒泉浸明玉。"宋秦醇之所作也。盖引者偶误，非此传逸文。

本此传以作传奇者有清洪昉思之《长生殿》，今尚广行。蜗寄居士有杂剧曰《长生殿补阙》，未见。

《东城老父传》出《广记》四百八十五。《宋史》《艺文志》史部传记类著录陈鸿《东城老父传》一卷，则曾单行。传末贾昌述开元理乱，谓"当时取士，孝悌理人而已，不闻进士宏词拔萃之为其得人也。"亦大有叙"开元升平源"意。又记时人语云："生儿不用识文字，斗鸡走马胜读书。贾家小儿年十三，富贵荣华代不如。"同出于陈鸿所作传，而远不如《长恨传》中"生女勿悲酸，生男勿喜欢”之为世传诵，则以无白居易为作歌之为之也。

《资治通鉴考异》卷十二所引有《升平源》，云世以为吴兢所撰，记姚元崇借骑射邀恩献纳十事，始奉诏作相事。司马光驳之曰：“果如所言，则元崇进不以正。又当时天下之事，止此十条，须因事启沃，岂一旦可邀。似好事者为之，依托兢名，难以尽信。”案兢，汴州浚仪人，少励志，贯知经史。魏元忠荐其才堪论撰，诏直史馆，修国史。私撰《唐书》《唐春秋》，叙事简核，人以董狐目之。有传在《唐书》（旧一百二新一三二）。《开元升平源》，《唐志》本云陈鸿作，《宋史艺文志》史部故事类始著吴兢《贞观政要》十卷，又《开元升平源》一卷。疑此书本不著撰人名氏，陈鸿吴兢，并后来所题。二人于史皆有名，欲假以增重耳。今姑置之《东城老父传》之后，以从《通鉴考异》写出，故仍题兢名。

右第三分

元稹字微之，河南河内人，以校书郎累仕至中书舍人，承旨学士。由工部侍郎人相，旋出为同州刺史，改越州，兼浙东观察使。太和初，人为尚书左丞，检校户部尚书，兼鄂州刺史武昌军节度使。五年七月，卒于镇，年五十三。两《唐书》（旧一六六新一七四）皆有传。于文章亦负重名，自少与白居易唱和。当时言诗者称“元白”，号为“元和体”。有《元氏长庆集》一百卷，《小集》十卷，今惟《长庆集》六十卷存。《莺莺传》见《广记》四百八十八。其事之振撼文林，为力甚大。当时已有杨巨源李绅辈作诗以张之；至宋，则赵令畤拈以制《商调蝶恋花》（在《侯鲭录》中）；金有董解元作《弦索西厢》；元有王实甫《西厢记》，关汉卿《续西厢记》；明有李日华《南西厢记》，陆采亦有《南西厢记》，周公鲁有《翻西厢记》；至清，查继佐尚有《续西厢》杂剧云。

因《莺莺传》而作之杂剧及传奇，曩惟王关本易得。今则刘氏暖红室已刊《弦索西厢》，又聚赵令畤《商调蝶恋花》等较著之作十种为《西厢记十则》。市肆中往往而有，不难致矣。

《莺莺传》中已有红娘及欢郎等名，而张生独无名字。王楙《野客丛书》（二十九）云：“唐有张君瑞，遇崔氏女于蒲。崔小名莺莺。元稹与李绅语其事，作《莺莺歌》。”客中无赵令畤《侯鲭录》，无从知《商调蝶恋花》中张生是否已具名字。否则宋时当尚有小说或曲子，字张为君瑞者。漫识于此，俟有书时考之。

《周秦行纪》余所见凡三本。一在《广记》卷四百八十九；一在顾氏《文房小说》中，末一行云“宋本校行”；一附于《李卫公外集》内，是明刊本。后二本较佳，即据以互校转写，并从《广记》补正数字。三本皆题牛僧孺撰。僧孺，字思黯，本陇西狄道人。居宛叶间。元和初，以贤良方正对策第一，条指失政，鲠讦不避权贵，因不得意。后渐仕至御史中丞，以户部侍郎同中书门下平章事。又累贬为循州刺史。宣宗立，乃召还，为太子少师。大中二年，年六十九卒，赠太尉，谥文简。两《唐书》（旧一七二新一七四）皆有传。僧孺性坚僻，与李德裕交恶，各立门户，终生不解。又好作志怪，有《玄怪录》十卷，今已佚，惟辑本一卷存。而《周秦行纪》则非真出僧孺手。晁公武（《郡斋读书志》十三）云：“贾黄中以为书瓘所撰。瓘，李德裕门人，以此诬僧孺”者也。案是时有两韦瓘，皆尝为中书舍人。一年十九入关，应进士举，二十一进士状头，榜下除左拾遗，大中初任廉察桂林，寻除主客分司。见莫休符《桂林风土记》。一字茂宏，京兆万年人，韦夏卿弟正卿之子也。“及进士第，累仕中书舍人。与李德裕善。李宗闵恶之，德裕罢，贬为明州长史。”见《新唐书》（一六二）《夏卿传》，则为作《周秦行纪》者。胡应麟（《笔丛》三十二）云：“中有‘沈婆儿作天子’等语，所为根蒂者不浅。独怪思黯罹此巨谤，不亟自明，何也？牛、李二党曲直，大都鲁卫间。牛撰《玄怪》等录，亡只词构李，李之徒顾作此以危之。于戏，二子者，用心睹矣！牛迄功名终，而子孙累叶贵盛。李挟高世之才，振代之绩，卒沦海岛，非忌刻忮害之报耶？辄因是书，播告夫世之工谮诉者。”乞灵于果报，殊未足以厌心。然观李德裕所作《周秦行纪论》，至欲持此一文，致僧孺于族灭，则其阴谲险狠，可畏实甚。弃之者众，固其宜矣。论犹在集（外集四）中，移录于后：

言发于中，情见乎辞。则言辞者，志气之来也。故察其言而知其内，玩其辞而见其意矣。余尝闻太牢氏（凉国李公尝呼牛僧孺为太牢。梁公名不便，故不书。）好奇怪其身，险易其行。以其姓应国家受命之谶，曰："首尾三麟六十年，两角犊子恣狂颠，龙蛇相斗血成川。"及见著《玄怪录》，多造隐语，人不可解。其或能晓一二者，必附会焉。纵司马取魏之渐，用田常有齐之由。故自卑秩，至于宰相，而朋党若山，不可动摇。欲有意摆撼者，皆遭诬坐，莫不侧目结舌，事具史官刘轲《日历》。余得太牢《周秦行纪》，反覆睹其太牢以身与帝王后妃冥遇，欲证其身非人臣相也，将有意于"狂颠"。及至戏德宗为"沈婆儿"，以代宗皇后为"沈婆"，令人骨战。可谓无礼于其君甚矣！怀异志于图谶明矣！余少服臧文仲之言曰："见无礼于其君者，如鹰鹯之逐鸟雀也。"故贮太牢已久。前知政事，欲正刑书，力未胜而罢。余读国史，见开元中，御史汝南子谅弹奏牛仙客，以其姓符图谶。虽似是，而未合"三麟六十"之数。自裴晋国与余凉国（名不便）彭原（程）赵郡（绅）诸从兄，嫉太牢如雠，颇类余志。非怀弘忿，盖恶其应谶也。太牢作镇襄州日，判复州刺史乐坤《贺武宗监国状》曰："闲事不足为贺。"则恃姓敢如此耶！会余复知政事，将欲发觉，未有由。值平昭义，得与刘从谏交结书，因窜逐之。嗟乎，为人臣阴怀逆节，不独人得诛之，鬼得诛矣。凡与太牢胶固，未尝不是薄流无赖辈，以相表里。意太牢有望，而就佐命焉，斯亦信符命之致。或以中外罪余于太牢爱憎，故明此论，庶乎知余志。所恨未暇族之，而余又罢。岂非王者不死乎？遗祸胎于国，亦余大罪也。倘同余志，继而为政，宜为君除患。历既有数，意非偶然，若不在当代，必在于子孙。须以太牢少长，咸置于法，则刑罚中而社稷安，无患于二百四十年后。嘻！余致君之道，分隔于明时。嫉恶之心，敢辜于早岁？因援毫而摅宿愤。亦书《行纪》之迹于后。

论中所举刘轲，亦李德裕党。《日历》具称《牛羊日历》，牛羊，谓牛僧孺、杨虞卿也，甚毁此二人。书久佚，今有辑本，缪荃荪刻之《藕香零拾》中。又有皇甫松，著《续牛羊日历》，亦久佚。《资治通鉴考异》（卷二十）引一则，于《周秦行纪》外，且痛诋其家世，今节录之：

太牢早孤。母周氏，冶荡无检。乡里云："兄弟羞赧，乃令改醮。"既与前夫义绝矣，及贵，请以出母追赠。礼云："庶氏之母死，何为哭于孔氏之庙乎？"又曰："不为伋也妻者，是不为白也母。"而李清心妻配牛幼简，是夏侯铭所谓"魂而有知，前夫不纳于幽壤，殁而可作，后夫必诉于玄穹。"使其母为失行无适从之鬼，上罔圣朝，下欺先父，得曰忠孝智识者乎？作《周秦行纪》，呼德宗为"沈婆儿"，谓睿真皇太后为《沈婆》。此乃无君甚矣！

盖李之攻牛，要领在姓应图谶，心非人臣，而《周秦行纪》之称德宗为"沈婆儿"，尤所以证成其罪。故李德裕既附之论后，皇甫松《续历》亦严斥之。今李氏《穷愁志》虽尚存（《李文饶外集》卷一至四，即此），读者盖寡；牛氏《玄怪录》亦早佚，仅得后人为之辑存，独此篇乃屡刻于丛书中，使世间由是更知僧孺名氏。时世既迁，怨亲俱泯，后之结果，盖往往非当时所及料也。

李贺《歌诗编》（一）有《送沈亚之歌》，序言元和七年送其下第归吴江，故诗谓："吴兴才人怨春风，桃花满陌千里红，紫丝竹断骢马小，家住钱塘东复东。"中复云："春卿拾才白日下，掷置黄金解龙马，携笈归江重入门，劳劳谁是怜君者"也。然《唐书》已不详亚之行事，仅于《文苑传序》一举其名。幸《沈下贤集》迄今尚存，并考宋计有功《唐诗纪事》元辛文房《唐才子传》，犹能知其概略。亚之字下贤，吴兴人。元和十年，进士及第，历殿中侍御史内供奉。太和初，为德州行营使者柏耆判官。耆贬，亚之亦谪南康尉；终郢州掾。其集本九卷，今有十二卷，盖后人所加。中有传奇三篇。亦并见《太平广记》，皆注云出《异闻集》，字句往往与集不同。今者据本集录之。

《湘中怨辞》出《沈下贤集》卷二。《广记》在二百九十八，题曰《太学郑生》，无序及篇末"元和十三年"以下三十六字。文句亦大有异，殆陈翰编《异闻集》时之所删改欤。然大抵本集为胜。其“遂我”作“逐我”，则似《广记》佳。惟亚之好作涩体，今亦无以决之。故异同虽多，悉小复道。

《异梦录》见集卷四。唐谷神子已取以入《博异志》。《广记》则在二百八十二，题曰《邢凤》，较集本少二十余字，王炎作王生。炎为王播弟，亦能诗，不测《异闻集》何为没其名也。《沈下贤集》今有长沙叶氏观古堂刻本，及上海涵芬楼影印本。二十年前则甚希觏。余所见者为影钞小草斋本，既录其传奇三篇，又以丁氏八千卷楼钞本校改数字。同是十二卷本《沈集》，而字句复颇有异同，莫知孰是。如王炎诗“择水葬金钗”，惟小草斋本如此，他本皆作“择土”。顾亦难遽定“择水”为误。此类甚多，今亦不备举。印本已渐广行，易于入手，求详者自可就原书比勘耳。

梦中见舞弓弯，亦见于唐时他种小说。段成式《酉阳杂俎》（十四）云：“元和初，有一士人，失姓字，因醉卧厅中。及醒，见古屏上妇人等悉于床前踏歌。歌曰：‘长安女儿踏春阳，无处春阳不断肠。舞袖弓腰浑忘却，蛾眉空带九秋霜。’其中双鬟者问曰：‘如何是弓腰？’歌者笑曰：‘汝不见我作弓腰乎？’乃反首，髻及地，腰势如规焉。士人惊惧，因叱之。忽然上屏，亦无其他。”其歌与《异梦录》者略同，盖即由此曼衍。宋乐史撰《杨太真外传》，卷上注中记杨国忠卧睹屏上诸女下床自称名，且歌舞。其中有“楚宫弓腰”，则又由《酉阳杂俎》所记而传讹。凡小说流传，大率渐广渐变，而推究本始，其实一也。

《秦梦记》见集卷二，及《广记》二百八十二，题曰《沈亚之》，异同不多。“击体舞”当作“击髆舞”，“追酒”当作“置酒”，各本俱误。“如今日”之“今”字，疑衍，小草斋本有，他本俱无。

《无双传》出《广记》四百八十六，注云薛调撰。调，河中宝鼎人，美姿貌，人号为“生菩萨”。咸通十一年，以户部员外郎加驾部郎中，充翰林承旨学士，次年，加知制诰。郭妃悦其貌，谓懿宗曰：“驸马盍若薛调乎。”顷之，暴卒，年四十三，时咸通十三年二月二十六日也。世以为中鸩云（见《新唐书》《宰相世系表》《翰苑群书》及《唐语林》四）。胡应麟（《笔丛》四十一）云："王仙客……事大奇而不情，盖润饰之过。或乌有无是类，不可知。"案范摅《云溪友议》（上）载："有崔郊秀才者，寓居于汉上，蕴精文艺，而物产罄悬。亡何，与姑婢通，每有阮咸之从。其婢端丽，饶彼音律之能，汉南之最也。姑鬻婢于连帅。帅爱之，以类无双，给钱四十万，宠眄弥深。郊思慕不已，即强亲府署，愿一见焉。其婢因寒食来从事冢，值郊立于柳阴，马上连泣，誓若山河。崔生赠以诗曰：'公子王孙逐后尘，绿珠垂泪滴罗巾。侯门一入深如海，从此萧郎是路人。'"诗闻于帅，遂以归崔。无双下原有注云："即薛太保之爱妾，至今图画观之。"然则无双不但实有，且当时已极艳传。疑其事之前半，或与崔郊姑婢相类；调特改薛太尉家为禁中，以隐约其辞。后半则颇有增饰，稍乖事理矣。明陆采尝拈以作《明珠记》。

柳珵《上清传》见《资治通鉴考异》卷十九。司马光驳之云："信如此说，则参为人所劫，德宗岂得反云'蓄养侠刺'。况陆贽贤相，安肯为此。就使欲陷参，其术固多，岂肯为此儿戏。全不近人情。"亦见于《太平广记》卷二百七十五，题曰《上清》，注云出《异闻集》。"相国窦公"作"丞相窦参"，后凡"窦公"皆只作一"窦"字；"隶名掖庭"下有"且久"：二字；"怒陆贽"上有"至是大悟因"五字；"老"作"这"；"恣行媒孽"下有"乘间攻之"四字；"特敕"下有"削"字。余尚有小小异同，今不备举。此篇本与《刘幽求传》同附《常侍言旨》之后。《言旨》亦珵作，《郡斋读书志》（十三）云，记其世父柳芳所谈。芳，蒲州河东人；子登，冕；登子璟，见《新唐书》（一三二）。珵盖璟之从兄弟行矣。

《杨娼传》出《广记》四百九十一，原题房千里撰。千里字鹄举，河南人，见《新唐书》《宰相世系表》。《艺文志》有房千里《南方异物志》一卷，《投荒杂录》一卷，注云："太和初进士第，高州刺史"，是其所终官也。此篇记叙简率，殊不似作意为传奇。

《云溪友议》（上）又有《南海非》一篇，谓房千里博士初上第，游岭徼。有进士韦滂自南海致赵氏为千里妾。千里倦游归京，暂为南北之别。过襄州遇许浑，托以赵氏。浑至，拟给以薪粟，则赵已从韦秀才矣。因以诗报房，云："春风白马紫丝缰，正值蚕眠未采桑。五夜有心随暮雨，百年无节待秋霜。重寻绣带朱藤合，却认罗裙碧草长。为报西游减离恨，阮郎才去嫁刘郎。"房闻，哀恸几绝云云。此传或即作于得报之后，聊以寄慨者欤。然韦縠《才调集》（十）又以浑诗为无名氏作，题云："客有新丰馆题怨别之词，因诘传吏，尽得其实，偶作四韵嘲之。"

《飞烟传》出《说郛》卷三十三所录之《三水小牍》，皇甫枚撰。亦见于《广记》四百九十一，飞烟作非烟。《三水小牍》本三卷，见《宋史》《艺文志》及《直斋书录解题》。今止存二卷，刻于卢氏《抱经堂丛书》及缪氏《云自在龛丛书》中。就书中可考见者，枚字遵美，安定人。三水，安定属邑也。咸通末，为汝州鲁山令；光启中，僖宗在梁州，赴调行在。明姚咨跋云："天佑庚午岁，旅食汾晋，为此书。"今书中不言及此，殆出于枚之自序，而今失之。缪氏刻本有逸文一卷，收《非烟传》，然仅据《广记》所引，与《说郛》本小有异同，且无篇末有一百余字。《广记》不云出于何书，盖尝单行也，故仍录之。

《虬髯客传》据明顾氏《文房小说》录，校以《广记》百九十三所引《虬髯传》，互有详略，异同，今补正二十余字。杜光庭字宾至，处州缙云人。先学道于天台山，仕唐为内供奉。避乱入蜀，事王建；为金紫光禄大夫，谏议大夫，赐号广成先生。后主立，以为传真天师，崇真馆大学士。后解官，隐青城山，号东瀛子。年八十五卒。著书甚多，有《谏书》一百卷，《历代忠谏书》五卷，《道德经广圣义疏》三十卷，《录异记》十卷，《广成集》一百卷，《壶中集》三卷。此外言道教仪则，应验，及仙人，灵境者尚二十余种，八十余卷。今惟《录异记》流传。光庭尝作《王氏神仙传》一卷，以悦蜀王。而此篇则以窥觊神器为大戒，殆尚是仕唐时所为。《宋史》《艺文志》小说类著录作"《虬髯客传》

一卷”。宋程大昌《考古编》（九）亦有题《虬须传》者一则，云：“李靖在隋，常言高祖终不为人臣。故高祖入京师，收靖，欲杀之。太宗救解，得不死。高祖收靖，史不言所以，盖讳之也。《虬须传》言靖得虬须客资助，遂以家力佐太宗起事。此文士滑稽，而人不察耳。又杜诗言‘虬须似太宗’。小说亦辨人言太宗虬须，须可挂角弓。是虬须乃太宗矣。而谓虬须授靖以资，使佐太宗，可见其为戏语也。”髯皆作须。今为虬髯者，盖后来所改。惟高祖之所以收靖，则当时史实未尝讳言。《通鉴考异》（八）云：“柳芳《唐历》及《唐书》《靖传》云：‘高祖击突厥于塞外。靖察高祖，知有四方之志。因自锁上变，将诣江都，至长安，道塞不通而止。’案太宗谋起兵，高祖尚未知；知之，犹不从。当击突厥之时，未有异志，靖何从察知之？又上变当乘驿取疾，何为自锁也？今依《靖行状》云：‘昔在隋朝，曾经忤旨。及兹城陷，高祖追责旧言，公慷慨直论，特蒙宥释。’”柳芳唐人，记上变之嫌，即知城陷见收之故矣。然史实常晦，小说辄传，《虬髯传》亦同此例，仍为人所乐道；至绘为图，称曰“三侠”。取以作曲者，则明张凤翼张太和皆有《红拂记》，凌初成有《虬髯翁》。

右第四分

《冥音录》出《广记》四百八十九。中称李德裕为“故相”，则大中或咸通后作也。《唐人说荟》题朱庆余撰，非。

《东阳夜怪录》出《广记》四百九十。叙王洙述其所闻于成自虚，夜中遇精魅，以隐语相酬答事。《唐人说荟》即题洙作，非也。郑振铎（《中国短篇小说集》）云：“所叙情节，类似牛僧孺的《元无有》，也许这两篇是同出一源的。”案《元无有》本在《玄怪录》中，全书已佚。此条《广记》三百六十九引之：

> 宝应中，有元无有，常以仲春末独行维扬郊野。值日晚，风雨大至。时兵荒后，人户多逃。遂入路旁空庄。须臾霁止，斜月方出。无有坐北窗，忽闻西廊有行人声。未几，见月中有四人，衣冠皆异，相与谈谐，吟咏甚畅。乃云：“今夕如秋，风月若此，吾辈岂不为一言以展平生之事也？”其一人即曰云

云。吟咏既朗，无有听之具悉。其一衣冠长人，即先吟曰："齐纨鲁缟如霜雪，寥亮高声予所发。"其二黑衣冠短陋人，诗曰："嘉宾良会清夜时，煌煌灯烛我能持。"其三故敝黄衣冠人，亦短陋，诗曰："清冷之泉候朝汲，桑绠相牵常出入。"其四故黑衣冠人，诗曰："爨薪贮泉相煎熬，充他口腹我为劳。"无有亦不以四人为异，四人亦不虞无有之在堂隍也，递相褒赏。观其自负，则虽阮嗣宗《咏怀》，亦若不能加矣。四人迟明方归旧所。无有就寻之，堂中惟有故杵，灯台，水桶，破铛。乃知四人即此物所为也。

《灵应传》出《广记》四百九十二，无撰人名氏。《唐人说荟》以为于逖作，亦非。传在记龙女之贞淑，郑承符之智勇，而亦取李朝威《柳毅传》中事，盖受其影响，又稍变易之。泾原节度使周宝字上珪，平州卢龙人。在镇务耕力，聚粮二十万石，号良将。黄巢据宣歙，乃徙宝镇海军节度使，兼南面招讨使。后为钱镠所杀。《新唐书》（一八六）有传。

右第五分

《隋遗录》上下卷，据原本《说郛》七十八录出，以《百川学海》校之。前题唐颜师古撰。末有无名氏跋，谓会昌中，僧志彻得于瓦棺寺阁南双阁之荀笔中。题《南部烟花录》，为颜公遗稿。取《隋书》校之，多隐文。后乃重编为《大业拾遗记》。原本缺落，凡十七八，悉从而补之矣云云。是此书本名《南部烟花录》，既重编，乃称《大业拾遗记》。今又作《隋遗录》，跋所未言，殆复由后来传刻者所改欤。书在宋元时颇已流行，《郡斋读书志》及《通考》并著《南部烟花录》；《通志》著《大业拾遗录》；《宋史》《艺文志》史部传记类亦有颜师古《大业拾遗》一卷，子部小说类又有颜师古《隋遗录》一卷，盖同书而异名，所据凡两本也。本文与跋，词意荒率，似一手所为。而托之师古，其术与葛洪之《西京杂记》，谓钞自刘歆之《汉书》遗稿者正等。然才识远逊，故罅漏殊多，不待吹求，已知其伪。《清四库全书总目》（一四三）云："王得臣《尘史》称其'极恶可疑'。姚宽《西溪丛语》亦曰：‘《南部烟花录》文极俚俗。”又载陈后主诗云，夕阳如有意，偏傍小窗明。此乃唐人方域诗，六朝语不如此。《唐艺文志》所载《烟花录》，记幸广陵事，此本已亡，故流俗伪作此书云云。’然则此亦伪本矣。今观下卷记幸月观时与萧后夜话，有‘侬家事一切已托杨素了’之语，是时素死久矣。师古岂疏谬至此乎？其中所载炀帝诸作，及虞世南赠袁宝儿作，明代辑六朝诗者，往往采掇，皆不考之过也。”

《炀帝海山记》上下卷，出《青琐高议》后集卷五，先据明张梦锡刻本录，而校以董氏所刻士礼居本。明钞原本《说郛》三十二卷中亦有节本一卷，并取参校。篇题下原有小注，上卷云“说炀帝宫中花木”，下卷云“记炀帝后苑鸟兽”，皆编者所加，今削。其书盖欲侈陈炀帝奢靡之迹，如郭氏《洞冥》，苏鹗《杜阳》之类，而力不逮。中有《望江南》调八阕，清《四库目》云，乃李德裕所创，段安节《乐府杂录》述其缘起甚详，亦不得先于大业中有之。

《炀帝迷楼记》录自原本《说郛》三十二。明焦竑作《国史经籍志》，并《海山记》皆著录，盖尝单行。清《四库目》（一四三）谓“亦见《青琐高议》……竟以迷楼为在长安，乖谬殊甚。”然《青琐高议》中实无有，殆纪昀等之误也。周中孚（《郑堂读书记》）更推阐其评语，以为“后称‘大业九年，帝幸江都，有迷楼。’而末又云：‘帝幸江都，唐帝提兵号令入京，见迷楼，大惊曰：“此皆民膏血所为也！”乃命焚之。经月，火不灭。’则竟以迷楼为在长安，等诸项羽之焚阿房，乖谬殊极”云。

《炀帝开河记》从原本《说郛》卷四十四录出。《宋史》《艺文志》史部地理类著录一卷，注云不知作者。清《四库目》以为：“词尤鄙俚，皆近于委巷之传奇，同出依托，不足道。”按唐李匡乂《资暇集》（下）云：“俗怖婴儿曰：‘麻胡来！’不知其源者，以为多髯之神而验刺者，非也。隋将军麻祜，性酷虐。炀帝令开汴河，威棱既盛，至稚童望风而畏，互相恐吓曰：‘麻祜来！’稚童语不正，转祜为胡。”末有自注云：“麻祜庙在睢阳。鄜方节度李丕即其后。丕为重建碑。”然则叔谋虐焰，且有其实，此篇所记，固亦得之口耳之传，非尽臆造矣。惜李丕所立碑文，今未能见，否则当亦有足资参证者。至冢中诸异，乃颇似本《西京杂记》所叙广陵王刘去疾发冢事，附会曼衍作之。

右四篇皆为《古今逸史》所收。后三篇亦见于《古今说海》，不题撰人。至《唐人说荟》，乃并云韩偓撰。致尧生唐末，先则颠沛危朝，后乃流离南裔，虽赋艳诗，未为稗史。所作惟《金銮密记》一卷，诗二卷，《香奁集》一卷而已。且于史事，亦不至荒陋如是。此盖特里巷稍知文字者所为，真所谓街谈巷议，然得冯犹龙掇以入《隋炀艳史》，遂弥复纷传于世。至今世俗心目中之隋炀，殆犹是昼游西苑，夜止迷楼者也。

明钞原本《说郛》一百卷，虽多脱误，而《迷楼记》实佳。以其尚存俗字，如“你”之类，刻本则大率改为“尔”或“汝”矣。世之雅人，憎恶口语，每当纂录校刊，虽故书雅记，间亦施以改定，俾弥益雅正。宋修《唐书》，于当时恒言，亦力求简古，往往大减神情，甚或莫明本意。然此犹撰述也。重刊旧文，辄亦不赦，即就本集所收文字而言，宋本《资治通监考异》所引《上清传》中之“这獠奴”，明清刻本《太平广记》引则俱作“老獠奴”矣；顾氏校宋本《周秦行纪》中之“屈两个娘子”及“不宜负他”，《广记》引则作“屈二娘子”及“不宜负也”矣。无端自定为古人决不作俗书，拚命复古，而古意乃寖失也。

右第六分

《绿珠传》一卷出《琳琅秘室丛书》。其所据为旧钞本，又以别本校之。未有胡珽跋，云：“旧本无撰人名氏。案马氏《经籍考》题‘宋史官乐史撰’。宋人《续谈助》亦载此传，而删节其半。后有西楼北斋跋云：‘直史馆乐史，尤精地理学，故此传推考山水为详，又皆出于地志杂书者。’余谓绿珠一婢子耳，能感主恩而奋不顾身，是宜刊以风世云。咸丰三年八月，仁和胡珽识。”今再勘以《说郛》三十八所录，亦无甚异同。疑所谓旧钞本或别本者，即并从《说郛》出尔。旧校稍烦，其必改“越”为“粤”之类，尤近自扰，今悉不取。

《杨太真外传》二卷，取自顾氏《文房小说》。署史官乐史撰，《唐人说荟》收之，诬谬甚矣。然其误则始于陶宗仪《说郛》之题乐史为唐人。此两本外，又尝见京师图书馆所岁丁氏八千卷楼旧钞本，称为“善本”，然实凡本而已，殊无佳处也。《宋史》《艺文志》史部传记类著录“曾致尧《广中台记》八十卷，又《绿珠传》一卷”，颇似传亦曾致尧作；又有“《杨妃外传》一卷”，注云：“不知作者”；又有“乐史《滕王外传》一卷，又《李白外传》一卷，《洞仙集》一卷，《许迈传》一卷，《杨贵妃遗事》二卷”，注云：“题岷山叟上。”书法函胡，殆不可以理析。然《续谈助》一跋而外，尚有《郡斋读书志》（九，传记类）云：“《绿珠传》一卷，右皇朝乐史撰。”又“《杨贵妃外传》二卷，右皇朝乐史撰。叙唐杨妃事迹，讫孝明之崩。”而《直斋书录解题》（七，传记类）亦云：“《杨妃外传》一卷，直史馆临川乐史子正撰。”则绿珠杨妃二传，皆乐史之作甚明。《杨妃传》卷数，宋时已分合不同，今所传者盖晁氏所见二卷本也。但书名又小变耳。

乐史，抚州宜黄人，自南唐入宋，为著作佐郎，出知陵州。以献赋召为三馆编修，迁著作郎，直史馆。观绿珠太真二传结衔，则皆此时作。后转太常博士，出知舒黄商三州，再入文馆，掌西京勘磨司，赐金紫。景德四年卒，年七十八。事详《宋史》（三百六）《乐黄目传》首。史多所著作，在三馆时，曾献书至四百二十余卷，皆叙科第孝悌神仙之事。又有《太平寰宇记》二百卷，征引群书至百余种，今尚存。盖史既博览，复长地理，故其辑述地志，即缘滥于采录，转成繁芜。而撰传奇如《绿珠》《太真传》，又不免专拾旧文，如《语林》《世说新语》《晋书》《明皇杂录》《开天传信记》《长恨传》《酉阳杂俎》《安禄山事迹等》，稍加排比，且常拳拳于山水也。

右第七分

宋刘斧秀才作《翰府名谈》二十五卷，又《摭遗》二十卷，《青琐高议》十八卷，见《宋史》《艺文志》子部小说类。今惟存

《青琐高议》。有明张梦锡刊本，前后集各十卷，颇难得。近董康校刊士礼居写本，亦二十卷，又有别集七卷，《宋志》所无。然宋人即时有引《青琐》《摭遗》者，疑即今所谓别集。《宋志》以为《翰府名谈》之《摭遗》，盖亦误尔。其书杂集当代人志怪及传奇，漫无条贯，间有议，亦殊浅率。前有孙副枢序，不称名而称官，甚怪，今亦莫知为何人。此但选录其较整饬曲折者五篇。作者三人：曰魏陵张实子京，曰谯川秦醇子复（或作子履），曰淇上柳师尹。皆未考始末。一篇无撰人名。

《流红记》出前集卷五，题下原有注云“红叶题诗取韩氏”，今删。唐孟棨《本事诗》（情感第一）有顾况于洛乘门苑水中得大梧叶，上有题诗，况与酬答事。“帝城不禁东流水，叶上题诗欲寄谁”者，况和诗也。范摅《云溪友议》（下）又有《题红怨》，言庐渥应举之岁，于御沟得红叶，上有绝句，置于巾箱。及宣宗放宫人，渥获其一。“睹红叶而吁嗟久之，曰：‘当时偶题随流，不谓郎君收藏巾箧。’验其书，无不讶焉。诗曰：‘水流何太急，深宫尽日闲。殷勤谢红叶，好去到人间。’”宋人作传奇，始回避时事，拾旧闻附会牵合以成篇，而文意并瘁。如《流红记》，即其一也。

《赵飞燕别传》出前集卷七，亦见于原本《说郛》三十二，今参校录之。胡应麟（《笔丛》二十九）云：“戊辰之岁，余偶过燕中书肆，得残刻十数纸，题《赵飞燕别集》。阅之，乃知即《说郛》中陶氏删本。其文颇类东京，而末载梁武答昭仪化鼋事。盖六朝人作，而宋秦醇子复补缀以传者也。第端临《通考》渔仲《通志》并无此目。而文非宋所能。其闲叙才数事，多俊语，出伶玄右，而淳质古健弗如。惜全帙不可见也。”又特赏其“兰汤滟滟”等三语，以为“百世下读之，犹勃然兴”。然今所见本皆作别传，不作集；《说郛》本亦无删节，但较《高议》少五十余字，则或写生所遗耳。《高议》中录秦醇作特多，此篇及《谭意歌传》外，尚有《骊山记》及《温泉记》。其文芜杂，亦间有俊语。倘精心作之，如此篇者，尚亦能为。元瑞虽精鉴，能作《四部正伪》，而时伤嗜奇，爱其动魄，使勃然兴，则辄冀其为真古书以增声价。

犹今人闻伶玄《飞燕外传》及《汉杂事秘辛》为伪书，亦尚有怫然不悦者。

《谭意歌传》出别集卷二，本无“传”字，今加。有注云：“记英奴才华秀色”，今削。意歌，文中作意哥，未知孰是。唐有谭意哥，盖薛涛李冶之流，辛文房《唐才子传》曾举其名，然无事迹。秦醇此传，亦不似别有所本，殆窃取《莺莺传》《霍小玉传》等为前半，而以团圆结之尔。

《王幼玉记》出前集卷十，题下有注云：“幼玉思柳富而死”，今删。

《王榭》出别集卷四，有注云：“风涛飘入乌衣国”，今删；而于题下加“传”字。刘禹锡《乌衣巷》诗，本云：“朱雀桥边野草花，乌衣巷口夕阳斜。旧时王谢堂前燕，飞入寻常百姓家。”此篇改谢成榭，指为人名，且以乌衣为燕子国号，殊乏意趣。而宋张敦颐《六朝事迹编类》乃已引为典据，此真所谓“俗语不实流为丹青”者矣。因录之，以资谈助。

《梅妃传》出《说郛》三十八，亦见于顾氏《文房小说》，取以相校，《说郛》为长。二本皆不云何人作，《唐人说荟》取之，题曹邺者，妄也。唐宋史志亦未见著录。后有无名氏跋，言：“得于万卷朱遵度家，大中二年七月所书。”又云：“惟叶少蕴与予得之。”案朱遵度好读书，人目为“朱万卷”。子昂，称“小万卷”，由周入宋，为衡州录事参军，累仕至水部郎中。景德四年卒，年八十三，《宋史》（四三九）《文苑》有传。少蕴则叶梦得之字，梦得为绍圣四年进士，高宗时终于知福州，是南北宋间人。年代远不相及，何从同得朱遵度家书。盖并跋亦伪，非真识石林者之所作也。今即次之宋人著作中。

《李师师外传》出《琳琅秘室丛书》，云所据为旧钞本。后有黄廷鉴跋云：“《读书敏求记》云，吴郡钱功甫秘册藏有《李师师小传》，牧翁曾言悬百金购之而不获见者。偶闻邑中萧氏有此书，急假录一册。文殊雅洁，不类小说家言。师师不第色艺冠当时，观其后慷慨捐生一节，饶有烈丈夫概。亦不幸陷身倡贱，不得与坠崖断臂之俦，争辉彤史也。张端义《贵耳集》载有师师佚事二则，传文例举其大，故不载，今并附录于后。又《宣和遗事》载有师师事，亦与此传不尽合，可并参观之。琴六居士书。”《贵耳集》二则，今仍移录于后，然此篇未必即端义所见本也。

道君北狩，在五国城或在韩州，凡有小小凶吉丧祭节序，北人必有赐赉。一赐必要一谢表。北人集成一帙，刊在榷场中。传写四五十年，士大夫皆有之，余曾见一本。更有《李师师小传》，同行于时。

道君幸李师师家，偶周邦彦先在焉。知道君至，遂匿于床下。道君自携新橙一颗，云："江南初进来。"遂与师师谑语。邦彦悉闻之，隐括成《少年游》云："并刀如水。吴盐胜雪，纤手破新橙。"后云："城上已三更，马滑霜浓，不如休去，直是少人行。"李师师因歌此词。道君问谁作。李师师奏云："周邦彦词。"道君大怒，坐朝宣谕蔡京云："开封府有监税周邦彦者，闻课额不登，如何京尹不案发来?"蔡京罔知所以，奏云："容臣退朝呼京尹叩问，续得复奏。"京尹至，蔡以御前圣旨谕之。京尹云："惟周邦彦课额增羡。"蔡云："上意如此，只得迁就。"将上，得旨："周邦彦职事废弛，可日下押出国门!"隔一二日，道君复幸李师师家，不见李师师。问其家，知送周监税。道君方以邦彦出国门为喜，既至，不遇。坐久至更初，李始归，愁眉泪睫，憔悴可掬。道君大怒云："尔往那里去?"李奏："臣妾万死，知周邦彦得罪，押出国门，略致一杯相别。不知官家来。"道君问："曾有词否?"李奏云："有《兰陵王》词。"今"柳阴直"者是也。道君云："唱一遍看。"李奏云："容臣妾奉一杯，歌此词为官家寿。"曲终，道君大喜，复召为大晟乐正。后官至大晟乐乐府待制。邦彦以词行，当时皆称美成词；殊不知美成文笔，大有可观，作《汴都赋》。如笺奏杂著，皆是杰作，可惜以词掩其他文也。当时李师师家有二邦彦，一周美成，一李士美，皆为道君狎客。士美因而为宰相。吁，君臣遇合于倡优下贱之家，国之安危治乱，可想而知矣。

右第八分终

图书在版编目(CIP)数据

唐宋传奇集/鲁迅编．—长沙：岳麓书社，2019.9(2023.10 重印)
(中国古典小说普及文库)
ISBN 978-7-5538-1107-9

Ⅰ．①唐…　Ⅱ．①鲁…　Ⅲ．①传奇小说—小说集—中国—唐宋时期
Ⅳ．①I242.1

中国版本图书馆 CIP 数据核字(2019)第 066682 号

TANGSONG CHUANQI JI
唐宋传奇集
编　　者：鲁　迅
责任编辑：曾　倩
责任校对：舒　舍
封面设计：浙江有观文化创意有限公司
特约插画：田刚强

岳麓书社出版发行
地址：湖南省长沙市爱民路 47 号
直销电话：0731-88804152　0731-88885616
邮编：410006

版次：2019 年 9 月第 1 版
印次：2023 年 10 月第 3 次印刷
开本：890mm×1240mm　1/32
印张：6.25
字数：180 千字
印数：8 001—11 000
ISBN 978-7-5538-1107-9
定价：25.00 元

承印：湖南天闻新华印务有限公司

如有印装质量问题，请与本社印务部联系
电话：0731-88884129